死者喝的水

島田莊司

劉姿君——譯

【總導讀】

新本格推理小說之先驅功臣島田莊司（四次增補版）

推理評論家◎傅博

●《占星術殺人魔法》是新本格推理小說的先驅作品

說到日本之新本格推理小說的發軔時，誰都知道其原點是一九八七年，綾辻行人所發表的《殺人十角館》。但是少有人知道黎明前的那段暗夜的故事。凡是一個事件或是現象的發生，都有原因的，不是平空而來的。新本格推理小說的誕生也不例外，現在分為近、遠兩因來說。

一九五七年，松本清張發表《點與線》和《眼之壁》，確立社會派推理小說的創作路線，之後，新進作家都跟進。之前以橫溝正史為首的浪漫派（又稱為虛構派）推理小說（當時稱為偵探小說），隨之衰微，最後剩下鮎川哲也一人孤軍奮鬥。

但是稱為社會派推理作家的作品，大多是以寫實手法所撰寫之缺乏社會批評精神，甚至不少作品變質為風俗推理小說，到了一九六〇年代後半就開始式微，於是第一波反動勢力抬頭，就是幾家出版社之浪漫派推理小說的重估出版。

最初是一九六八年十二月，桃源社創刊「大浪漫之復活」叢書，收集了清張以前，被稱為偵探作家之國枝史郎、小栗虫太郎、海野十三、橫溝正史、久生十蘭、橘外男、蘭郁二郎、香山滋等代表作，獲得部分推理小說迷的支持。之後由幾家出版社分別出版了「江戶川亂步全集」、「夢野久作全集」、「橫溝正史全集」、「木木高太郎全集」、「濱尾四郎全集」、「山田風太郎全集」、「大坪砂男全集」、「高木彬光長篇推理小說全集」等精裝版不下十種。

另外，於一九七一年四月由角川文庫開始出版的橫溝正史作品（實質上是文庫版全集，達一百卷），與角川電影公司的橫溝作品的電影化之相乘效果，引起橫溝正史大熱潮，合計銷售一千萬本。象徵了偵探小說的復興，但是沒有出現繼承撰寫偵探小說的新作家。此為遠因之一。

遠因之二是，一九七五年二月，稱為「偵探小說專門誌」以重估偵探小說、發掘偵探小說之新人作家、推動推理小說評論為三大編輯方針的《幻影城》創刊。

《幻影城》於一九七九年七月停刊，在不滿五年期間，以特輯方式，有系統地重估了偵探小說，確立了從前不被重視的推理小說評論方向，並舉辦「幻影城新人獎」，培養出一批具「新偵探小說觀」的新進作家，如泡坂妻夫、竹本健治、連城三紀彥、栗本薰、田中芳樹、筑波孔一郎、田中文雄、友成純一等。

《幻影城》停刊後，浪漫派推理小說復興運動也告一段落，只泡坂妻夫等幾位幻影城出身的作家，以及《野性時代》出身的笠井潔陸續發表偵探小說而已。代之而興起的，就是被歸類於推理小說的冒險小說。一九八〇年代，日本推理小說的第一主流就是冒險小說。

近因是帶著《占星術殺人魔法》登龍推理文壇的島田莊司的影響。《占星術殺人魔法》原來是於一九八〇年，以《占星術之魔法》應徵第二十六屆江戶川亂步獎的作品，雖然入圍，卻沒得獎。改稿後，於八一年十二月以《占星術殺人魔法》，由講談社出版。

占星術是把人體擬作宇宙，分為六部分，即頭部、胸部、腹部、腰部、大腿和小腿。各由不同行星守護。又每人依其誕生日分屬不同星座，特別由星座守護星祝福其所支配部位。

一九三六年幻想派畫家梅澤平吉，根據上述占星術思想，留下一篇瘋狂的手記，被殺害陳屍於密室。手記內容寫道，自己有六名未出嫁女兒，其守護星都不同，如果各取被守護部位，合為一個完美的處女的話，生命實質上已終結，其肉體被精練，昇華成具絕對美之永遠女神，變為「哲學者之后（阿索德）」，保佑日本，挽救神國日本之危機。

之後，六名女兒相繼被殺害分屍，屍體分散日本各地，好像有人具意識地在繼承梅澤的遺志。但是梅澤的手記沒人看過，何來有遺囑殺人呢？兇手的目的是什麼？四十年來血案未破，成為無頭公案。

四十三年後的春天，事件關係者寄來一包未公開過的證據資料給占星術師兼偵探的御手洗潔，請他解決這一連串的獵奇殺人事件。名探御手洗潔如何推理、解謎、破案之經過，請讀者直接閱讀本書，這裡不饒舌，只說本書是一部蒐集古典解謎推理小說的精華於一書的傑作。

故事記述者石岡和己是名探的親友，完全承襲柯南道爾的福爾摩斯探案；御手洗潔根據四十年前的資料做桌上推理，是沿襲奧希茲女男爵的安樂椅偵探；書中兩次插入作者向讀者的挑戰信，是踏襲艾勒里・昆恩的「國名系列」作品；炫耀占星術、分屍的獵奇殺人，是繼承約翰・狄克森・卡爾的浪漫性和怪奇趣味。

本書出版後毀譽褒貶參半，否定者認為這種古色古香的作品，不適合社會派（實際上是寫實派）的推理小說時代，卻不從作品的優劣作評價。肯定者即認為是一部罕見的本格推理傑作。這些肯定者大多是年輕讀者。

處女作是作家的原點，至今已具三十年作家資歷的島田莊司，其作品量驚人，已達七十部以上，非小說類之外，都是本格推理小說，而大多作品都具處女作的痕跡。

島田莊司的推理小說觀

在日本，小說家寫小說，評論家寫評論，各守自己崗位，工作分得很清楚；不像台灣的作家，人人都是天才，詩、散文、小說、評論樣樣寫，產品卻都是垃圾一大堆，但是有例外。現在日本推理文壇，也有例外，二位作家——島田莊司和笠井潔，卻是雙方兼顧的作家。

笠井潔的評論著重於理論與作家論（有機會另詳說），島田莊司的評論大都是宣揚自己的「本格mystery」理念。

那麼島田莊司的本格推理小說觀是怎樣的呢？我們可從一九八九年十二月，島田莊司所發表的長篇論文〈本格ミステリー論〉（收錄於講談社版《本格ミステリー宣言》一書裡）可獲得解答。

島田莊司的推理小說觀很獨自，把八十多年來的日本推理小說，大概按時代分為三種類，以不同名稱稱呼，意欲表達其內容的不同：清張（一九五七年）以前的作品群稱為「探偵小說」，即偵探小說也。清張為首的社會派作品稱為推理小說。自己發表《占星術殺人魔法》以後之推理小說稱為「ミステリー」，即mystery的日文書寫。以下引用文，一律按其分類名稱書寫，筆者的文章原則上統一為「推理小說」。

島田莊司對「本格」的功用定義如下：

——「本格」並非為作品的優劣之基準而發明的日本語。同時也非要衡量作品的社會性價值的尺子，只是要說明作品風格，並與其他小說群做區別分類之方便性而登場的稱呼而已。

繼之說明本格的構造說：

——「本格」就是稱為推理小說這門特殊文學發生的原點。並且具有正確地繼承這種精神的作家，在歷史上各地區連綿不斷地生產本格作品，而且從這些本格作品所發散出來的精神，也不斷地引起本格以外之「應用性推理小說」的構造。

島田莊司認為推理小說的原點是「本格」，由本格派生出來的作品就是「應用性推理小說」，他故意不使用「變格」字樣，他說：

——在前文使用過的「應用性推理小說」，就是指具有愛倫・坡式的精神，屬於幻想小說系統以外之作家，運用自己獨特的方式撰寫的犯罪小說。

島田莊司一面承認二次大戰前，被稱為「本格探偵小說」的作品就是「本格」，而另一面卻認為部分作品是非本格作品，但是沒有具體舉出作品名說明。

而二次大戰後，部分人士所提倡的「推理小說」名稱，他認為是「本格探偵小說」的同義語，在「推理小說」上不必冠上「本格」兩字。至於清張以後的「推理小說」，是從「本格」派生的，屬於「應用性推理小說」，所以「推理小說」群裡沒有「本格」作品。

——現在因這些理由，「本格推理小說」這名稱，在出版界廣泛使用。可是，現在所使用的這語言，是否對上述的歷史，以及各種事項具正確的理解，然後才合理地使用，這就很難說了。

島田莊司認為清張以後的冒險小說、冷硬推理小說、風俗推理小說、社會派犯罪小說都是從「推理小說」派生出來的（前段引文的「這些理由」、「上述的歷史」、「各種事項」就是指推理小說的派生問題）。因此「推理小說」本身要與這些派生作品劃清界線，方便上稱為「本格推理小說」而已，實質上並不具「本格」涵義。由此，島田的結論是「本格推理小說」原來就不存在，名稱是誤用的。

——那麼，「本格」或是「本格ミステリー」是什麼？

——已經理解了吧。「本格mystery」不是「應用性推理小說」，是指極少數的純粹作品。從愛倫・坡的〈莫爾格街之殺人〉的創作精神誕生，而具同樣創作精神的mystery就是。

最後，島田莊司認為愛倫・坡執筆〈莫爾格街之殺人〉的理念是「幻想氣氛」與「論理性」。所以島田的結論是，「本格ミステリー」須具全「幻想氣氛」與「論理性」的條件。

島田莊司的這篇論文，饒舌難解，為了傳真，引文是直譯，不加補語。

●島田莊司的作品系列

話說回來，島田莊司，一九四八年十月十二日出生於廣島縣福山市，武藏野美術大學商業設計科畢業後，當過翻斗卡車司機，寫過插圖與雜文，做過占星術師。一九七六年製作自己作詞作曲的ＬＰ

唱片〈LONELY MEN〉，一九七九年開始撰寫小說，處女作《占星術殺人魔法》就是根據自己的占星術學識撰寫的作品，出版時是三十三歲。一九九三年移居美國洛杉磯。

以《占星術殺人魔法》登龍文壇之後，島田莊司陸續發表本格推理小說已達七十部以上，非小說約二十部。以偵探分類，可分為三大系列，第一是「御手洗潔系列」，第二是「吉敷竹史系列」，第三是「犬坊里美系列」與一群非系列化作品。這是方便上的分類。島田所塑造的配角，如牛越佐武郎刑事、中村吉藏刑事，在各系列露面。現在依系列，簡介島田莊司的重要作品，書名下之括弧內的「傑作選X」為皇冠版島田莊司推理傑作選號碼。

一、御手洗潔系列

御手洗潔，這姓名很奇怪。「御手洗」在日本是實有的姓名，但是很少。當一般名詞使用時，是「廁所」之意。「御手洗潔」即具清潔廁所之意。日本的「私小說」主角，大多是作者的分身。作家往往把自己投影在作品的登場人物，不一定是主角，有時候是旁觀者。在島田作品裡，這種現象很明顯，不只是御手洗潔，記述者石岡和己也是島田莊司的分身。

據島田的回憶，小學生的時候被同學叫為「掃除大王」，甚至譏為「掃除廁所」，理由是「莊司」的日語發音souji與「掃除」同音。所以把少年時的綽號，做為名探的姓名。御手洗潔的本行是占星術師，島田曾經也是占星術師。石岡和己是御手洗潔的親友，並非作家，記述御手洗潔破案經過的《占星術殺人魔法》以後，改業做作家。島田也是發表《占星術殺人魔法》後成為作家的。

御手洗潔也是一九四八年出生。勇敢、大膽不認輸、具正義感、唯我獨尊、旁若無人的言動等性格，也是與島田莊司共有的。

01《占星術殺人魔法》（傑作選1）：

一九八一年二月初版、一九八五年二月出版第二次改稿版。「御手洗潔系列」第一集。長篇。初版時的偵探名為御手洗清志，記述者是石岡一美。不可能犯罪型本格小說的傑作。

02《斜屋犯罪》（傑作選15）：

一九八二年十一月初版。「御手洗潔系列」第二集。長篇。北海道宗谷岬有一座傾斜的房屋流冰館，連續發生密室殺人事件，辦案的是札幌警察局的牛越刑事，他不能破案，向東京救援，被派來的是御手洗潔。島田莊司的早期代表作，發表時也只獲得部分推理小說迷肯定而已，但是對之後的新本格派的創作具深大影響，就是「變型公館」的殺人。如綾辻行人之《殺人十角館》等「館系列」，歌野晶午之《長形房屋之殺人》等信濃讓二的房屋三部曲，我孫子武丸之《8之殺人》等速水三兄妹推理三部曲都是也。

03《御手洗潔的問候》（傑作選12）：

一九八七年十月初版。「御手洗潔系列」第三集，收錄密室殺人之〈數字鎖〉、具向讀者的挑戰信之〈狂奔的死人〉、寫一名上班族的奇妙工作之〈紫電改研究保存會〉、綁架事件、密碼為主題之〈希臘之犬〉等四短篇的第一短篇集。

04《異邦騎士》（傑作選2）：

一九八八年四月初版。一九九七年十月出版改訂版。「御手洗潔系列」第四集。長篇。以御手洗潔探案順序來說，是最初探案。一名失去記憶的「我」，尋找自己的故事。屬於懸疑推理小說。《占星術殺人魔法》之前的習作《良子的回憶》之改稿版。

05《黑暗坡的食人樹》（傑作選5）：

一九九〇年十月初版。「御手洗潔系列」第六集。長篇。江戶時代，橫濱黑暗坡是刑場，有很多陰慘的傳說。樹齡二千年的大樟樹是食人樹，至今仍然有悲慘事件發生，與黑暗坡的藤並一族的連續命案是否有關？本書最大的特色是全篇充滿怪奇趣味。四十萬字巨篇第一部。

06《水晶金字塔》（傑作選18）：

一九九一年九月初版。「御手洗潔系列」第七集。長篇。一九八四年在澳洲的沙漠，發現一具被燒死的屍體，從其駕照得知，他是美國軍火財團一族的保羅・艾力克森。他是美國紐奧良南端的埃及島上的巨大玻璃金字塔的建造者。建造這座金字塔的目的是什麼？與他之死有關係嗎？一九八六年來到這座金字塔拍外景的松崎玲王奈，首日看到狼頭人身的怪物，牠與傳說中之埃及的「冥府使者」很相似。之後不久，保羅之弟李察・艾力克森，陳屍在金字塔旁的高塔之密室內，死因是溺斃。兄弟之不尋常死亡意味什麼？四十萬字巨篇第二部。

07《眩暈》（傑作選9）：

一九九二年九月初版。「御手洗潔系列」第八集。長篇。故事架構與處女作有點類似，一名《占星術殺人魔法》的讀者，留下一篇描寫恐怖的世界末日之手記：古都鎌倉一夜之間變成廢墟，出現恐龍，死人遺骸都呈被核能燒死的現象，而由一對被切斷的男女屍體合成的置錯體復醒。「幻想氣氛」十足的四十萬字巨篇第三部。

08《異位》（傑作選19）：

一九九三年十月初版。「御手洗潔系列」第九集。長篇。在《黑暗坡的食人樹》與《水晶金字塔》登場過的好萊塢日籍女明星松崎玲王奈，於本書成為綁架、殺人嫌疑犯。玲王奈最近時常夢見自己的臉噴出血的惡夢。有一天有名的女明星失蹤，當局懷疑是玲王奈的作為。不久，被綁架的幼兒都被殺，全身的血液被抽盡，恰如傳說上的吸血鬼之作為。難道玲王奈是吸血鬼的後裔嗎？御手洗潔會如何推理，為玲王奈解圍呢？四十萬字巨篇第四部。

09《龍臥亭殺人事件》（傑作選10、11）：

一九九六年一月初版。「御手洗潔系列」第十集。長篇。御手洗潔一年前到歐洲遊學，岡山縣貝繁村之龍臥亭旅館發生連續殺人事件時，他不在日本，探案的主角是石岡和己。岡山縣在日本是比較保守的地區，橫溝正史之《獄門島》的連續殺人事件舞台，就是岡山縣的離島，一九三八年日本最大量（三十人）的殺人事件舞台也是岡山縣。本書是目前島田莊司的最長作品，他花了八十萬字欲證明其「多目的型本格mystery」（多目的型是指在一個故事裡有複數的主題或作者的主張）。如在下冊插入四萬字以上的「都井睦雄之三十人殺人事件」，原來這事件與故事是沒關係的。「多目的型本格mystery」的贊同者不多。

10《俄羅斯軍艦幽靈之謎》（傑作選23）：

二〇〇一年十月初版。「御手洗潔系列」第十四集。長篇。一九九三年八月，即御手洗潔赴歐洲一年前，他收到松崎玲王奈從美國轉來一封她首次到美國拍「花魁」電影時，影迷倉持百合寄給她的舊信，內容說，前個月九十二歲的祖父倉持平八的遺言，希望在美國的玲王奈向住在維吉尼亞州之安娜・安德森・馬納漢轉達：「他對不起她，在柏林，實在對不起。」但是他卻不透露對不起的理由。

他又希望她能夠到箱根之富士屋飯店，看到掛在一樓魔術大廳暖爐上的那一張相片。

於是御手洗帶石岡來到富士屋。此相片攝於一九一九年，箱根蘆湖為背景，一夜之間湖上出現一艘俄羅斯軍艦時的幽靈相片。直接關係者都已死亡的歷史懸案，御手洗如何解決？

11《魔神的遊戲》（傑作選6）：

二〇〇二年八月初版。「御手洗潔系列」第十五集。長篇。五、六十歲的女人連續被殺分屍事件，在御手洗潔遊學英國蘇格蘭尼斯湖畔發生，掛在刺葉桂花樹上的「人頭狗身」的怪物意味些什麼？

12《螺絲人》（傑作選20）：

二〇〇三年一月初版。「御手洗潔系列」第十六集。長篇。本書採取橫排與直排交互排版的特殊方式，可說是作者之新嘗試，是否成功讓讀者判斷。故事發生於瑞典與菲律賓兩地，發生的時間相差也有一段距離。全書分四大章，第一、第三章橫排，是御手洗的手記，寫他在瑞典的醫學研究所接見一位年齡與自己差不多的失去部分記憶的中年人馬卡特的經過。

第二章直排，馬卡特撰寫的幻想童話〈重返橘子共和國〉全文，主角艾吉少年出遊，來到巨大橘子樹上的鄉村，博學、長壽的老村長，有翼精靈……第四章橫直排交互出現，御手洗根據這本童話，推理馬卡特失去部分記憶的原因，因此發現在菲律賓發生的事件。

13《龍臥亭幻想》（傑作選13、14）：

二〇〇四年十月初版。「御手洗潔系列」第二十集。長篇。龍臥亭事件八年後，當時的本事件關係者在龍臥亭集會。在眾人監視的神社內，業餘的年輕巫女突然消失，三個月後，從地震後的地裂出現其屍體。之後，發生分屍殺人事件。這樁連續殺人事件與明治時代的森孝魔王傳說有何關係？吉敷竹史在本書登場，與御手洗潔聯手解決事件。

14《摩天樓的怪人》（傑作選21）：

二〇〇五年十月初版。「御手洗潔系列」第二十一集。長篇。一九六九年御手洗潔在紐約哥倫比亞大學任教（助理教授）。住在曼哈頓摩天大樓三十四樓的舞台劇大明星，因患癌症，臨死前向他告白，於一九二一年紐約大停電時，她在一樓射殺了自己的老闆。這棟大樓曾經發生過複數的女明星在房間內自殺，劇團關係者被大時鐘塔的時針切斷頭，又某天突然吹起大風，整棟大樓的窗玻璃都破碎，本大樓的設計者死亡等事件，都與住在這棟大樓的「幽靈（怪人）」有關。她要御手洗推理，告白後即去世。幽靈的真相是什麼？

15《利比達寓言》（傑作選25）：

二〇〇七年十月初版。「御手洗潔系列」第二十三集。收錄兩篇十萬字長篇。表題作〈利比達寓言〉寫二〇〇六年四月，在波士尼亞赫塞哥維納共和國莫斯塔爾，四名男人同時被殺害，其中三名是塞爾維亞人，三人之中兩名的頭被切斷，另一名是波士尼亞人，頭同樣被切斷之外，胸腔至腹部被切開，心臟以外的內臟全部被拿走。此外四名的男性器都被切斷拿走。北大西洋條約機構（NATO）之犯罪搜查課之吉卜林少尉來電，要「我」（克羅地亞人。御手洗潔的朋友，本事件記錄者）聯絡在瑞典的御手洗潔，請他到莫斯塔爾來解決這次獵奇殺人事件。另一長篇是〈克羅埃西亞人的手〉，同樣是蘇聯崩壞後，獲得獨立的小獨國內的民族糾紛為題材的本格推理小說。

二、吉敷竹史系列

島田莊司發表第二長篇《斜屋犯罪》後，風評與處女作一樣，毀譽褒貶參半。島田認為「本格

mystery」尚未能被一般推理小說讀者接受，須擬出一套戰略計畫，推擴「本格mystery」。島田的策略之一，就是撰寫擁有廣大讀者的旅情推理小說，先打響自己的知名度，然後再回來撰寫「本格mystery」；另一策略就是到全國各所大學的推理文學社團宣揚「本格mystery」。島田的兩個策略，算是都成功了。他在京都大學認識了綾辻行人、法月綸太郎、我孫子武丸等人，鼓勵他們寫作，並把他們的作品推薦給讀者，而確立了新本格推理小說。

另一方面，島田莊司從一九八三年開始，以短篇寫御手洗潔系列作品，長篇寫旅情推理小說，而塑造了離過婚的刑事吉敷竹史。其離婚妻加納通子偶爾會在「吉敷竹史系列作品」露面，是一位重要配角。他們離婚前的感情生活，作者跟著故事的進展，借吉敷的回憶，片段地告訴讀者。

所謂的「旅情推理小說」大多具有解謎要素，但是它與解謎要素並重的是，描述地方都市的人情、風光。故事架構有一定形式，住在東京的人，往往死在往地方都市的列車內或地方都市。辦案的大多是東京的刑事。

吉敷竹史是東京警視廳搜查一課殺人班刑事，一九四八年出生，與島田莊司、御手洗潔同年，只從年齡來說，就可看出吉敷竹史也是作者的分身，所以其造型與寫實派的平凡型刑事不同。長髮、雙眼皮、大眼睛、高鼻梁、厚嘴唇、高身材，一見如混血的模特兒。這種素描就是島田莊司的自畫像。

01《寢台特急1／60秒障礙》（傑作選7）：

一九八四年十二月初版。「吉敷竹史系列」第一集。長篇。被殺害剝臉皮陳屍在浴缸裡的女人，在其推定的死亡時刻後，卻在從東京開往西鹿兒島的寢台特別快車隼號上被目擊。是一人扮二人？抑或是二人扮一人的詭計嗎？

02《出雲傳說7／8殺人》（傑作選8）：

一九八四年六月初版。「吉敷竹史系列」第二集。長篇。被分屍成八件肉塊的女性，其胴體、兩腕、兩大腿、兩小腿分別放在大阪車站與山陰地區的六個地方鐵路終站，找不到頭部而且其指紋全部被燒燬。兇手的目的是什麼？

03《北方夕鶴2／3殺人》（傑作選3）：

一九八五年一月初版。「吉敷竹史系列」第三集。長篇。事件是五年前的離婚妻加納通子打來的電話為開端，東京的刑事吉敷竹史，被捲入北海道的連續殺人事件。通子最初被誤認為從東京開往北海道的「夕鶴九號」列車殺人事件的被害者，其次成為釧路的公寓殺人事件的加害者。吉敷竹史在查案過程中，發現兩人結婚前之通子的重大秘密。吉敷獲得札幌警察署刑事牛越佐武郎的協助，終可破案。是一部社會派氣氛濃厚的旅情推理小說之傑作。

04《奇想、天慟》（傑作選17）：

一九八九年九月初版。「吉敷竹史系列」第八集。長篇。行川郁夫只為了十二圓的消費稅，刺殺了雜貨店女老闆，行川被捕後一直閉嘴不說出殺人的真正動機。吉敷竹史深入調查後，發現行川三十年前曾經出版過一本推理小說集《小丑之謎》，是寫一名矮瘦小丑，在北海道的夜行列車廁所開槍自殺，被發現後，廁所門再次被打開時，屍體消失無蹤……吉敷又由札幌警察局刑事牛越佐武郎告知，三十多年前北海道發生過類似事件，吉敷於是重新調查此事件。是一部本格推理融合社會派推理的傑作。

05《羽衣傳說之記憶》（傑作選26）：

一九九〇年二月初版。「吉敷竹史系列」第九集。長篇。吉敷竹史偶然在東京銀座的畫廊看到叫為「羽衣傳說」的雕金。他懷疑是離婚妻加納通子的作品。他回憶一九五八年，初次遇到她時的情景：她為了搶救一隻將被車撞死的小狗，反而自己受傷，吉敷把她帶到醫院治療，之後兩人開始交往，翌年結婚。結婚當天通子向吉敷說：「如果結婚的話，我將會死掉。」結婚後通子的行動漸漸不正常，六四年兩人離婚。吉敷至今一直不能忘記與通子相處的這六年。在「吉敷竹史系列」加納通子繼《北方夕鶴2／3殺人》登場的作品。

之後，吉敷到羽衣傳說之地，京都府宮津市辦案時，偶然遇到通子，吉敷又被捲入與通子母親有關的離奇死亡事件。

06《飛鳥的玻璃鞋》（傑作選28）：

一九九一年十二月初版。「吉敷竹史系列」第十一集。長篇。住在京都的電影明星大和田剛太失蹤第四天，被切斷的右手腕寄到他家裡。十個月後事件尚未解決，吉敷對這件管區外的事件發生興趣，向上司要求，讓自己去京都辦案，上司不允許，討價還價的結果，上司開出一個條件，限定一個星期的期間，要他解決事件，不然的話要辭職。

吉敷如何對付這事件？一篇具限時型懸疑小說的本格推理小說。日本的警察制度，不允許越境辦案，吉敷為何賭職辦案呢？這與離婚妻加納通子來電有關嗎？

三、犬坊里美系列

二〇〇六年島田莊司新創造之第三系列。主角犬坊里美對讀者並不陌生，在《龍臥亭殺人事件》

首次登場後，當時她還是一名青春活潑的高中生。之後在御手洗潔探案中出現過，甚至御手洗出國時，在《御手洗諧模園地》裡，與石岡和己合作解決過事件，可見她稍早就具有推理眼。跟著時光的推移，里美高中畢業後，在橫濱之塞利托斯女子大學法學部學習法律，畢業後在光未來法律事務所上班，並準備司法考試，考試及格後到司法研修所受訓，研修後被派到岡山地方法院實修。

01《犬坊里美的冒險》（傑作選22）：

二〇〇六年十月初版。「犬坊里美系列」第一集。長篇。故事從二〇〇四年夏天，二十七歲的犬坊里美為司法修習，來到岡山地方法院報到寫起。被派到這裡的修習生有六位，實修第一階段是律師事務，於是她與五十一歲的芹澤良，被派到丘隣之倉敷市的山田法律事務所實習。

他們兩人到山田法律事務所上班第一天，就碰到一個之前被殺、屍體消失，而前幾天腐爛屍體突然出現五分鐘，然後又消失的怪事件，而當局當場逮捕一名屍體出現時，在屍體旁邊的流浪漢藤井寅泰，他對殺人經過、動機一句不說，里美認為必有驚人的內幕，她開始調查。

四、非系列化作品

島田莊司的非系列化作品，占小說作品之三分之一以上，與其他本格派推理作家比較，其比率為高，作品領域也廣泛，有解謎推理、有社會派推理，也有諧模（戲作）作品。

01《死者喝的水》（傑作選29）：

一九八三年六月初版。第三長篇。非系列化作品第一集。前兩篇不可能犯罪型長篇，不能獲得廣大讀者支持，於是作者在本篇，改變創作路線——不在犯罪現場型推理。偵探是在第二長篇《斜屋犯罪》以配角身分登場的札幌警察局之牛越佐武郎刑事。他與社會派推理的刑警一樣，靠著兩隻腳搜查被害者，實業家赤渡雄造於旅行中被殺，其後被分屍，裝在兩只皮箱寄回家裡的獵奇事件。文中作者對「水」展現衒學。

02《被詛咒的木乃伊》（傑作選4）：

一九八四年九月初版。長篇。原書名是《漱石與倫敦木乃伊殺人事件》。明治大正時代的文豪夏目漱石為主角之福爾摩斯探案的諧模作品。夏目漱石留學英國時，每晚被幽靈聲音騷擾，他去找名探福爾摩斯，由此被捲入一樁木乃伊焦屍案。全書分別以福爾摩斯助理華生與夏目漱石兩人之不同視點交互記載事件經緯。夏目漱石眼中的英國首屈一指的名探是怪人。諧模推理小說的傑作。

03《火刑都市》：

一九八六年四月初版。長篇。連續縱火殺人事件為主題的社會派本格推理小說之傑作。中村吉藏刑事唯一為主角的作品。都市論——東京，與推理小說的「多目的型本格mystery」。

04《高山殺人行1／2之女》（傑作選16）：

一九八五年三月初版。長篇。旅情推理小說第四長篇，但是與上述三作品不同的是非吉敷竹史系列作品。一般旅情推理小說不能或缺的是列車、飛機、船舶等交通工具與其時間表。日本特有之旅情推理能夠成立的最大因素是，這些交通工具之運行時間的正確性。但是本書並不使用這些工具與時間表。所使用的是島田平時喜愛的轎車。上班族齋藤真理與外資公司的上級幹部川北留次有染。

某天，川北從高山別墅來電說，殺死妻子初子，要她替他偽造不在犯罪現場證明，要她打扮成初子，駕車來高山，途中到處留下初子的印象。「兩人扮演一人」的詭計是否成功？故事意外展開，讓讀者意想不到的收場。

05《開膛手傑克的百年孤寂》（傑作選24）：

一九八八年八月初版，二〇〇六年十月出版改訂版。長篇。一八八八年，英國倫敦發生令人心寒的連續獵奇殺人事件。五名被害者都是娼妓，她們被殺後都被剖腹拿出內臟。事件發生至今已一百多年，倫敦警察當局尚未破案。島田莊司不但取材自這件世界十大犯罪事之一的「開膛手傑克事件」，並加以推理、解謎（紙上作業）。

開膛手傑克事件的百周年之一九八八年，東德首都東柏林也發生模仿開膛手傑克的連續娼妓獵奇殺人事件。名探克林・密斯特利（Clean Mystery，島田莊司迷不陌生吧！）如何解釋相隔百年的兩大獵奇事件呢！

06《伊甸的命題》（傑作選27）：

二〇〇五年十一月初版。收錄兩篇十萬字左右的長篇。表題作〈伊甸的命題〉所指的是：「由男性的細胞核所創造的複製人，是否能夠具備卵巢這種臟器」的疑問。由此可知本篇乃以懸疑小說形式討論複製人的小說。

另一篇《Helter Skelter》是，島田莊司於二〇〇一年發表論文〈二十一世紀本格宣言〉，重新宣揚自己的本格理念。然後請幾位作家撰寫符合其本格理念的推理小說，而本人也寫了一篇示範作品，分發給每位參與的作家做參考。這篇作品就是《Helter Skelter》，本文不提示其內容，讓讀者去欣賞島田莊司的二十一世紀推理小說。（其實二〇〇一年以後的島田作品，很多是這類小說。）

【導讀】

島田莊司的警探傳奇

推理作家、評論家◎既晴

I

《死者喝的水》（一九八三）是島田莊司的第三部作品，也是他在出道以後，首次脫離御手洗潔探案、試圖另闢蹊徑的第一部作品。在本書中，島田捨棄了違背市場潮流的名偵探，採用了札幌市警署的中年刑警牛越佐武郎為主角，這位牛越首次在《斜屋犯罪》（一九八二）登場，是協助御手洗潔調查命案的帶頭刑警。

本作裡，牛越的背景有了更清楚的說明——他是個年近退休、工作生涯毫無建樹、連一張表彰狀都沒拿過的超普通刑警。由於資質平庸，他的查案方式當然遵循「現場百回」原則，同樣的疑點，非得查好幾遍才能查出結果，跟天縱英明的御手洗潔，有著極為強烈的反差，或許還可以跟石岡和己並列島田筆下智力最弱的偵探。

在南雲堂《島田莊司全集Ⅰ》（二〇〇六）的後記中，島田談起當時創作這部作品的背景，他說到，前兩部重視解謎、詭計的本格派作品《占星術殺人魔法》（一九八一）與《斜屋犯罪》，強調知性、鬥智、重視詭計、對犯罪動機不甚重視，還帶有分屍殺人、密室殺人一類的亂步趣味，在社會派盛行的「清張咒縛」下，得不到什麼好評。因此，他接受了講談社編輯的意見，對下一部作品進行改造。

首先，是改走符合市場潮流的社會派路線，並且增加動機描寫的篇幅。編輯認為不寫中年刑警出場的社會派作品是不行的，最好再加上火車時刻表詭計一類的東西。

其次，是加強動機的描寫。沒有把動機寫好，會被讀者認為是沒有能力寫動機的作家。

再來是為了銷售目的，單行本當時發表的書名是《屍體喝的水》。編輯告訴他，因為他還只是一個默默無名的新人，而且什麼獎都沒拿過，說如果沒有在書名裡加上「屍體」這種比較聳動的書名，書根本賣不出去。為了在市場立足，島田雖然不太情願，但還是照單全收了。

Ⅱ

觀察《死者喝的水》所表現的各項元素，其實並不難發現，這是一部學習松本清張、西村京太郎風格的臨摹之作。所謂的符合市場潮流，指的就是臨摹他們的風格。

前政府高官赤渡雄造，在前往本州旅行途中遭人殘酷殺害，因此，牛越首先必須追查被害者生前的最後足跡，並且根據其足跡，對他相約會面的各個親友逐一進行盤查。這樣的命案展開手法，很容易讓人聯想起松本清張的經典傑作《砂之器》（一九六一）。

直到所有關係人清查完畢後，交叉比對各關係人的證詞，從中找出可疑之處，鎖定嫌犯。當然，關於嫌犯的假設，必然會撞上嫌犯所提出的不在場證明，而這涉及了被害者轉乘、換搭火車班次的火車時刻表。破解火車時刻表詭計，佔了西村京太郎筆下刑警十津川省三系列探案的大半主題，從《臥鋪特快車殺人事件》（一九七八）、《終點站謀殺案》（一九八〇）等作品所引領的八〇年代「鐵道推理」風潮，正好時值島田出道之前，在本作中，有同樣複雜的火車時刻表詭計，完全是這股流行下的典型產物。

然而，儘管是臨摹作品，島田仍然試圖結合自己所擅長、所偏好的元素，發展成個人的獨特表現。例如，以分屍為主軸的殘虐命案，在他的作品中屢見不鮮，而本書中「郵寄屍塊」的設想，其後更變形、應用在《出雲傳說7／8殺人》（一九八四）及《飛鳥的玻璃鞋》（一九九一）等作。

此外，在本作中，牛越努力追查被害者的生前行蹤，卻發現所有關係人對死者均無犯罪動機，他必須找出動機，才能進一步鎖定犯人身分。社會派推理的動機，尤其必須竭盡所能地深入刻畫，並不像本格派推理只是完整交代案情的補充說明，本書中「無動機犯罪」的設想，則提供了大量的篇幅足以盡情挖掘。這種處理手法，後來也成為島田作品的一大特色，例如〈瞭望塔謀殺案〉（一九八七）、《奇想、天慟》（一九八九）等作。

在角色運用方面，雖然牛越僅在《死者喝的水》一作中擔綱主角，但他並未從島田莊司的作品中消失。其後於《寢台特急1／60秒障礙》（一九八四）、《北方夕鶴2／3殺人》（一九八五）、《異邦騎士》（一九八八）、《奇想、天慟》（一九八九）等多部作品中，仍然經常以配角身分登場，只要事件的地緣關係與北海道有所牽涉，他必然傾注全力協助。

而在《死者喝的水》中出現、擔任牛越在東京聯絡人、搜查一課的中村吉藏刑警，亦是島田小說世界裡的常客，身為吉敷竹史經常請益的前輩，他除了主演《火刑都市》及《歸天之舟》（與小島正樹的共著，二〇〇五）以外，包括〈狂奔的死者〉與《奇想、天慟》都有出現他的身影，與牛越同樣是跨越御手洗潔系列與吉敷竹史系列的重要配角。

最後，是島田的創作主題，「水」。做為題名，在本作是指殘留在死者體內的水，引導刑警前往破案方向。其實，島田後來的作品裡，尚有以「水都東京」為主題的《火刑都市》（一九八六）、以「文明的死亡，通常都是溺死的」為史觀的《水晶金字塔》（一九九一），以及以「游滿食人魚的大型水槽」為舞台的《克羅埃西亞人之手》（二〇〇七）。

作為島田莊司的社會派處女作《死者喝的水》，它囊括了日後此路線創作的各項基礎元素，可謂是開枝散葉之根。當我們從吉敷竹史系列見識到島田的「社會批判之山脈」時，翻閱《死者喝的水》，總可以找到許多蛛絲馬跡。

III

沒想到，在《死者喝的水》發表後，卻獲得了比前兩作更為惡劣的評價。島田覺得，因為當時已經被貼上標籤，所以就算已經很努力地更弦易轍，只要仍保有「獵奇小說」的特徵，就會被認為是只會寫獵奇小說的作家。

儘管當時島田非常努力、徹底地自我改造，完成了屬性截然不同的寫實型作品，但《死者喝的水》終究沒能擺脫惡評，然而，這樣的結果，其實並非無理可尋。

《死者喝的水》的案情發展重心放在「火車時刻表」，事實上，這是當時西村京太郎才剛點燃不久的新風潮，任何過於架構類似的他人作品，尤其是新人作家寫的，都容易被視為跟風作，而受到較為嚴格的檢視，縱使內容真有別出心裁之處，也可能遭到忽略。

另外，在犯罪動機的設計，島田在《死者喝的水》裡已經掌握了足夠的心理描寫技巧，具備一定程度的說服力，可謂本作最值一讀之處，但是，過度獵奇、引人側目的殘虐命案，卻交由一個不起眼、毫無功績的中年刑警來偵辦，反而產生屬性上的不協調。

不過，在經過這三部作品的摸索後，島田轉向光文社，連續發表了多部以警視廳搜查一課吉敷竹史刑警為主角的社會派推理。在這些作品中，島田依舊沒有捨棄他特有的獵奇元素，但他將故事主人翁從樸素的中年刑警牛越，換成英俊挺拔的菁英刑警吉敷，減少火車時刻表的比重，加強刑警熱血奮戰、對抗強大謎團的搜查過程，終於獲得市場認同，跨越了新人作家的第一道障礙。而，《屍體喝的水》出版文庫本時，也得以還原成本來的書名《死者喝的水》了。

楔子

窗外雪花紛飛，彷彿畫框之中在下雪。那是一場由窗框截取出來的雪，無害，值得觀賞。

北國一下起雪來，人人便立刻拱肩縮背，走起路來像個內向的人。不可思議的是，這會令人產生一種心情——若是能夠保住一條小命，其餘別無所求。而這樣的風土也讓犯罪更加陰沉而頑強。

說到下雪只會想到如夢似幻的美景，想必是罕見冰雪之地的人們的想像力使然。在北海道，雪就像強力的麻醉劑，會讓所有的東西陷入假死狀態，化為冷凍魚。

一片片雪花飄落在手心，嬌弱地消融，比櫻花花瓣更加惹人憐愛，卻蘊涵著狂暴的力量，不久便完全奪走臉頰的感覺，讓朝著火爐取暖的手心痛得以為骨頭碎了，讓陡坡化為危險的冰滑梯。

而當這些雪花成為一陣暴風雪，瘋狂肆虐，遮蔽一切視線時，所有生物只能伏拜在地，苟且偷生，偽裝死亡，最後，與真正會致人於死的危險孤獨搏命，深切體認自己的無力。

若有什麼熱情能夠在當中繼續燃燒，毫不稍減，那麼，或許就只有殺意了。

第一章 行李箱中的海

1

那天，昭和五十八年（一九八三年）一月十四日，才剛走出過年氣氛的札幌署刑事局辦公室裡，主任的電話響了。時間是上午十點三十又四分。

面對麻煩，主任懶洋洋地伸長了手。但是，還說不到兩、三句話，語氣就變了。只見他在椅子上端正坐好，左肘靠在辦公桌上。

看在東京眼裡，札幌肯定是鄉下，但就算再怎麼鄉下的警署，一般的強盜、殺人案也不至於讓刑事課的主任改變語氣。

主任耳朵貼著聽筒，就這樣環視辦公室。無論什麼時候，他都不會伸手遮住聽筒。

刑警幾乎都出勤去了，辦公室空盪盪的，像用餐時間過後的蕎麥麵店，只剩下兩個人；一個是雙眼發光、一直盯著主任的舉動的年輕刑警，一個是猛翻辦公桌抽屜的中年刑警。

「我派哞兄和佐竹君去。」主任對電話這麼說，放下聽筒。

主任看著中年刑警一副萬事皆休般垂下雙肩，意興闌珊地關上抽屜，說道：

「哞兄，不好意思打擾你找東西，不過發生一件不得了的大案子。」主任的語氣中有幾分愉快的味道。

「前極北振興的副社長赤渡雄造被殺了。他可是個大人物，得慎重行事才行。哞兄也知道吧？他現在雖然已經退休了，不過在札幌的名聲還是挺響亮的。」

這個被稱為哞兄的中年刑警，名叫牛越佐武郎。

「要我去嗎？不太好吧……」

「很可能是樁大案子。因為疑似赤渡的屍體，是被裝在兩個行李箱裡送回來的。」

兩名刑警對望一眼。這種案子在札幌署可是前所未見。

「赤渡家是在札幌市豐平區豐平，哞兄家那邊。」

「兩個行李箱裝得下一個大男人嗎？」牛越說。

「這個嘛，去看了就知道。佐竹，你也和哞兄一起去。赤渡現在雖然已經退休了，但他以前可是中央退下來的高官。醜聞、怨恨這條線當然不能放過。」

「是。」

「主任，我神經痛的狀況不太好。一個坐等退休的人，實在不適合去辦辛苦的大案子。」

主任做出略微煩惱的動作，然後說：「神經痛啊，那不做點運動不行哪。」

車子駛過洋槐行道樹，然後進入一副儼然宣告「這裡住的可都是有錢人」的住宅區，便看到不怎麼寬的馬路前方，有好幾輛警察的車擠著停在同一個地方。

「就是那裡了。」佐竹朝那裡揚了揚下巴。

這時候，他們的車正駛過一片空地。一片足足有一戶大小、連牆也沒有的空地，就這樣留在那裡，感覺像被豪宅包夾似的，顯然是孩子們打雪仗的最佳戰場。牛越心想：哦，原來這種地方也還有空地啊。

赤渡家門口的柱子上，照例圍上了封鎖線。年輕的佐竹有一次曾對牛越說，每次鑽過這道封鎖線，就覺得渾身是勁，但牛越則總是感到不勝其煩，想念火盆。

踩著院子裡的雪走進去，便看到一輛漆黑的大型進口車，那兩個有問題的行李箱都還放在玄關口的屋簷下。兩個的蓋子都是打開的，裡面露出看似黑色塑膠袋的東西。但袋子裡的東西還不至於令人看見。

正俐落地採取行動的其中一名制服員警看到牛越，便出聲叫道：「啊，牛越先生。」

「唷，好冷啊。」牛越一面回答，一面伸手擋在眉毛上，一副要擋住又開始飄下的雪花的樣子。

「聽說會有暴風雪，這種天氣最難捱了。真希望這種時候別出什麼大案子，要到處問話調查可就辛苦了，真希望能等到春天。」

「東西是用這種黑色塑膠袋包了四層。這可是件不得了的案子呢，可能是札幌有史以來最驚人的。塑膠袋是垃圾袋，每一家超市都有賣。兩個行李箱裡的東西都包了四層，這樣味道就不會傳出來了。再說，札幌又這麼冷。」

「是啊，幸虧是寄到札幌。雖然不知道是哪個混帳幹的，不過如果這戶人家是在鹿兒島，能不能像這樣平安送到就很難說了。」

「也許在車站就會被打開了。」

「會不會是算準了冬天幹的？」佐竹也說。

「再不然就是過年。啊啊，我頭昏昏的，好像快感冒了，也開始流鼻水了。不好意思。」牛越拿出面紙擤了鼻涕。

「那可不行，到這邊屋簷下來吧。」

三人移到玄關的屋簷下。

「事情有點奇怪。這一個行李箱裡只有沒有頭的身體；另一個是只有彎起來的雙腿，不知道為什麼，少了脖子……也就是頭，少了頭部和兩隻手臂。應該要再送一個裝了手臂和頭的行李箱過來才對啊。」

「因為裝不下吧？」

「嗯，所以應該還有第三個行李箱吧？您認為呢？」

「也許晚了，正在路上。」

「嗯，我也是這麼想，所以向國鐵問過有沒有同型的行李箱了。」

「準備得真周到。還有沒有別的意見？」

「關於少了一個行李箱嗎？我猜想，會不會是因為看到雙臂和頭，就能一眼看出行兇方式或是兇手的來歷，所以才把頭手藏了起來。」

「嗯，這個嘛……等一下。」說著，刑警又擤了鼻涕。

「其他還有什麼特別的地方嗎？」

「沒有了。服裝是出門時的樣子……」

「出門時？」

「赤渡雄造計畫這個月四日到十日去旅行，到水戶和東京的女兒家。結果卻塞在行李箱裡回來了。」

「什麼時候寄的？行李箱。」

「一月十一日，大前天。從水戶寄出的。」

「兩個都是？」

「是的。」

「從女兒住的地方寄出來的？唔……被害者應該見過女兒了吧？」

「應該是見過了吧，照理說。他去旅行就是為了看女兒。」

「太太還是家人呢？都在吧？能問話嗎……」

「在是在，不過恐怕不太行……因為畢竟太震驚了。我也是好不容易才向女兒問了一些……所以我再多說明一下，您了解大致的狀況之後再去問可能比較好。」

「這戶人家有幾個人？」

「現在應該有四個人。被害者不在了，所以還有三人。赤渡雄造的妻子靜枝、女兒實子，以及一個叫澤入保的男子，他們讓他住在附近一間房子裡，算是他們的司機兼赤渡的秘書。」

「剛才你還提到東京和水戶的女兒？」

「是的，赤渡總共有三個女兒。」

「哦！都是女的？」

「是的。最大的女兒叫晶子，嫁到東京，現在應該是住在上野附近，鶯谷這個地方。這個女兒應該快四十歲了。二女兒叫裕子，嫁到水戶，應該超過三十了。最小的是在家裡的實子，二十八歲。」

「原來如此，最小的年紀也開始要著急了吧？」

「如果是在牛越先生的年代的話，最近就很難說了。」

「那，這些東西是貨運送來的嗎？」

「不，是鐵路貨運，要到車站取貨。車站打電話來，所以是剛才提過的司機澤入今天早上去取貨的。關於這件事，請您問他本人或是女兒實子。」

「為什麼要問女兒？」

「因為正好順便有事要辦，女兒也一起去了。」

「哦。」

「關於這個行李箱，牛越先生，你們也要看遺體吧？鑑識課很快就會來搬走了。」三人打開了黑色塑膠袋。有一股獨特的臭味——

那真是一幅奇異的景象。打開後露出的黑沉沉的物體，令人很難相信這曾經是人類身體的一部分。所有的東西都又濕又黑。刑警心想，好像火災現場滅火後找出來的棉被。

戴著塑膠手套的員警一翻開上衣交疊的部分，便可見繡著「赤渡」的文字。

「目前我們是靠這個來判斷遺體應該是赤渡雄造本人，因為畢竟沒有頭，而這據說是他離家時所穿的服裝。至於身體特徵方面，以目前的狀態，還無法向妻子詢問。」員警如此說明。

「分屍是連著衣服，隔著衣服動手的吧？」刑警蹲下來，一面仔細查看屍體一面問。

「是的。這應該是用鋸子幹的。多半是死後經過一、兩天分屍的。」

「好濕啊。」年輕刑警說。但對此無人回應。

「對了，這種行李箱叫什麼型？」牛越邊站起來，邊問。

「這我也不知道。」年輕刑警回答。

行李箱是近來在機場等地經常看到的類型，四角做得圓圓的，合成樹脂製的大型行李箱。和牛越年輕時愛用的行李箱外型大不相同。

進了玄關，往裡面喊，於是來了一個年輕女子。她雖然沒有特別消沉的樣子，但看來應該是小女兒實子。

「我是札幌署的牛越，這一位是佐竹。請問是實子小姐嗎？」

「我是。」女兒的語氣很冷漠。

「令堂靜枝夫人在嗎？」

實子似乎早已料到會有此一問，而且也已經準備好回答了。

「家母在，但現在在房裡躺著。」

「是嗎，也難怪……啊，發生這樣的慘事，您想必很難過。在這種時候，還必須向您提出一些冒犯的問題，我們也感到十分過意不去，但這是為了及早逮捕犯人而不得不進行的過程，還請您見諒。」

「當然。有什麼問題請儘管問。」

「令尊遇害，而且以那麼殘忍的方式塞在行李箱寄回家，寄到家人身邊，以我們的常識，這怎麼看都是怨恨。」

「怨恨？」

「是的，這樣的推測應該不會錯。請問，有沒有人對令尊心懷怨恨？」

「絕對沒有這樣的人。」小女兒當下立即斬釘截鐵地說。

「家父……身為女兒的我不該如此自誇，但家父真的是個值得尊敬、善良體貼的人。對我這個女兒當然很溫柔，但對澤入也是，而且很厚待他。家父在工作上也許會有不少競爭對手，但不可能有人會恨得下那種毒手！」女兒的肩膀因憤怒和悲傷而顫抖。

「一定有人尊敬他，但是絕對不會有人恨他。請刑警先生多去問問別人，就會知道我說的都是真的。朝這個方向調查絕對是白費工夫。」

「嗯，原來如此。」

「這是因為，家父以前在極北振興的工作和顧問差不多，現在的工作也只是兩、三家公司的顧問而已。家父從事的工作，應該不至於招致這麼深的仇恨。萬一真的有人對家父心懷怨恨，那多半是在東京農林省的時代，可是那已經是二十年前的往事了。就算去問家母，那個時代也沒有這樣的事情，因為父親是個溫和善良、和藹可親的人。絕對不可能有人這麼恨他！」

「噢……原來如此。但是，這就麻煩了……」牛越這句話完全是發自內心。

「如果是這樣的話，那就真的麻煩了……再說，就算當時真的有人對令尊懷恨在心好了，過了十幾年突然以如此兇殘的手段報仇，也很奇怪。那應該就是突發性的報復了。對了，玄關好冷啊。我有點感冒的跡象，能不能給我一杯熱茶？」

「啊，我沒注意到，不好意思。因為太過震驚，方寸大亂……」

「是啊。哎，這也難怪。」

「兩位要進來嗎？請進。」

牛越和佐竹被帶到客廳。兩人迅速掃視每一個角落，看不出有特別花錢裝飾的樣子，也不怎麼大。就一個名人的客廳來說，應該算是簡樸的吧。

等了許久，實子才用托盤端了兩杯茶進來。牛越終於有熱茶可喝了。

「您認為怨恨這條線是絕對不可能的？」這次換年輕的佐竹發問。

「是的，我甚至想向兩位保證絕對沒有。最近的家父總是笑咪咪的，感覺就像活菩薩。」

「不是怨恨……」佐竹也是緊盯住這一點。對他們而言，若是經驗指出的這條線不存在，案子將會非常棘手。

「那麼，您認為兇手是在什麼動機下，才會下這麼狠的毒手？」

這時，女兒一瞬間露出一副被絆倒了似的神情。牛越沒有看漏。

「什麼動機……這種事問我……我怎麼可能知道。」

「您一直強調沒有怨恨的可能性。就算令尊為人再好，在我們看來，您是非常強烈地肯定。那麼，我們就不得不推論您是有什麼想法了。」佐竹稍微加重了措詞。

女兒顯得有些狼狽。她略略降低了音調說：「不，不是這樣的。若是讓兩位有這種感覺，那麼一定是我說得太過分了。我只是想強調家父不是會遭人怨恨的人而已。我想，是我太過強調，讓兩位誤會了。更何況……要去想像家父遭到殺害的原因，我想我沒有這個資格。」最後的話又讓牛越覺得不對勁。但是，他和佐竹對於是否該在此處重複追問都有所猶豫。

「那麼，換個問題吧。」牛越做出決定，開口這麼說。

「突然收到這樣的行李箱，而且還有兩個，想必您相當吃驚吧？」

「那當然，父親被殺誰都會吃驚。」女兒的聲音有些歇斯底里。她的情緒很激動。年輕的佐竹似乎產生了略微不快的印象，但牛越則沉穩地繼續說道：「是啊。但我不是那個意思，我是指當您接到通知，說有行李箱裝的包裹，而且還是兩件，寄到東札幌貨運車站的那時候。」

「哦，那麼答案就是『不』，因為我本來就知道會有東西送到。」

佐竹驚訝得探出上半身。

「哦？怎麼說？」

「明天，一月十五日，是家父和家母的結婚紀念日。每年在一月十五日這一天，嫁到東京和水戶的姊姊和姊夫，都會買家父喜愛的中國骨董當作禮物寄來，這是我們家的慣例。所以我本來就在想，東西應該差不多要寄到了。」

「什麼？」這回連牛越也不禁大聲問：「那麼，那兩個行李箱是令姊夫婦發送的嗎？」

女兒懾於他的氣勢，微微垂下眼睛。牛越再次以「是這樣沒錯嗎」確認，她回道：「是的」，悲傷地點點頭。

「那兩個行李箱都是從水戶寄出的？」佐竹問。

「是的。」

「行李箱上寫的寄件人姓名住址，是在水戶的令姊和令姊夫的，沒有錯吧？」

「沒有錯。」

「借個電話。」佐竹站起來。實子告訴他電話就在走廊盡頭。

佐竹一出去，牛越便陷入沉思。這究竟是怎麼回事？該怎麼解釋？

總不可能有哪個笨蛋寄出屍體還註明自己的姓名和住址。而且寄件人是血濃於水的親生女兒和女婿。那麼，是在某處被掉包了嗎——？而那些骨董禮物都到哪裡去了？

是有人要嫁禍於姊姊夫婦嗎？但這種做法實在不算高明。太容易看穿了。就算負責辦案的人再怎麼單純，也不會有哪個刑警會頭腦簡單到認為水戶的姊姊夫婦就是兇手。

但話雖如此，水戶的姊姊夫婦想必還是躲不過一些麻煩。

話說回來，既然如此，立刻就會產生許多疑點，例如用來做為容器的行李箱是誰選的、收件人資料的筆跡是否確實為本人等等。

「嫁到水戶的令姊，呃，大名怎麼稱呼？」

「她叫裕子。」

「好的，裕子小姐夫婦想必特別吃驚吧？因為以他們的立場，很可能被懷疑是他們殺害並寄送自己的父親。」

「大概吧……」

「那兩個行李箱都是從水戶寄出的，沒錯吧？」

「是的。」

「一個是東京夫婦的禮物，另一個是水戶的禮物，不是嗎？」

「是這樣沒錯。」

「那麼，不是應該一個從水戶發送，一個從東京發送嗎？」

「是的，可是水戶的二姊夫婦大概是想先看過東京的大姊夫婦送什麼東西，再決定吧。有很多件小東西的時候，也得借東京大姊夫婦的行李箱來放，而且水戶畢竟不容易找到好東西。所以每年東京的大姊夫婦都會先把自己選的禮物寄到水戶，水戶的二姊夫婦再把大姊的和自己的兩份禮物從水戶寄過來。東京的大姊夫婦也只要付到水戶的運費就好，應該認為這麼做兩全其美吧。」

「請等一下。照您這麼說，那兩個行李箱不是只有這次用，而是每年都會用到？」

「是的。那是姊姊們為了寄給家父和家母的禮物買的。」

「哦……這麼說，每年一月都會用到這兩個行李箱，但不會把行李箱用在其他地方，是嗎？」

「我想是的。」

「那麼，寫了收件人資料的紙……」

「我想其中有一張應該是一直貼著沒有撕下來才對……」

「您說一個？」

「另一個要從東京先寄到水戶，所以應該會撕下來吧。」牛越腦筋有點混亂。

「哦……還有就是關於筆跡，收件人資料的筆跡確實是水戶的令姊，裕子小姐的，沒錯嗎？」

「是我二姊的沒錯。」

這時佐竹回來了。牛越對他使了一個眼色，他便默默在沙發上坐下。

「那麼，這兩個行李箱每年正月都會在關東和北海道之間來回，這件事有很多人知道？」

實子無言點頭。

「這個習慣是從什麼時候開始的？」

「我想將近十年了吧。您問的是開始用那兩個行李箱吧？在那之前姊姊們也會送禮，不過沒有用行李箱來裝。可是，如果剛好有適合打包的箱子可以裝當然沒有問題，不然每年請人家做箱子也很不經濟，所以才會決定用行李箱的。」

「原來如此。那麼，將近十年來用的都是同樣的行李箱了？」

「是的。」

「嗯……對了，這兩個行李箱每年寄到札幌，東西拿出來之後，都是怎麼歸還的？寄空箱回去嗎？」

「不，空箱也不太好，要還的時候，有時候是裝了北海道的特產寄回去，有什麼事要轉達的時候，會請澤入帶著直接送回去。」

「由澤入先生送回去？」

「是的，因為他老家在東京，回去順路，而且他母親現在身體不太好，每年他都會回去兩、三次。」

「哦，這樣啊。令尊發生這樣的不幸，澤入先生也為自己的處境擔憂吧？」

「是的，多半會吧，因為這樣他就失業了。加上母親生病，大概會很擔憂吧……」

「在女兒這方面，會得到遺產嗎？」

實子對這個唐突無禮的問題沒有做出任何回應。只是把嘴巴閉得緊緊的，緊得嘴唇都發白了。

牛越內心猜想，剛才這個女兒那絆了一下的神情，原因肯定就出在這裡。東京和水戶的女兒本人雖然不可能，但她們的丈夫就算覬覦遺產也不足為奇。

但是，就算他們真的殺了人，也不至於做出裝在送禮的行李箱裡寄出這種蠢事才對。還是這麼做另有深義——？或者是故佈疑陣也不一定。

然而說到蠢事，就算兇手另有他人，但這人卻偏偏把女兒和女婿的禮物換成屍體，真是蠢到極點。為什麼要做出這種蠢事？若要處理屍體，更簡單的方法多得是。難道除了嫁禍給女兒女婿之外，還有什麼更深奧的理由——？

無論如何，牛越判斷這個案子並不如看起來這麼難。案子外在的部分的確是殘忍而誇大的，但由於裝禮物的行李箱是國鐵運送的貨物，應該能找出正確的行經路徑。若女兒和女婿不是兇手，那麼他們為了寄送而把東西運到車站的過程，應該也能逐一查清。

這麼一來，兇手這個第三者能夠掉換行李箱的時間應該就很有限。那個「時間」，想必很快就能查出來。相信要特定出掉換的時間不會太難。既然知道了，只要依時間或者地點，倒推回去找出可能的人即可。

再加上不在場證明以及動機的調查，兇手等於留下了這麼大一條線索。所以牛越才會認為兇手這樣處理屍體蠢到極點。

「呃——對了，您知道令尊身體方面的特徵嗎？例如胸部、腹部、背部等處，有沒有可以辨識的傷痕，或者是痣、胎記、疣之類的。」

「我不知道……我會問家母的。」

「我想，稍後可能要勞駕跑一趟警署。」

「家母嗎？」

「是的。」

「今天嗎？」

「事後我們會與您聯絡的。」

「……」

「請問，澤入先生現在在嗎？」

「在。我去叫他。」

不久之後出現在會客室的澤入保，身材高瘦，是個相當體面的青年。雙方禮貌性的招呼過後，牛越便問：「赤渡先生發生這種事，你一定很震驚吧？」

「是的，非常驚訝。」澤入的話很少。

「澤入先生，這顯然是他殺，是一樁命案，而且手法相當繁複而兇狠，但是小姐卻說絕對沒有怨恨的可能。你認為呢？」

「我也這麼想。因為赤渡先生人品真的很好。我認為沒有人會恨他恨得想要他的命。」

「嗯，你也這麼說啊。」

這時，牛越沒來由地，想開誠佈公地和他談。這種做法有時候反而能打開一條活路。

「我私底下想向你請教，你認為東京或水戶的夫婦有沒有可能為了遺產而犯案？」

牛越的老練就在這種時候顯現出來了。臉上笑容可掬，說話的方式像是完全信賴對方，但那對小眼睛一直盯著對方，不放過任何表情。

澤入露出苦笑。

「這個……就我的立場，實在無可奉告……只不過，我認為夫人會臥床不起，就是因為考慮到這個可能性的關係。」

「你的工作是類似赤渡先生的秘書，那麼應該有機會見到東京和水戶的女兒女婿吧？」

「是的，我見過。」

「他們是什麼樣的人？」

「噢……水戶的刈谷先生是個社交家，很紳士的一個人。夫人裕子小姐則是很樸實、很居家的類型。東京的服部先生沉默寡言，身材適中，但感覺有些神經質。他也會積極發表言論，但那是，怎麼說……只有對他上面的人才會這樣。夫人晶子小姐雖然已經快四十歲了，但還是顯得很年輕，非常美麗。」

「他們分別從事什麼行業？」牛越一面做筆記，一面問。

「刈谷旭先生繼承了他父親創立的幫浦公司，目前擔任社長。服部先生雖然是上班族，不過是後藤製藥的營業部長。」

後藤製藥的名字，牛越也因為電視廣告而耳熟能詳。

「原來如此，兩個女兒都嫁得不錯。那麼，經濟方面應該不成問題吧？」

「是的。」

「對了，剛才的實子小姐怎麼樣？婚事方面。」

「實子小姐目前正與狸小路的香坂電器商會社長的兒子談婚事。」

「這一位叫什麼名字？我是說兒子。」

「登，香坂登。」

「真是好名字，好像歌星……對了，赤渡先生是到東京方面去旅行吧？」

「是的。」

「他的行程是怎麼安排的？」

「一月四日出發，說打算在十日回來，但並沒有規畫詳細的行程。赤渡先生說，因為以後可能不太會像這樣旅行了，所以這次想隨心所欲地走走，可能興致一來，就到處去。所以到了十三日還沒有回來，我們也不太擔心。赤渡先生說，此行首先到水戶的裕子小姐那裡去，五、六日參觀水戶，然後到東京晶子小姐家落腳，和幾個好久不見的農林省時代的朋友見見面。」

「唔，那麼，你們一直到今天早上，也就是十四日早上，屍體送到東札幌貨運車站的之前，一點都不擔心嗎？」

「不，並不是這樣的。在札幌的我們是不擔心，因為我們記得赤渡先生說過的話。但是晶子小姐和裕子小姐則不時打電話回娘家，尤其是東京的晶子小姐，說八日上午赤渡先生離開她家之後就沒有聯絡，她很擔心，所以從八日起，每天至少會打兩通電話。因此夫人也很擔心，但我和實子小姐都說，要不了多久赤渡先生就會打電話回家聯絡。」

「晶子小姐是住在東京鶯谷的那邊，沒錯吧？」

「是的。」

「赤渡先生八日上午離開那裡之後就沒消息？」

「是的，據說行李還放在那裡。不過赤渡先生帶著錢包，也帶了裝有隨身物品的小包包，所以如果是做一趟小旅行拜訪友人，應該不至於有所不便。也可能是在與過去的朋友碰面時，得知了想找的人的住址，然後對方又住在東京附近……」

「赤渡先生以前也曾經這麼做嗎？」

「沒有，過去也經常在正月期間到東京旅行，但從來沒有這麼做。不過，因為他說要把這次當作最後的旅行，所以……」

「最後是指？」

「是指年紀畢竟已經到了。」

「赤渡先生幾歲？」

「明治四十四年（一九一一年）生的，所以今年是七十一歲吧，因為赤渡先生是十二月生的。」

「嗯，七十一歲……對了，你幾歲？」

「我是昭和二十二年（一九四七年）生的，所以是三十五歲。」

「哦！原來你已經三十五啦，我還以為才二十七、八呢。那不是和佐竹一樣大？」

「不是。」佐竹在旁邊冷冷地應道。佐竹小了五歲以上。

「你還單身？」

「是的。」

牛越似乎想就這方面再多問幾句，但卻改變了話題。

「赤渡先生是在四日下午離開札幌的吧？」

「是的。搭乘下午三點五分出發的『鳳凰號』。」

「確定是那班車沒錯？」

「確定。是我安排的，而且赤渡先生這幾年到關東方面旅行，一直都是搭乘『鳳凰號』。」

「你親眼看到他搭上『鳳凰號』嗎？」

「是……是我和實子小姐送行的。」

「不是搭飛機啊？」

「不是，赤渡先生不喜歡飛機，也不喜歡新幹線。」

「那麼，到了青森以後，也沒有搭東北新幹線囉？」

「是的，因為水戶是在常磐線上。要到常磐線沿線的車站，搭乘新幹線反而不方便，因為要換好幾次車。」

「赤渡先生是先到水戶的刈谷旭先生那裡去？」

「是的。每年都是這樣。」

「而且每次都是搭乘『鳳凰號』？」

「是的。」

「那麼下了渡輪之後呢？」

「搭乘『夕鶴號』，『夕鶴十號』。每年都搭同一班車。這樣就會在早上七點半過後抵達水戶。」

「東北新幹線通車、國鐵班次修正之後，這個班次也還在？」

「還在。只不過以前『鳳凰號』是兩點四十五分從札幌出發，現在改成三點五分。」

「這麼說，『鳳凰號』轉接渡輪是最順的了？」

「是的。在函館和青森各自都只需要等二十分鐘左右，就能夠順利搭上『夕鶴』。」

「『夕鶴』是臥鋪列車？」

「是的。」

「除了這樣走之外，沒有別的走法可以接得這麼順了？」

「是的。不，還有一個選擇，可以搭特急『穹蒼二號』接『夕鶴六號』。從札幌到常磐線的水戶，中間轉乘不必浪費時間，又能夠一路順暢的，就只有這兩種走法了。不過，這個走法清晨五點不到就會到水戶，這樣會很不方便。」

「原來如此，那個時間到確實麻煩。那麼，赤渡先生在水戶之後搭了什麼車，你就不知道了？」

「是的，其他的我就不知道了。」

「嗯，對了，東札幌貨運車站聯絡東西送到的通知，是誰接到的？是你嗎？」

「不，是實子小姐。」

「是用電話通知的吧？」

「是的……我想是的。」

「那是幾點的時候？」

「我想差不多是九點半吧。因為實子小姐當時正在用早餐，卻開始說要去領東西。」

「所以吃過早餐，馬上就去拿了？」

「是的。」

「開車去？」

「是的。因為擔任赤渡家的司機是我目前最主要的工作。」

「車子是停在這個家的車庫裡吧？」

「當時是的。」

「你的意思是？」

「我借住的地方就在這附近，但我回去的時候大多會開車回去，然後停在旁邊的空地。這麼一來，只要一通電話，馬上就能出車。」

「原來如此。去領東西的時候，實子小姐也一起去了？」

「是的。」

「為什麼？」

「因為小姐要寄信。昨晚小姐要我寄，但我卻不小心忘了。」

「嗯……」

接下來牛越也拿著鉛筆在記事本上振筆疾書了一會兒，寫完之後，他沉思了一會兒，然後啪嗒一聲闔上記事本。

「那麼，今天我也狀況不佳，就到此為止吧。靜枝夫人今天還沒有辦法見我們吧？」

「是啊……我想是沒辦法。」

「我想也是。等驗屍的結果、推定死亡時刻等等出來之後，我們會再來問一些令人不愉快的問題。」

「是……」

「很抱歉，暫時請別離開札幌，麻煩請轉告一下赤渡家的各位。那麼告辭了……」

牛越站起來。澤入連忙到裡面去叫實子。

來到外面，果然不出所料，雪越下越大了。

2

「哞兒，解剖的結果出來了。」佐竹一快步走進刑事組就這麼說。

「嗯，怎麼樣？」

「很令人意外，是溺死。」

「溺死？是淹死的嗎？」

佐竹一面在牛越身旁坐下，一面說：「喝了很多水，而且是鹽水。」

「海嗎？」

「不，好像沒有那麼濃，高木醫師對這一點解釋了一大串。他說，是『非常靠海的河』。」

「但是，這個案子還真是意外連連啊，讓人吃了好幾次驚。不過……我真不懂，溺死……人都溺死了，還撈起來再裝進行李箱送來嗎？溺死的屍體一般要從海裡或水裡撈起來吧？這麼說，是把他溺死的人……不，是分屍、裝箱的人把赤渡淹死的嗎？」

「應該是說，選了淹死這種方式來殺人吧。」

「那麼，幹嘛不直接把人留在水裡？還特地撈起來……就這麼堅持一定要送回去嗎？……別的不說，死者會反抗吧？」

「腳踝有被繩索綁過的痕跡，所以應該是限制行動之後才下手的。」

「可是……要溺死一個人『需要水』，像是海或河，場所是限定的，一定得特地跑到那裡去。可是如果選勒死、刺死、毒死這些手法，就沒有選場所的必要。既然不是推進水裡就算了，那麼這些手法應該容易得多才對。假如兇手打從一開始就決定要把屍體裝箱送回來，那麼淹死這種辦法不是反而很費事、很麻煩嗎？還是殺人的和分屍的不是同一人？有人把死者推進海裡，剛好撿到的人送回來……等等，是海沒錯嗎？該不會只是鹽水吧？好比加了消毒用鹵素的游泳池之類的……」

「不，因為有海裡才有的有機物，所以是海沒有錯。還有，裡面也驗出了微量的水銀。」

「水銀？」

「對。最近雖然沒人提起了，但就是因為水俁病現在大家都知道的有機水銀。不過和這次赤渡的死因無關就是了。」

「意思是？……」

「地點就會是上游有煉鋅廠或是蘇打工業工廠的河川的下游，入海的地方。」

「那是哪裡？」

「恐怕不怎麼多，這是因為對照赤渡的推定死亡時刻……」

「幾點？什麼時候？」

「一月八日晚間八點到十點。赤渡是八日當天上午離開晶子在鶯谷的家的，所以不必把全日本都列入可能地點。這是因為赤渡八日當天應該在東京和人碰面過，所以失蹤時間應該可以大幅縮短。這麼一來，應該是關東近郊的河川吧？」

「唔──……在關東近郊，而且上游釋出水銀的河川入海的地方……應該不多。」

「已經著手在找了。」

「水銀嗎？……水銀和死者曾經擔任農林省官員可能有關……」

「嗯，不過，水銀污染應該是歸厚生省管的吧？」

「咦？是嗎？啊啊，是喔。對了，遺體還沒給老婆認過就解剖了啊？」

「不，赤渡靜枝來過了。」

「來過了？怎麼說？」

「認過屍了，確認是她丈夫本人。」

「唔……」

「還有，赤渡有固定的醫生，血型和其他資料也送過來了，確然無疑，死者是赤渡雄造沒錯。」

「是嗎？」牛越說完，就赤渡靜枝的事稍微思索了一下。

札幌署成立了赤渡雄造行李箱分屍案的專案小組。白紙上寫著漆黑的毛筆字，活像晚了十天的元旦開春習字，大大地掛在刑事課辦公室的門上。

牛越佐武郎走出刑事課，來到走廊盡頭的窗邊，想針對案子理理頭緒。死因和死亡推定時間的報告出來了。雖然死前吃了什麼還不知道，但已經可以開始動腦了。

赤渡雄造喝的水，是含有大量海水的河水，因此照理說，行兇地點當然是河川的入海口。

還有就是水銀。這個詞現在雖然已經沒人在提了，但有一度可是聽到耳朵都快長繭。現在聽到這種字眼，總有一種落伍之感。人就是這樣，好了傷疤忘了痛。

上流有蘇打工廠或煉鋅場的河川，若是限定關東這一帶，大的煉鋅廠就屬位於群馬縣安中那個有名的東洋亞鉛吧。其他地方或許也有蘇打工廠，但牛越對那個地區不熟，因此無從得知。不過在煉鋅廠方面，在關東地方除了安中，應該就只有新幹線終點站，埼玉縣的大宮了。

如果光就這幾個條件來看……牛越思索，大宮並不在大河岸邊，安中則是靠利根川。利根川入海的地方是……

牛越離開走廊，來到貼著日本地圖的牆面前，找出安中，然後以手指按住利根川向海滑過去，沿途路徑相當長，只見河慢慢變粗，然後在犬吠埼入海。是銚子！

但是，距離相當遠。利根川這麼長，就算真的在上游釋放水銀，水銀真的會流到銚子嗎？

但既然安中煉鋅廠曾轟動一時，那麼也許是可能的。再說，解剖報告不就說是微量嗎？不過這陣子又完全沒有聽到水銀公害，究竟又是怎麼回事？

接著他也看了大宮那邊。本來是為了周全起見，但一看地圖，原來大宮也位在一條小河邊。這條河與荒川會合後流入東京灣。入海口是附近是江東區和江戶川區。

牛越心想，雖然是大致的推論，但應該不脫這兩個地點。若是荒川，便靠近東京的姊姊夫婦，銚子則靠近水戶的妹妹夫婦。

但這多半要看赤渡雄造八日當天的行蹤能夠確認到什麼程度而定。赤渡的死亡推定時間，是八日晚間八點到十點，因此若查出有人在八日下半天較晚時與赤渡會面，那麼赤渡能夠到達的範圍當然就會縮小，也就可能縮小到關東這兩個地點。

但是，若是赤渡八日沒有與任何人碰面，那麼也許就必須把全本州上游有煉鋅廠的河川列入考慮了。尤其現在有新幹線，有一天的時間，要到九州或上越、青森都不成問題。

回過頭來，目前還必須解決的問題是物證，但裝有屍體的黑色塑膠袋是每個超市都買得到的東西，多半查不出什麼線索。

還有就是那兩個行李箱，那是赤渡家的人為了寄送給父親的禮物而買的，因此也無可查之處。

雖然知道兇手是以鋸子分屍，但這多半也查不出來。

再來就是相關人士的不在場證明，重要的嫌犯全都不住在札幌，因此除了等候報告之外別無他法。

以目前的狀況，就是這樣了——牛越這麼想，然後想先看看東京的分區地圖，便回到刑事課辦公室。

而看了東京二十三區，他有些吃驚。荒川不就和隅田川連在一起嗎？於是他又看隅田川，竟然就流經鶯谷的姊姊夫婦家不遠處。

就拿言問橋來說好了，這裡距離鶯谷的車站還不到兩公里。不過，海水大概漲不到這一帶吧——牛越想。

專案會議開始了。刑事課辦公室幾乎每個人都參加了。佐竹站起來說：

「水戶署和上野署都有聯絡了。水戶的刈谷旭、裕子夫婦，東京的服部滿昭、晶子夫婦，均否認涉案。至於案發時間的不在場證明，首先水戶的刈谷夫婦，這兩人的不在場證明完全成立。狀況是這樣的，他們的新居於一月七日落成，第二天八日，也就是赤渡的推定遇害日，八日當天，由於是星期六，晚上便在新居慶祝落成。刈谷家的鄰居、刈谷旭公司的幾名員工都受邀到刈谷家，正好從推定案發時間的晚上七、八點開始，一直到十二點多，都在刈谷家吃喝。這方面，已經向當時出席宴會的人取得證實。刈谷旭這天晚上在客人面前消失的時間，都不超過十分鐘。妻子裕子這方面，則頻繁進入廚房，但也不曾消失超過三十分鐘。」

每個刑警都發出「嗯」「嗯」一聲。

「接著是東京的服部夫婦……這邊就有問題。我想可以說是沒有不在場證明。妻子晶子表示一直單獨在家等候父親，而丈夫服部滿昭則說從晚上七點到十一點在看電影。關於他看的電影……」

「看電影！」主任打斷了他。在這種時候搬出看電影這種事，的確很可疑。

「選在偉大的岳父來東京的時候？服部……叫什麼名字去了，滿昭嗎？服部滿昭喜歡看電影嗎？」

「不，據說他很少去看電影。多半是想躲岳父吧？所以才會想等老頭子睡了再回家。只是……」

「但是八日是星期六啊？服部去上班，而且待到傍晚？」

「是的，他是這麼說的。服部的公司後藤製藥是隔週六休，也就是隔週週休二日制。八日雖然是星期六，但還是要上班。而本來是上半天的，服部卻說他獨自留在自己的辦公桌前處理工作。」

「到幾點？」

「說是到傍晚六點左右。」

「這年頭罕見的拚命三郎嗎。不過，有人能證明嗎？」

「現在正在查，但看來相當困難。」

刑警們全都陷入沉思。看樣子，單就這場會議而言，服部滿昭給人的印象不是很好。

「只不過，服部對他聲稱在推定行兇時間所看的電影內容對答如流。」

但這又能證明多少？

「還有，服部滿昭從七點起，大約每隔三十分鐘就打電話回家。」

「在看電影的同時嗎？」

「可能是因為老婆說赤渡還沒有回來，打電話回去問情形的。電話也是從電影院打的。」

「如果真要懷疑，也可以說是滿昭向晶子報告殺害赤渡的結果。」

「是，但是這個……」

「嗯，晶子是親生女兒，所以應該不可能。」

「滿昭據說是在十二點過後回家。」

「滿昭有駕照嗎？」

「有是有，但他不開車，也沒有車。」

「水戶夫婦、東京夫婦這四人當中，誰有駕照？」

「雙方的丈夫都有。老婆都沒有。」

「水戶夫婦有車吧？」

「是的。」

「八日晚上，服部滿昭是否曾經向朋友或是租車行借車？」

「這個上野署正在幫忙調查，目前還不知道。」

「嗯。現在連行兇現場都還不知道，也沒辦法催東京那邊。」主任這麼說。

「還有就是赤渡到本土之後的詳細行蹤……」

北海道的人有時會把本州稱為本土。

「赤渡是搭乘一月四日下午三點五分發車的『鳳凰號』離開札幌的。由女兒實子與秘書澤入送到月台。這班車於晚上七點二十四分抵達函館，轉乘十六分鐘後開船的青函渡輪。是晚上七點四十分的船。這艘船晚上十一點三十分抵達青森，然後轉乘二十五分鐘後發車的『夕鶴十號』，也就是晚上十一點五十五分從青森發車的火車。這班車赤渡要秘書訂了臥舖，所以應該是在上面過了一夜。然後五日早上七點三十九分抵達水戶，刈谷旭還在放春假，所以和妻子裕子一起開車到水戶車站迎接。」

「等一下。這麼說，赤渡沒有搭東北新幹線了？」

「是的。」

「為什麼？好不容易蓋好了，搭新幹線應該比較輕鬆啊。」

「據秘書的證詞，赤渡討厭新幹線，但我想應該是因為他想依照往年慣例先到水戶的關係。要先到水戶的話，不搭新幹線比較方便。大家都知道，水戶是在常磐線上，而常磐線從仙台就和東北本線分開，沿海岸南下。東北新幹線則是沿著東北本線走，從札幌到水戶，新幹線只能從盛岡搭到仙台。所以除了轉乘渡輪這個麻煩，又要在盛岡換車，到仙台再換車。」

「嗯，可是，也可以搭東北新幹線到小山這邊，再從小山向東到水戶啊？」

「是的，但是這麼一來，小山到水戶之間只有普通車可搭，而且轉車的次數還是一樣，輕鬆不了多少。所以才會這次也選以前熟悉的『鳳凰號』接『夕鶴』的走法。」

「嗯，老人家有時候就是會這樣。不過，如果先到東京，搭新幹線就輕鬆了。」

「是的，如果先到東京的話，是這樣沒錯。但是，赤渡大概不想改變以往的習慣吧。」

「大概吧。繼續。」

「好的。依照刈谷裕子的說法，赤渡說在火車上沒睡好，所以就直接開車回刈谷夫婦家裡補眠。但是，這時候刈谷夫婦的新家還在蓋，正好是落成前夕。依照原本的計畫，應該去年就要完工，結果進度落後，所以這時候他們還住在暫租的公寓裡。因此他們夫婦感到很遺憾，因為本來是想讓父親在新家休息的。」

「公寓一定很小吧？」

「是的，刈谷夫婦有一個即將上小學一年級和一個快五歲的孩子，兩個都是男孩，有兩個孩子，地方是嫌小了點。而赤渡這邊，他已經七十一歲了，五日這天很累，就沒有在水戶觀光。而且他也不是第一次到水戶，之前去過好幾次，因此當天只有傍晚到新家附近走走而已。而第二天六日，這一天從一早就開始活動。由刈谷旭開車，帶他到大洗海岸一帶、水戶有名的偕樂園等地。」

「刈谷旭的老婆呢？」

「是，老婆在這時候，由於快上小一的兒子有町內的棒球比賽，無論如何都得去加油，所以由刈谷旭一個人陪伴父親。」

「年還沒過完就打棒球？精力真旺盛。」

「裕子一直希望父親從東京回家路上再到水戶一次，因為那時候新家應該已經完成了。回程赤渡本來也許想搭新幹線趕回家，但還是答應了女兒。由於有這樣的約定，裕子也才會把父親交給丈夫一個人吧。而六日這天晚上，丈夫也搭晚上七點三十分離開水戶的『常陸二十四號』一起到上野。」

「嗯？刈谷旭跟著岳父到東京？」

「是的。水戶到上野搭特急的話，只需要一小時又二十分鐘。刈谷說他擔心岳父很累，而且又因為工作關係要去找東京的朋友。但是，水戶署的人說，關於這方面他的說法似乎不盡不實。」

「唔……怎麼個不盡不實法？」

「這就不知道了。」

「老婆沒去吧？」

「沒去，刈谷旭一個人而已。」

「嗯。」

「這班『常陸二十四號』在晚上八點五十分抵達上野，長女服部晶子到上野站來迎接。上野和鶯谷就在附近，赤渡和晶子一起到服部家，因為累了馬上就上床了。因為到家的時候，應該已經超過九點了。」

「刈谷旭那邊呢？」

「刈谷旭這方面，據他本人說，是在東京見朋友，搭很晚的火車，正確地說，是晚上十一點整從上野發車的『夕鶴七號』回水戶。」

「晶子那邊就沒有再出門了吧？」

「沒有。」

「東京這對晶子夫婦沒有孩子嗎？」

「沒有。」

「沒有孩子啊，唔。」

「而，第二天七日，由於疲累，赤渡睡到中午，中午過後才起床，吃過中飯，因為是熟悉的東京，便單獨去逛。」

「七日赤渡只是在外面逛而已嗎？也見了農林省時代的朋友吧？」

「是的。似乎是見了農林省時代的朋友。這些人的名字，由於晶子記得不是很清楚，現在只知道姓氏。再怎麼說，都是女兒，如果是妻子，也許會比較清楚。七日那天，總共見了中村、廣岡，還有一個不知是藤木還是藤本還是藤原什麼的人，這是七日當晚赤渡告訴女兒的。晶子表示，其中這位中村叫做染一郎。現在東京方面正在幫忙查這些人物。然後就是關鍵的八日。八日早上，赤渡告訴晶子要與姓芝木的人物，以及姓八木的人物，還有姓川津的這三個人見面。早上快十點時離開鶯谷的家，就這樣斷了音訊。」

「也沒有打電話嗎？出門之後。」

「沒有。」

「這三人也都是農林省時代的朋友？」

「是的，三人都是農林省時代的同事。」

「三人的住址都知道了嗎？」

「現在的情報就只有晶子的記憶，還沒有得到正確的資料。晶子表示不知道芝木的所在，八木好像是在大森，而川津似乎是在品川。這些都是晶子的證詞。目前東京方面正在調查。」

「說起來，赤渡是中央派出來的退休官員，再怎麼說都是成功人士，不過，朋友當中也許也有人是住破公寓、向個人信貸借錢的也不一定。只不過這些人赤渡反而也不好去找吧。」

「應該吧。」

「所以這些人大概每個都是有頭有臉的人了。」

「嗯……也許是的。」

「現在還不知道他見了這些人當中的哪些人？」

「還不知道。」

「可能一個也沒見，可能三個都見了，是吧？」

「是的。」

「唔，這麼一來，這三個人都是重點了。現在還不能斷定，不過赤渡失蹤的原因，很有可能就存在於與這三個人碰面當中。」

「是，我也這麼認為。」

「唔，那，其他還有什麼？」

「赤渡喝進去的水裡面含有微量的水銀，以及這個水可能來自於河川入海的河口附近，這兩點先前就已經報告過了，要補充的是，根據高木先生的說法，赤渡死後六小時到十五小時之間，包括仰臥、俯臥在內，曾經被變換過許多姿勢。」

「嗯？這我聽不太懂。意思是說，屍體被翻過來又翻過去嗎？」主任問。

「是的，而且是在死亡六個小時之後進行的。」

這一點牛越也聽不太懂。他想，最好等會兒直接去法醫教室看看。

「再來就是兩個行李箱。赤渡家的人證實那是每年用來寄送的行李箱沒錯。從表面的刮痕以及整體磨損的程度看來，我們也認為那是兩對女兒和女婿八年前購買的，但運送過程中被整個掉換的可能性並非全然不存在，因此已經將行李箱送往水戶署了。收件人資料據說是水戶的刈谷裕子寫的，若由本人親自來看，應該能夠清楚辨識東西是否是自己幾天前寄出的。也已經請水戶署視辨識的結果，調查製造廠商的生產數量、生產日期、販賣地區等資料了。」

「行李箱是什麼時候從水戶寄出來的？」

「一月十一日星期二。」

「兩個都是？」

「是的。」

「嗯，我明白了。佐竹，辛苦了。好，大家有沒有意見？」

「死者赤渡目前的任職狀況如何？極北的副社長已經卸任了嗎？」刑警當中有人發問。

「卸任了。」佐竹回答：「副社長的工作已經卸任了，現在是擔任顧問。赤渡除了極北振興之外，也兼任迪勒汽車這家進口車經銷商、榮林不動產、共榮土地家屋等，大大小小四家公司的顧問。」

「這當中都沒有與人結怨嗎？」

「這一點正要進行調查。」

「好，哞兄呢？」主任問。

「現在還沒辦法說什麼。我想等知道赤渡八日見過什麼人再報告。」牛越這麼說。

3

牛越一個人來到走廊，邊走邊想要去找法醫高木醫生。因為他有幾件事想請教專家。首先，牛越最在意的就是河流出海口這件事。

這完全是外行人的想法，但赤渡雄造在死去的前一刻，如果吃了鹹鮭魚，而且是撒了很多鹽的，然後再喝下河水會怎麼樣？會不會正好就像河水加了鹽，變成出海口的情形？

這想法實在是太外行了，所以牛越不敢一本正經地提出來。再說，牛越自己也有親身體驗，鹽分是高血壓的原因之一，老人不能多吃。更何況都已經七十一歲了，當然會注意這一點才對。

高木醫生以前雖然是札幌醫大的大教授，卻不怎麼擺架子，所以和牛越很合得來。他聲音很高，說話有點女性化。牛越怯怯提起鹹鮭魚說法，他立刻笑出來。

「鹹鮭魚？牛越先生，你真會想。鹹鮭魚，很有意思！不過呢，這是完全不可能的，完全不可能。」

「……」

「至於為什麼呢？海水這種東西，並不只是淡水加了鹽而已。就拿鹽分來說好了，海水裡並不是只有氯化鈉而已。雖然氯化鈉占所有鹽分的三分之二，但其他也還有一些含有鹽類的成分，我現在不知道詳細的數字，不過按照多寡來說，有氯化鎂、硫酸鈉、氯化鈣、氯化鉀、碳酸氫鈉、溴化鉀、硼酸，然後還有……啊，鍶之類的，總之，有種種的鹽類溶解在其中，海水是綜合體。」

「哦，這樣啊。」

「然後說到日本的鹽，這也是很獨特的，因為已經沒有鹽田了，從一九七二年起，食鹽百分之百都是用離子交換膜電透析法來做的。這種方法是從海水裡直接只取出氯化鈉，是日本獨有的。這樣做出來的氯化鈉高達百分之九十九，反而不適合用來食用，因為礦物質都被去掉了。所以日本市售的食鹽，都還會以人工再添加鎂或鈣等碳酸鹽類。從這一點來看，海水和食鹽水就相當不同，兩者馬上就可以區別出來。就算買鹽來加也沒有用。」

「哦，原來如此，那麼把那些硼酸、碳酸什麼的……」

「碳酸氫鈉。」

「一定得把這些全部都調配在一起才行？」

「是沒錯，但光是這樣還是不行。這一點河水也是一樣。這種水裡頭，含有種種的矽藻類，而這些東西只實際存在於自然界。當我們面對一具可能是溺死的屍體，第一件事就是要查矽藻類。因為所謂的溺死屍也有很多看似溺死，其實是死後才扔進水裡的案例，必須多加小心，像這種時候，這些矽藻類就幫了很大的忙。生前入水溺斃的情形，肺部自然會吸入大量的矽藻，然後又從肺進入血液循環，分佈到全身各處，因此將肺末梢、心臟、肝臟、腎臟、骨髓等大循環系統的器官以白色發煙硝酸等處理，透過鏡檢，也就是透過顯微鏡檢查，可以驗出矽藻的殼體。屍體被扔進水裡也一樣，肺部不見得完全沒有矽藻，但這是只有微量，事後頂多能在心臟找到少許而已，兩者的差異是顯而易見的。不過我也一樣，在札幌很少會接觸到溺死屍體，但這在法醫算是常識，所以當法醫的一定知道。這次的屍體也明顯在這些大循環系統裡找到了大量的矽藻類殼體。」

「原來如此，所以才說是在海水中溺斃的嗎？……嗯，我明白了。行李箱裡的海啊……」

「還有，也有生活污水的問題。」

「生活污水？」

「我不是這方面的專家，沒辦法查得很詳盡，不過像是家庭污水的有機物，農業畜產污水，也就是豬牛的屎尿，還有就是工廠污水，水銀也是其中之一，不過最近殺白蟻那一類的藥品污染也很嚴重。水中有這方面的污染情形。這也是自然界才有的特徵。我能夠肯定的就是，這水充滿濃濃的人類生活的味道，不是離岸很遠的海水。還有就是，這不是人工的水。有必要的話，也朝這個方向調查分析如何？」

「噢。」牛越心想，有必要做到那種程度嗎？他偵辦命案，從來沒有做到那種程度，也沒見過這樣的先例。至少在札幌署沒有。

「不只是這樣，這水還有其他的特色。」

「這麼多啊。」

「水也和屍體一樣，會透露很多訊息的。」

「哦。那麼，是什麼特色？」

「就是細菌等微生物。草履蟲之類的原生生物多得出奇。矽藻類，也就是水藻，這也很多。這部分值得注意。」

牛越低著頭想了一會兒，但還是不懂，因此便問：「……所以說，是什麼意思？」

「水腐敗了。」

「腐敗了……」

「是的，水腐敗，簡單說，就是水裡的有機物等被微生物分解了。而這樣會發生什麼事呢，就是微生物會增加、藻類會增加、水會變綠，然後發出阿摩尼亞味、腐敗的味道。這些水便是處於這種狀態。」

「所以是什麼意思？」

「也就是說，這些現象指出，地點是在水污濁而又淤積的地方。」

「水污濁又淤積……水窪、潮池之類的地方嗎？」牛越問道。

「是的，而說起來，水在陽光充足的地方腐敗得快，溫度高也快，氣密性高的地方也快。」

「有這種地方啊。」牛越有些吃驚地說。

「不，我是舉例，理論上是這樣。」

「哦，也就是說，命案現場是類似這樣的地方。」

「這個嘛，斷定是有風險的，不過依照這個狀態，看起來是這樣。」

「我倒認為沒有這種地方。」

「這個嘛，動腦去想就是牛越先生的工作了。」

「嗯，我明白了。」牛越緩緩將雙手在胸前交叉，說：「啊，還有，我們佐竹說，那具屍體在死後六小時到十五小時之間被移動過……」

「哦，那是因為背部和腹部有兩側性屍斑的關係。」

「兩側性屍斑，也就是說，經常被移動，所以經過六個小時之後，屍體也被移動過？」

「不，不是這樣。死後不到六個小時，如果像你說的那樣，讓屍體仰臥、俯臥改變姿勢的話，一般反而不會出現屍斑。所謂的屍斑，是在屍體上出現的暗紫紅色斑點，死後最快三十分鐘便會開始出現，一般一、兩個小時就會開始在屍體身上找到。當血液循環停止，血管內的血液會隨著重力在身體內部下沉，因而造成屍斑。這個現象在法醫學上稱為『血液沉積』，出現在陳屍姿勢的下方表面。換句話說，若屍體仰臥則出現在背部，腹部則相反，變得蒼白。所謂的屍斑，你也知道，就是屍體靜置一段時間之後才會產生的瘀血，所以像你剛才所說的，頻繁移動屍體、改變姿勢，就不太會產生屍斑。因此一般溺斃的話，就像在水裡一直被移動，多半不會出現屍斑。而那具屍體由於溺斃後很快就從水裡被撈出來……」

「這一點確實沒錯吧？大概死後多久被撈起來的？」

「這個很難判斷，不過我認為死後在水裡不會超過一個小時，因為不這樣就不會形成屍斑。不過，關於這一點我接下來會解釋。還有，溺死的屍體長時間泡在水裡，會因為水的浸透作用使手腳的皮膚吸水泛白，形成所謂的漂母皮，然後一般會與指甲一起呈手套狀剝離。而衣服經常也會被沖走。但是那具屍體卻沒有這些現象。我現在先解釋兩側性屍斑。」

「請說。」

「所謂的兩側性屍斑，就是應該是身體下方的部分，和當時應該是身體上方的部分，兩邊都出現屍斑的現象，而這就表示屍體先經過六小時的靜置，隨後在不到十五個小時之內又翻過來。

如果不靜置六小時，屍斑不會固定。在六小時之前翻過來，屍斑便會消失。而若是過了十五個小時再翻過來，新的下方也不會產生新的屍斑，屍斑只會固定在先前那一面。這樣解釋你明白嗎？牛越先生。」

牛越點點頭，說：「我明白了。」

牛越沉默地坐了一會兒，說聲打擾了便站起來。

4

翌日十五日是成人節（一九九九年之前均以一月十五日為成人節，二〇〇〇年起，改為一月的第二個星期一），放假，再下一天是星期天，因此是牛越他們由衷期待的連休，但現在氣氛實在不能放假。

赤渡家也一樣，今年的結婚紀念日完全變了調。和他們比起來，假日出勤根本不算什麼。

牛越在腦海中整理高木昨天的說明。既然如此，殺人手法應該是以海水溺斃不會錯了。而作案地點是河川的出海口，這樣判斷應該也十分可信。

再來就是兩側性屍斑。背部與腹部都有屍斑，代表赤渡的屍體一度靜置六小時以上，而在不到十五小時之內，又被翻過來。因此兇手便是處於能夠做這麼的環境之中，抑或是非這麼做不可的環境之中。然而，這樣的條件實際上對勾勒兇手模樣有多少幫助，還有疑問。對牛越而言，案子仍在五里雲霧之中。

這天上午的會議，又得到了更多的情報。但雖說是會議，這天與會的也只有牛越和佐竹，以及主任三人而已。

隨著消息越來越多，便了解到札幌能做的事其極有限，因此「赤渡雄造行李箱分屍案專案小組」才成立僅僅一天，事實上便已呈現解散狀態。

兩名刑警都感覺得出，主任對於是否要從札幌派刑警到東京和水戶十分猶豫。但是，主任似乎對於身為地方警察自認不如人，認為這種大案子中央的人調查起來比較得心應手的想法，在他心中似乎逐漸定案。

南邊頻頻傳來報告。牛越也認為沒有必要特地前往。而接這些電話，主要是佐竹的工作。

「已經確實知道赤渡七日與八日與哪些人物見面了。」佐竹說。

「一月七日，與中村染一郎、廣岡徹、藤木敬士這三人見面。已經獲得這三人證實。」

但牛越和主任對七日的事都不感興趣。

「而最重要的八日……」

「嗯，三個人都見了嗎？」主任問。

「不，沒有，只見了兩人。見了芝木、八木這兩人，在見川津之前就失蹤了。」

「唔。」

「八日這天，赤渡約好和芝木朝雄、八木治、川津光太郎這三人見面。然後和這位八木……」

「見面的順序就和你說的一樣嗎？」

「是的，依序是芝木、八木、川津。和芝木是早上十點約在上野車站內，然後稍微吃點東西，兩人便在上野森林和美術館這一帶逛。然後赤渡也約芝木一起去找八木，但他之後有事不能去，赤渡便單獨前往銀座一家賣小鍋飯的餐廳『鳥月』。赤渡和八木就約在這家餐廳見面。赤渡大約十二點半到，八木已經先到在等了。然後兩人用餐，再一起走到有樂町附近一家叫『邁阿密』的咖啡店。在這裡喝了咖啡之後，八木治便在這家咖啡店前和赤渡分手。再來赤渡就沒有消息了。」

「時間是幾點？兩人分手的時間。」牛越著急地問。

「下午快三點的時候，據說是五分鐘前左右。」

「兩點五十五分？時間滿晚的，那麼可能是利根川出線了。」

「什麼？」

「等一下再說。」

「赤渡當時說了什麼？分手的時候。」

「說接下來要到位於品川大井町的川津光太郎家。據說還帶了伴手禮。」

「應該是打算搭省線去吧？」

「省線是指？」

「國鐵啦。」

「是的，應該是打算搭山手線前往。因為『邁阿密』就在山手線有樂町站附近。」

「那結果怎麼樣？當時赤渡的情形如何？八木怎麼說？有會就這樣銷聲匿跡的感覺嗎？」

「關於這一點，非常令人意外，依照八木的說法，赤渡的樣子完全沒有特異之處，他是這麼說的。從頭到尾都很平靜愉快，在『邁阿密』前分手的時候也一樣，態度沒有任何奇怪的地方。」

「也不顯得匆忙？」

「是，據說非常沉穩。」

「什麼？可是……他沒有出現在下一個要見面的川津，是吧？」

「是的。」

「也沒有聯絡嗎？好比打電話說聲沒辦法去。」

「沒有。川津在家裡等了一整天，最後空等一場。正覺得奇怪的時候，就接到警察的聯絡，大吃一驚。」

「赤渡真的搭了省線嗎？八木怎麼說？」

「他說他不知道。八木要幫孫子去銀座購物，便直接從『邁阿密』前折回銀座通，因此不知道後來赤渡往哪個方向走。」

「本來約好幾點要到川津家拜訪的？」

「由於對方是在家裡等，所以約的是下午四點左右，並沒有約一個明確的時間。因此赤渡並沒有趕時間的樣子。八木是這麼說的。」

「究竟是怎麼回事？到這裡突然就行蹤不明嗎？如果是北海道的鄉下車站也就罷了，但那可是東京正中央的有樂町站，沒辦法查赤渡是不是真的通過了收票口。但是，如果他是不惜讓川津空等，自願行動的話，那他和八木的談話之中，一定會有類似的跡象，這麼一來，八木應該會注意到啊？既然沒有這樣的跡象，難道是被人綁架了？可是如果綁架，那就是預謀犯案，兇手就一定是事先知道赤渡在銀座的人啊？有誰知道？」

「也只有晶子和她丈夫了吧，水戶的人可能也知道。」

「在人多的地方綁架，不會很困難嗎？」牛越說道。

「既然知道跟著對方走會有生命危險，當場掙扎獲救的機率很高。而且人來人往的，要綁架的人也不敢亂來吧。」

「是啊，全日本大概沒有哪個地方人比這裡還多了，那可是繁華的銀座。不過，說到綁架，也有熟人下手的例子。」

牛越默默點頭。

「但是，我認為是自願採取行動的機率比較高。」

「嗯，我也有同感。」主任也這麼說。問：「但是，吽兄，你的理由呢？」

「我是這麼認為的，強制綁架因為剛才說的理由，並不容易；其次，如果是熟人隱瞞意圖接近赤渡，將他帶走的話，赤渡至少會打個電話向川津說一聲才對。」

「原來如此，說得也是……不過，這麼一來，赤渡就是不惜向川津失約，自行走掉了……會是什麼原因呢？發生了什麼事？」

「這個……現在實在很難說。」

「嗯，這個問題慢慢再想。吽兄，你剛才本來要說什麼？」

「是，就是水銀的問題。既然下午三點前赤渡還在東京，那麼說到出海口附近，就以關東近郊的河川比較可能了。這麼一來，關東近郊的河川，而且上流有蘇打工廠、煉鋅廠等等，會排放出水銀化合物的工廠的，就只有安中的利根川和大宮的荒川了。而這兩條河會混進大量海水的出海口，利根川的話就是銚子，荒川的話就是江東區的龜戶，我是覺得可以歸納出這兩個地方。」

「嗯，嗯，有道理。佐竹，麻煩你去查查這兩個地方，銚子那邊我記得有水產試驗廠，可能有利根川的水質資料什麼的。」

「是啊，從有樂町車站附近出發要花幾小時去的地方，我也認為銚子的可能性比江東區大。」

牛越說。

5

牛越接著到札幌市區單獨進行調查。刑警原則上是兩人一組行動，但這次必須把搭檔佐竹留下來接電話。

首先必須確認的，再怎麼說，都是經鐵路運送的行李箱，其內容物是否可能被第三者，恐怕是國鐵職員以外的人掉換這一點。這是非弄清楚不可的。萬一有這個可能，所有的想法都必須全盤重來。

牛越個人是希望可以將這個部分視為「聖域」加以排除。希望交給國鐵的東西，就像交給警察一樣，可以完全放心。這麼一來，調查也會輕鬆很多。少了複雜的變數，推理也容易進行。

前往東札幌貨運站途中，牛越思索著另一件事。這個案子有些令人百思不解的地方。行李箱的寄送就是一例。

首先，從水戶寄出的日子是一月十一日星期二。算起來是父親赤渡雄造失蹤後的第三天。父親都失蹤了，三天後女兒還寄出給父親的禮物。

東京的長女晶子是何時將自己的行李箱寄往水戶，目前還不確定，但理應比水戶早上兩、三天。換句話說，就是一月八日或九日。那就是父親失蹤、遇害的當天或隔天了。

那些禮物實際上是些什麼，現在想想，人在札幌的牛越等人都還不知道。但是無論如何，照這樣推算，當父親來訪時，禮物早已經買好放在家中某處了。會是藏起來不讓父親看到嗎——？

然而，這樣推論，對女兒們也許太過殘忍了。雖說當時父親失蹤了，但那也是現在才確知的事，八日或九日當時，女兒們也還不敢斷定是失蹤吧。而且結婚紀念日的禮物也是送給母親的禮物，寄了也不能說不自然。禮物應該是在那之前就買好的，不寄就浪費了。

正在思索著這些的時候，失越突然想到一件事，停下了腳步。

「兩側性屍斑」！

東京的服部夫婦殺害父親、分屍裝箱寄送的嫌疑，會因為這兩側性屍斑而大為減輕。

也就是說，殺害父親後要放置一晚，假設是晚上九點左右殺害，放置到第二天早上，由於超過六個小時，屍斑應該會固定於當時處於下方的背部或腹部。

但是接下來馬上分屍、寄送的話，運輸中行李箱會頻繁地被移動，那麼另一面不就無法形成屍斑了嗎——？

不不不，不是這樣——牛越立刻更正想法。靜置六小時之後，在十五個小時之內翻面，這就代表只要在六小時又一分鐘之後翻面即可。而要讓另一面的屍斑也固定，一樣需要六小時，也就是照理說，只要有十二個小時，就能夠在兩側形成屍斑。這麼一來，以最晚的推定行兇時間十點來算，十二個小時之後，也就是翌日九日早上十點，兩側性屍班就形成了。這樣服部夫婦不就還是有十足的可能性嗎？但是，若行李箱是八日寄出就另當別論了。因為那樣赤渡的身體還在東京，容器就已經到水戶去了。而且，從這一點來看，東京夫婦要裝箱寄送很困難。因為根據實子的話，東京就只有一個行李箱而已，另一個在水戶。無論如何，都有必要查清楚晶子何時寄出自己的那個行李箱。

這個案子經由札幌報紙的大肆報導，也算是一樁著名的案子，因此東札幌貨運站的人也是一說就知道了。牛越表明身分後，詢問行李箱在運輸過程中是否可能遭到掉換，他們異口同聲，篤定地表示那是不可能的。

包裹在裝進貨運火車的期間，絕對禁止一般人進入貨車車廂，也無法進入車站內部。鐵路從業人員一般都認得同事的面孔，有可疑的人混進來馬上就知道。除非是這些工作人員全部都串通起來，否則這種事情是不可能的，而且要是其中有同事為了掉包而提著大行李箱進來，也馬上就會被發現，更何況是打開來掉換裡面的東西，更是不可能。他們都認為那根本無法想像。同時，為了防止包裹遺失，在裝卸之際的檢查多到煩人的地步，整個組織運作的架構設計，讓東西只要少了一件就會立刻發現。當然，以他們的立場一定會這麼說，但牛越認為應該是可信的。

出了貨運站，牛越心想好歹打個電話回署裡，結果佐竹說發現一件大事。他問起牛越現在的所在，一告訴他，他便說要立刻趕來，於是牛越說他在皇家飯店的咖啡廳等。

牛越在咖啡店裡抽菸發呆時，佐竹一個人匆匆進來，幾乎是小跑步。

「有什麼發現?」牛越問。

「找到現場了。」佐竹回答。

「一問之下,水產試驗場果然有利根川入海口的水質資料,我就請他們送來了。結果不得了,赤渡喝的水,幾乎可以斷定就是那裡的水,高木醫生說的。百分之八十以上,將近百分之九十,可以斷定那就是銚子的水。」

「真的嗎?連這種事都查得出來?」

「說到這個就有趣了。我們的運氣相當好,就是原子筆啊。」

「咦?」

「是這樣的,赤渡身上帶著原子筆,筆芯裡面殘留了少量的水。所以之前也才能夠推定說是河川入海口附近,不過總之,這些水可以證明和赤渡胃裡面的水是同樣的水。而這枝原子筆裡的水,和銚子的利根川出海口附近的水質資料完全一致。」

「哦!原來如此,這個厲害。找出現場了。」

「找出來了。」

「那麼,最好趕緊聯絡銚子署。」

「已經聯絡了。」

「是嗎?……不過範圍大得很。也不是說隨便找找就會找到正確的地點。」

「嗯,的確是這樣沒錯,不過因為是殺人現場,應該是很少有人經過的地方,而且有一些條件可以來刪減。不,應該是說,可望找出具體的可能現場。因為……」

「嗯？」

「我一開始聽到的時候都傻了，還有點煩惱。」

「是什麼？」

「其實就是水銀。」

「哦，嗯，那個現在還在排放吧。」

「不，現在已經沒有了。」

「咦？」

「已經沒有在排放了，安中和大宮都沒有。」

「你說什麼？怎麼回事？」

「蘇打工廠方面，因為最近污染的問題太麻煩，蘇打工業已經從過去的水銀法改成隔膜法，所以已經不再排放有機水銀了。」

「安中也是一樣？」

「是的。水產試驗場和銚子署都這麼說。」

「那這該怎麼解釋？」

「所以我想過了，地點應該不是在一般流動正常的河邊，會不會是淤積了老舊的水、像小小的峽灣那樣的地方。這樣的話，可能就還留著含有水銀那時候的水。而這樣的地點，也許就在很少有人會經過的地方。萬一不是這樣，而是這種地方有好幾個，只要從裡面選出不會被看見的就可以了，不是嗎？那肯定就是現場。」

「原來如此，的確可以用這個條件去找。這個你也向銚子那邊說了嗎？」

「沒有，這是我剛才在這裡的路上才想到的。」

「嗍，不過，搞不好一下就找到了也不一定……嗍，現場在銚子啊。東京到銚子需要多少時間啊？」

「這就不知道了。關於東京的服部滿昭，這個人在八日那天，看完電影回到家已經半夜十二點多了。假如他在傍晚六點多的時候從公司所在的銀座開車出去，來回各三小時，也不是辦不到。從地圖上來看，這兩個地方相距只有一百五十公里，而且現在又蓋好到成田機場的新機場公路了。不過這條路沒有通到銚子，只有到一半而已，所以過了成田之後，就得在小路上高速飆車。服部滿昭的開車技術據說真的很差，事實上差不多等於不會開了，所以可能有點難。再說，滿昭也沒有理由特地把岳父帶到銚子去。就算銀座那一帶人多不好下手，到晴海那邊應該就沒什麼人了吧？再不然隨便找個海埔新生地也可以。」

「嗯、嗯，晴海的水也可以，沒有理由非要他喝銚子的水不可。只不過，我在想，應該不會是東京組的。」

「為什麼？」

「我先問你，服部晶子是什麼時候把那個行李箱寄到水戶去的？」

「她說是八日上午。」

「八日，那就更不可能了。」

「怎麼說？」

「是這樣的，如果是他們親自到水戶就另當別論，不過單純地想，行李箱是八日上午寄的，而赤渡是八日晚上被殺的，赤渡的屍體實際上沒辦法裝進這口行李箱裡。」

「是啊，這倒是真的。行李箱已經從東京寄往水戶，就沒辦法裝屍體了。而且水戶的夫婦也說他們親眼看到從東京送來的行李箱裡裝著石屏風。中國式的屏風，據說是服部夫婦在橫濱的中華街買的。」

「中式石屏風啊，所以服部夫婦送的是石屏風。聽起來挺重的……那，第二天九日，還有十日，服部夫婦的情況如何？」

「晶子這邊不清楚，不過滿昭這邊，第二天九日是星期天，他和同事一起到東村山那邊陪客戶打高爾夫球。已經確認他在高爾夫球場待到快天黑。十日星期一也照常上班。」

「哼，所以不在東京就是了。這一來就難了。」

「是啊……」

「兩個行李箱，其中一個本來就一直在水戶，現在兩個都不在東京了，所以犯案的舞台就應該移到水戶了吧？」

「是啊，可是還有銚子這個問題，不是嗎？如果滿昭沒開車，是搭電車把岳父帶到銚子，在銚子殺了人，分屍裝在三個行李箱裡，然後又搭電車帶回來的話，一個人又帶不了三個行李箱，頂多兩個，那第三個會不會是留在銚子車站的投幣式寄物櫃裡？所以我在想，搞不好另一個行李箱還在銚子車站的寄物櫃……」

「那是完全不可能的，會有好幾個問題。首先，行李箱已經到水戶去了，沒有必要把屍體帶回東京。還有就是赤渡雖然是在有樂町的『邁阿密』前和八木分手，但這個時間點，如果相信滿昭的證詞，他就還在公司。對了，這件事證實了嗎？」

「還沒有。」

「要是這份證詞是作假的，滿昭中午就離開公司的話……這後藤製藥在哪裡？」

「就在銀座啊，很近。」

「銀座啊……嗯，但是，就算是滿昭溜出公司帶走岳父，要應熟識的女婿之邀出去，赤渡應該會打電話向川津說一聲才對。而且，還有兩側性屍斑的問題。假如殺了赤渡之後立刻分屍裝進行李箱、寄放在寄物櫃裡，寄物櫃一定是豎著放進去的，那屍斑就會出現在右側或左側。但實際上卻是在背部和腹部。」

「唔——對喔，我只想到搭電車應該會比開車快……那麼，雖然我已經請銚子那邊去查銚子車站的投幣式寄物櫃，也是徒勞無功了。」

「是啊，我想是查不出東西的。」

然後，儘管話是自己說的，牛越還是不願把服部滿昭這條線從腦海中完全抹去。服部在八日下午是否仍留在公司，只要這一點沒有獲得證實，牛越的這番說法就無法完全站得住腳。

「不過，說到第三個行李箱，後來國鐵那邊都沒有消息嗎？我記得之前有人說搞不好是有一個晚到了。」

「我去問過了，沒有消息。」

「嗯……是第三個行李箱沒有寄出來嗎？……在哪裡不見了嗎？」

「可是，本來容器就只有兩個而已。」

「是啊，事先存在的行李箱是只有兩個……是這樣沒錯，但是……先不管這個了，你剛剛說是石屏風？」

「是的，是服部夫婦送的。」

「東京組我知道了。那水戶的刈谷夫婦送了什麼？」

「一對金屬製的獅子，兩隻一組。還有獅子的石座。這邊送的也很重。」

「水戶用的行李箱一直都在水戶吧？」

「一直都在。所以東京的服部夫婦就只有一個行李箱。那個行李箱裝了石屏風，八日上午，由服部晶子從秋葉原站寄出。」

「關於這一點，上午是指早上十一點左右嗎？」

「應該是吧。」

「這麼一來，父親赤渡離開晶子家是上午不到十點的時候吧？送了人出門之後，緊接著又寄出要給這個人的包裹。」

「算起來是這樣沒錯。」

「不過，也很難一概論定說這樣就不自然。」

「是啊，因為那是每年的慣例。」

「是晶子一個人去寄的吧？」

「是的。而刈谷夫婦是十日去水戶車站領的。對了對了，我們送過去的那兩個行李箱已經到水戶了，水戶署的報告也來了。刈谷裕子認過了，說那是她十一日從車站寄出去的行李箱沒錯。水戶那邊很周到，說要把裕子的筆跡送過來。所以，我想大概不必去問行李箱的製造商了。」

「是啊，不必了。等等，十日去領的……那是什麼時候？」

「下午四點半左右。」

「十日那時候，東京的姊姊夫婦當然已經跟水戶聯絡過父親失蹤的事了吧？就算這樣，十一日還是照樣寄東西嗎？」

「是的。可是，寄還是會寄吧？那個時候又還不確定是失蹤，而且不寄的話，也許反而會讓母親靜枝更擔心。」

「嗯……也許吧……那，水戶那邊有沒有說刈谷旭講了些什麼特別的事？之前不是說那傢伙不盡不實嗎？」

「是的，但是刈谷旭有不在場證明，大概不好逼得太緊。只不過，就像哞兄說的，水戶那邊是說這個人的說法似乎不盡不實。」

「只有這裡了。如果要把行李箱裡的東西掉包，只有在水戶才辦得到。東京那邊，赤渡遇害的時候，行李箱早就已經寄出去了。不過，也不能因為這樣就認定東京組完全沒有嫌疑。行李箱怎麼樣？從水戶車站寄出來的時候，兩個行李箱裡的東西被掉包的可能性呢？是誰寄的？」

「是刈谷裕子寄的。」

「一個女人家搬得動兩個行李箱？」

「所以是丈夫刈谷旭早上上班途中先到水戶站，把東西存在投幣式寄物櫃裡。」

「咦咦？然後呢？」

「本來是說好中午的時候，裕子去買東西順便到刈谷旭的公司，趁午休兩個人一起去寄。」

「真可疑……這樣不是很奇怪嗎？為什麼要寄放在投幣式，不直接寄？」

「關於這一點，因為受理包裹的業務是早上九點開始，而刈谷旭九點之前非趕到公司不可，所以才會這麼做。依照兩人的證詞，不是今年才這麼做，幾乎每年都是採取這個做法。」

「哦……那，中午是兩個人一起去寄的？」

「裕子到了公司，刈谷旭說公司突然有事，要裕子去寄，就給了她兩把寄物櫃的鑰匙。」

「那，是裕子一個人辛苦寄出去的？這聽起來的確像是有什麼內情。這下刈谷旭的嫌疑就大了。如果是他，時間就很充裕。十一日假裝把東西存進寄物櫃，趁中午之前把行李箱的內容換過來就行了。」

「是啊，但是，有兩名員工看到社長把寄物櫃的鑰匙放在社長室的辦公桌上。」

「這種小事很好安排吧？只要拿別的寄物櫃鑰匙來充數就行了。」

「是啊，是這樣沒錯，可是刈谷旭在中午過後把鑰匙交給老婆之前，只有外出過一次。除此之外，就一直待在社長室。而他外出是上午十點到十一點左右，是到車站前的畫廊咖啡廳『紫苑』去喝咖啡，這已經獲得老闆娘和女服務生的證實。刈谷旭是自己開車，所以當時也是單獨去的，但扣掉公司到這家店來回所需的十分鐘，他沒有時間繞到車站，更何況是要動那種手腳。」

「可是啊，如果事先就把赤渡的屍體放進旁邊的寄物櫃呢？在廁所還是什麼地方迅速換過來。再不然就是事先買好同型的二手行李箱，同樣綁上繩子，就更簡單了。」

「可是，『紫苑』雖然是在車站前，走到車站也需要五分多鐘的時間。如果開車，還有停車的問題，應該沒辦法那麼快吧。刈谷消失在人前的時間，就只有在公司和紫苑來回的時間而已。只不過，這家紫苑的老闆娘和刈谷旭之間，似乎有些不尋常的關係。但作證的不止老闆娘一個就是了。」

「嗯，我不是這個意思。我要說的是，前一天晚上就把裝了赤渡屍體的行李箱弄好，佈置得一模一樣，事先放進車站的投幣式寄物櫃裡。然後帶著老婆交給他的行李箱，一樣放進旁邊的寄物櫃。把這些安排好之後，再把前一晚的寄物櫃的鑰匙交給老婆。老婆把東西從寄物櫃裡拿出來的時候，要是怕寄物櫃的時間顯示超過一天被發現，那就在早上去的時候，開櫃子加錢再關上就可以了。」

「哦，原來如此……可是這樣的話，會有收件人資料的筆跡問題啊。再說，換了行李箱，刈谷裕子會看出來吧？她今天已經確定那個行李箱是自己寄出去的了。」

「嗯，是這樣沒錯，不過……十日晚上到十一日早上，行李箱是處於什麼狀態？」

「兩個並排著，擺在刈谷家的玄關。」

「哼，做丈夫的也是可以在這裡掉包，不必那麼大費周章。」

「就是啊，吽兄，如果不管筆跡這個問題的話，想做肯定是可以做的，可是刈谷旭這麼做不會很奇怪嗎？他這麼做，等於是拿石頭砸自己的腳啊。雖然說他的確是有不在場證明這張最後的王牌。」

「嗯，說得也是……就算不在場證明再怎麼硬，那樣也等於是特地自找麻煩。這麼一來……可能的就是知道水戶夫婦這個習慣的人了。丈夫一早先把東西存在車站的投幣式寄物櫃，中午老婆再去寄，你剛才說他們每年都這麼做，是吧？」

「是的。」

「知道這件事的人利用了這個習慣……」

「那就又回到東京的服部了？」

「沒錯。照這個感覺來看，這水戶組和東京組雙方聯合起來，就能犯下這個案子。水戶組有不在場證明，東京組沒有。但是水戶組能把屍體裝進行李箱，東京組不能。水戶組會開車，東京組不會……」

「你的意思是說，兩組聯手，各自負責一部分？」

「嗯……可是兩個老婆又都是赤渡的親生女兒……」

「會下手的，應該是兩個丈夫吧。」

「這兩個丈夫交情好嗎？」

「就是不好啊。好像見過好幾次面，但是合不來。」

「唉，真是個奇怪的案子，讓人無從著手啊。那麼，先查這兩個丈夫背後的關係吧。為了保險起見，老婆的也一起查。主要是金錢方面。看看丈夫是不是缺錢、嗜不嗜賭、外面有沒有女人、有沒有借高利貸。然後最好也查查和岳父之間是不是暗藏什麼心結疙瘩。要開口向別人說這種老掉牙的想法，實在也不太好意思，但總之麻煩你請他們把這些徹底查清楚。」

「我明白了。」但是一面說，牛越腦海中卻閃過一個預感：靠這種老套做法恐怕終究無法查出真相。

「還有剛才提到的，可能掉換行李箱的時間，也就是十一日早上，這一天服部滿昭是否有可能來到水戶，這一點也要查。不用說，八日下午滿昭是否真的在公司，還有八日晚上有沒有曾經動身到銚子的跡象也要查。如果東京組、水戶組當中有誰能夠動手，那就非滿昭莫屬了。」

「知道了。」

然後牛越略加思索。

「還有一件事，我一直覺得不太對勁，現在才想起來。」

「是？」

「就是兩側性屍斑。我想再確認一次，身軀部分和腿部都有，沒錯吧？」

「是的，醫生是這樣說的。」

「不會是身體有，但腿沒有吧？」

「不，沒有那回事。」

「這麼說，就是全身出現了屍斑之後才分屍的了。」

「照理說是這樣沒錯。」

「我知道了。」

「哞兄接下來要去哪裡？」

「我要到赤渡家去一趟。」

6

在赤渡家玄關按了門鈴，昨天的實子出來應門。

「您好，昨天打擾了。」牛越行了一禮。「我猜想也許令堂靜枝夫人應該可以見客了，所以過來打擾。」

「家母還躺著。」實子以低沉的聲音說。

「這樣啊，那麼就請教小姐好了。可以打擾一下嗎？」

「可以。要進來嗎？」

「不好意思。」

被帶到客廳之後，不久也上了茶。

「後來，府上有沒有發生什麼特別的事？」

「沒有。沒有什麼事情會更特別的了。」

「您說得是。」

「調查方面有什麼進展？」

「小有進展。首先，已經知道令尊的遇害時間及地點了。一月八日下午八點到十點，就是晚上八點到十點。地點是千葉縣的銚子市。您對這個地方有印象嗎？好比與令尊有淵源，或者令尊有老朋友就住在銚子市？」

「我不知道，家父在東京的時代，我年紀還小……就我所知，這是我第一次聽到銚子這個地方。家母也許比較清楚。待會兒我去問家母。」

「您肯幫忙詢問就太好了。對了，府上各位今年以來有人離開札幌嗎？」

「沒有，都沒有，只有家父而已。」

「是嗎？對了，收集中國骨董是令尊的嗜好吧？」

「是的，家父的書房裡有很多。」

「這客廳裡的不是嗎？」

「這個也是嗎？我沒興趣，所以不太懂。」

「待會兒可以借看一下嗎？」

「好的，那麼我會跟澤入說。」

「啊，既然這樣，接下來我想和他談，就由我直接跟他說吧。」

「好的。」

「對了，昨天您也和澤入先生一起到貨運站，是吧？」

「是的，因為順便有事要辦。」

「是什麼事呢？」

「寄信。」

「寄信？可是那種事託澤入先生幫忙就可以了吧？」

「一開始我也是這麼想，但是他也叫我自己寄，我也覺得託別人不太放心。」

「哦，是寄給哪一位的呢？方便告訴我嗎？」

「朋友。連這種事都非回答不可嗎？」

「不，不用。」

「那麼，假如沒有其他的問題，我就告退，叫澤入來……」

「八日那天，晚上大家都在家裡嗎？」

「家母受邀到太平興業社長家去了。」

「那麼，您和澤入先生一直都在這裡？」

「是的，從傍晚一直都在。我請澤入幫忙做菜，然後兩個人一起吃飯。」

「今堂是幾點左右回家的？」

「快十點的時候，是澤入開車去接的。」實子雖然作答，臉色卻越來越難看。

「刑警先生，您問這些話究竟是什麼意思？八日晚上不就是家父遇害的時間嗎？」

「不不，請您不要誤會，這是形式上的調查。」即使如此，女兒仍一副氣憤難平的模樣，花了好一會兒工夫壓抑怒氣。等她平靜了些，便倏地站起來。

「沒事的話，我去叫澤入。剛才銚子的事，我問過家母後再過來。」

「好的，麻煩了。」

然後過了片刻，澤入保出現在會客室。

「您好。」

「喔，你好。昨天打擾了。聽說你過年也沒回去？」

「是的。每年年底到過年的期間，赤渡先生的行程反而很多。因此往年我都是等到一月中旬以後才回去。」

「中旬就快到了。」

「是的，所以我想拜託刑警先生，因為家母的狀況不太好，很想見我。」

「令堂身體不舒服？」

「是的，是癌症。醫生已經宣告恐怕熬不過今年了。我雖然每天都打電話回家，但家母就算今天、明天走了也不足為奇。所以方便讓我明天就回家嗎？如果可以，就太感激了。」

「是嗎？那你也真是辛苦了……」說著，牛越在內心思索。如果是東京的警察，這時候多半會不准吧。但是這名青年無法為母親送終也很可憐，於是他判斷：好，應該沒問題。

「那好吧。因為情況特殊，所以特別通融。」

「是嗎？謝謝！」

「只是，請你要明確交代在東京的所在，因為也許會有什麼事情需要和你聯絡。還有，事情辦完了，請盡快趕回札幌，可以嗎？」

「我明白了。」

「你大概多久可以回來？」

「那麼，我一週就回來。明天十六日是星期日，我下個星期日二十三日離開東京，二十四日星期一回到這裡。」

「是嗎？不過你也必須決定去留了。」

「是的，我也是這麼認為。」

「這樣說也許不是很妥當，不過這樣你也可以陪在母親身邊，所以也算是做出一個決定了吧？」

「是啊……確實是。」

「為什麼之前沒這麼做？」

「原因很多。首先，東京的物價非常高，尤其是房租，我的學歷只有高中夜校，就算運氣好能找到工作，光是付房租都不夠。」

「但是，不是還有你母親家嗎？」

「我母親和哥哥、嫂嫂住。」

「你爸爸呢？」

「我父親在我還小的時候就出事過世了。」

「啊，這樣啊。你有幾個兄弟姊妹？」

「我們家就兩個男生，我是老么。由於母親生病，所以也很需要我寄錢回去。在這裡的話，住不用錢，薪水也還過得去，而且我喜歡寫寫文章，所以能夠做這份有時間看書寫字的工作，我覺得很幸運。不，是曾經很幸運。」

「是嗎？那麼，以後你可要辛苦了。」牛越這句話並不是客套話。

「哪裡，船到橋頭自然直。再怎麼說，畢竟還是待在母親身邊陪她比較好，而且就像您剛才說的，或許這樣也好。」

「你是東京人，為什麼會跑到札幌來？」

「一個很熟的朋友因為工作的關係搬到這裡來，而我以前就很想來札幌看看，所以就去找這個朋友玩，然後就喜歡上這裡。我這朋友的朋友在薄野開了一家珠寶店，因為人手不夠要我幫忙，我就去了一陣子，可是那家店後來經營不順，我正不知道該怎麼辦的時候，那家店的人就幫我介紹了赤渡先生這裡。那以前是將近十年前的事了。」

「哦，在你眼裡，赤渡先生是個什麼樣的人？」

「是個好人。我並不是恭維。雖然他有時候會有老人的那種任性，但是每個人都有他任性的地方，所以我也覺得這麼狠心的兇手不能原諒。」

「你有線索嗎？」

「沒有……我想不出來。只是，我想我可以斷定，不會是我在赤渡先生底下工作之後認識的人。所以我覺得，應該不會是住在札幌的人。因為赤渡先生和札幌的人來往，感覺都像和樂融融的親善大會。就算對自己家人有時候嗓門會大一點，但對外人赤渡先生臉上總是帶著笑。」

「原來如此。那麼，赤渡先生在東京時代的人際關係你就不清楚了？」

「不清楚。」

「我倒是很想聽聽你的想法。」

「牛越先生，現在的我什麼都不知道，但是我很喜歡思考這類問題。赤渡先生在東京時代的事我不清楚，但我大致了解赤渡先生對人的態度，只要認真去想，我想我一定能想出什麼的。我想在東京好好想一想。要是想到什麼，可以向署裡聯絡嗎？」

「好啊，隨時歡迎。赤渡雄造先生，是在一月八日晚間八點到十點之間，被人溺死於千葉縣銚子市的利根川河口。聽到銚子，身為秘書的你有沒有想起什麼？」

「這一點由我來回答。」背後突然傳來一個沙啞的女人的聲音，牛越一回頭，客廳入口的地方，站著一個睡衣上罩著浴袍的瘦削老婦人。

「我是赤渡的妻子。」老婦人說。牛越心想，總算見到了。

她凹陷的眼窩、充血的眼睛，訴說了她深深的憔悴。袖口露出來的手臂瘦得像木棒一樣。

「啊，不好意思打擾了。我是札幌署的牛越。我這就找名片……」牛越連忙站起來說，但赤渡靜枝以堅定的語氣打斷了他。

「名片就不用了，只要請您讓我看看警察手冊就好。我的眼睛已經不太靈光了。」

「您身體還好嗎？……」

「請不用擔心。倒是您剛才是不是提到了銚子市？」

「是的，提到了。啊，這邊請坐。」老婦人緩緩在沙發上坐下。牛越讓她看了警察手冊。

「說到銚子，那是個漁港，沒錯吧？外子在農林省時代，曾有一段時間外派至水產廳。在那個年代，為了倡導漁獲法、檢查漁船的安全基準等等，有段時間經常到關東各地各個漁港去。我記得當時也去過銚子。」

「請問那是昭和幾年的時候？赤渡先生外派至水產廳。」

「我記得，是昭和二十七年到三十三年左右。」

牛越抄下。

「當時曾住在銚子市嗎？」

「沒有。」

「那麼，在那裡是否有老朋友，或者現在有老朋友住在那裡？」

「沒有。」

「那麼過去在銚子市，是否曾涉及什麼特別的事件？」

「我沒有聽說。雖然您一直問關於銚子的事，恐怕外子只去過一次，頂多兩次而已。我也是到現在聽您提起才想起來，否則根本早已忘了銚子這個地名。若是其他港口，好比橫濱或橫須賀，或是竹芝棧橋、日出棧橋，就經常聽外子提起。其他也有幾個印象比較深的港都，但關於銚子則幾乎沒有印象。」

「唔……」牛越在內心思索。那麼，銚子這個地方對赤渡而言就沒有特殊意義了？也許是遇害的地點剛好就在距離這片海不遠的地方，純粹只是經過而已。

「那麼，我接下來會唸幾個姓名，請您聽聽看記不記得。中村染一郎、廣岡徹、藤木敬士、芝木朝雄、八木治……記得嗎？」

「他們都是外子在農林省時代的同事，全都和外子很熟。」

「其他還有嗎？除了這五位之外，與赤渡先生交情不錯的。」

「川津先生。川津……叫什麼名字我忘了……」

「川津光太郎先生嗎？」

「對對對，是光太郎先生。」

「還有沒有？除了這六位之外。」

「沒有了。」

「我想應該不至於，請您再仔細想想。」

「沒有了。」

「請您再想想，這一點非常重要。」

「再怎麼想都一樣，其餘就是北海道的朋友。東京時代除了這幾位之外，彼此來往頻繁得讓我記住的，沒有別人了。外子是屬於朋友少的那種人。就連這幾位，唔，您最剛開始說的是哪位？中村先生、藤木先生，還有八木先生……」

「廣岡先生嗎？」

「對！就是這一位，這一位我不認識。想來和外子很熟，但我不認識。其他我想得到的，就是住在代官山時的鄰居了。」

「是哪些人呢？」

「隔壁的松木家，後面的橫溝家，對面的森原家，熟的就只有這些吧。不過，這幾家與外子並不熟，是和我比較熟。而且，大家都已經不在東京了。」

「若赤渡先生在什麼機緣下知道這幾位當中有誰現在住在銚子，您認為他會放下一切趕去見面嗎？」

「這個……我想是不會的。剛才我也說過，外子和他們並不熟。而且，我也知道大家現在的住址，沒有人在銚子。」

牛越心想，看樣子不是這個方向了，但他還是想再確認一下。

「依您看，是不會讓赤渡先生不管接下來準備要去拜訪的川津先生，趕著去見了？」

「怎麼說？」牛越在這時候，才總算把關於這方面的情況說出來。赤渡靜枝幾乎是全程閉著眼靜聽。沉默片刻後，她說：「原來是這樣啊……應該不至於。就算外子知道了，就算臨時起意想見面，也應該會安排在見過川津先生之後。但是外子應該不會想要與這幾位見面的，我想。」

「噢……說得也是，只不過是鄰居而已。」

「是的。」

「接下來我問的問題，只是想確認一下。請問，剛才提到的農林省時代的六位，也可以將您所說的鄰居也包含在內，有沒有哪一位曾經與赤渡先生發生過嚴重衝突，或是對赤渡先生懷恨在心的？」

「沒有這樣的人。」赤渡雄造的妻子當下斬釘截鐵地說：「外子不是個會與人結仇的人。」

她說得如此篤定明白，讓牛越無法接話。

「我覺得不太舒服。如果您不見怪，我想到後面去躺著了。」

牛越抬起頭一看，靜枝的臉毫無血色。

「喔喔！您好好保重，請！請！方便的話，事後能不能向您請教剛才提到的那幾位鄰居目前的住址？」

「我叫實子拿來。請稍等一下。」靜枝說完，一張臉毫無血色，吃力地彎下身，然後顫巍巍地站起來，扶著澤入的肩，離開了客廳。她已經是半個死人了。

片刻之後澤入回來，牛越請他帶著去看了赤渡生前收集的中國骨董。東西擺滿了整個書房，但牛越沒有興趣，因此看不出所以然來。

接著，牛越從實子手中接過寫有松木、横溝、森原三人現居住址的紙條，告別了赤渡家。

萬一真有哪個人能夠讓赤渡雄造不顧一切，那麼這個人物顯然是夫人所不知道的。

這麼一來……牛越思索。農林省時代的六人，再加上代官山時代的鄰居一共九人，雖然有必要查出這些人的不在場證明，但看來不能不查赤渡雄造的異性關係了。

7

星期一上午的會議，成員也只有牛越、佐牛和主任三人。門上的大字當然也已經取下了。

佐竹攤開筆記說：「關於赤渡雄造的調查結果，根據東京來的報告，風評都好得不得了。對於不幸罹難的死者，尤其是手段如此兇殘的例子，基於人情，受訪者都不肯透露太多，但農林省時代的朋友對赤渡的證詞，似乎並非完全是出於客氣或恭維。哞兄前天也說過，赤渡的異性關係，尤其是這條線，幾乎可以說是完全沒有希望。他的朋友都事先聲明不是因為客氣才這麼說，表示赤渡壓根兒沒有這類不名譽的事情。公務員時代，經常被同事們取笑是木頭人。但是，這並不表示他不受異性喜愛。有時為了陪朋友同事，不得不上酒吧或俱樂部，由於相貌英俊，在酒店小姐之間也相當受歡迎，但是他從來不會出軌。」

「嗯，會敗在女人身上的人，大多是平常沒什麼異性緣的人。」主任說。

「是的，也因為這樣，赤渡實在不太可能因女人而失足。這次的事看來也與女子無關。據說同事還曾經私下議論，說赤渡也許是對女人不感興趣的那種人。」

「但是，他老婆、小孩都有了，會不會是那種很專情只愛一個，偷偷金屋藏嬌？」

這一點牛越也有同感。他也認為這種情形的可能性最高。

與在東京時交往的這名女子後來分手，在某種機緣下得知這名女子目前在銚子——好比說在與朋友相約的銀座的店裡看到的報紙、貼在牆上的廣告等等，或者在銚子的是他與這名女子所生的孩子——若非如此重大的事情，便無法解釋他不惜向川津失約趕到銚子的行為。

「關於這一點，據說當時赤渡絕對沒有這種時間。這同樣是那些很熟的朋友說的。他們說，下班之後他也不去喝酒，會像傳信鴿一樣直奔回家，他們甚至還會打電話到他家試探，而他保證在家，屢試不爽。」

「原來如此……不過，那赤渡的樂趣到底是什麼？有什麼嗜好？」

「嗜好就是收集骨董、欣賞藝術品，然後就是下將棋，偶爾會去釣魚。」

「原來如此，果然是木頭人。」

「釣魚？」牛越問：「那他會不會也到銚子去釣魚？」

「聽說他只會去釣魚場和河釣。」

「哦，真沒趣。」

「陸續有資料傳過來，但資料越多，就更凸顯赤渡的紳士形象。」

「嗯，是有這種感覺沒錯。」

「那六個同事本身的狀況如何？」

「關於這個案子嗎？這個啊，所有人八日晚上的遇害時刻都有不完全的不在場證明。」

「不完全？」

「因為都是家人作證。」

「說得也是，年紀這麼大的老先生，不會在外面玩到晚上十點。」

「不過其中一人，只有八木治八日晚上九點左右，在大森的住家附近常去的小酒館出現，這已經得到第三者的證實。之後便回家，因此後來的時段和其他人一樣，是由家人作證的。至於是否與赤渡一同到銚子的問題，包括他在內的所有人都否定了。我想這應該是可信的。目前為止，並沒有收到這些人曾與赤渡發生爭執與失和的報告，因此完全沒有動機。同時，除非這些人全部聯合起來，否則個別的話，體力上難以負荷溺死這種費力的行兇方式。」

「嗯，這倒也說得是。」

「然後，前天唪兄給的松木、横溝、森原這幾個代官山時代的鄰居，也已經收到報告了。」

「動作好快。」

「包括八日在內，這幾位都沒有人與到東京的赤渡聯絡。所有人當天都各自待在家裡。如果是謊話就另當別論……」

「應該不會是謊話，當過公務員的應該不會對警察撒謊。」

「他們和先前提到的農林省時代的同事一樣，不，應該說比他們更沒有動機。」

「當然，也沒有關於這些人在代官山時代曾經和赤渡有過不愉快的報告吧？」

「沒有。就像昨天哞兄說過的，這些人和赤渡雄造個人一點也不熟。」

「呣，所以也不會去殺他，是嗎？」

「需要查不在場證明的，大概就只有這些了。」

「目前是這樣。但是，他對女人沒有興趣，下了班就直接回家，興趣是藝術欣賞和下棋啊。」

「這樣也難怪他女兒說不是怨恨說得那麼篤定了。」

「嗯，再來就是金錢關係了。錢方面怎麼樣？再怎麼說，那些做官的只要動一點手腳，就有不少『油水』可撈。稅務署就更不用說了。」

「其實這一點最令人不解了。這方面比異性關係更乾淨，讓人舉手投降。赤渡雄造這個人雖然爬到振興局長這個位置，但就拿他的仕途來說好了，他無法爬得更高，背後的原因就是他的夫人靜枝並非出自上司這方面的家系。就像這樣，拿他沒有利用自己的婚姻來鞏固前途來看，就可以證明赤渡的潔癖。他是一高、東大的出身，在學時便通過高等文官考，主任對這些應該很熟，也就是說，他走的是高官儲備幹部平步青雲的康莊大道。」

「嗯，就是所謂的『有資格者』。」

「可是卻被派到非主流的水產廳，最後只當到農林省振興局長。這就是因為他沒有娶後台硬的人的女兒為妻，沒有走派系、聯姻主義的升官路線。可以這麼說吧？」

「應該沒錯。或者是說，他的潔癖害了他，所謂水清無魚啊。」

「但再怎麼說，他都是一高東大的。依照當時的常識，想必當時身邊的人也一定會勸他，所以就算他利用婚事來助長自己的官運，本身應該也不至於覺得是自甘墮落。」

「他和靜枝是戀愛結婚的嗎？」

「應該是吧，他們是青梅竹馬。」

「原來如此。」

「既然這樣，赤渡雄造反而是被害者啊。應該是他向當時那些俗不可耐的上司報仇才對。」

「原來如此。錢方面怎麼樣？」

「乾乾淨淨。他連酒都不喝，也沒什麼地方用錢吧。」

「而且也沒養女人。」

「是啊。」

「不是女人、不是錢，也沒有為了出人頭地就把誰踩在腳下，這樣也不能指向醜聞這條線了。」

「就是啊，沒辦法指向醜聞這條線。」

「而且可能的嫌犯幾乎全都有不在場證明，怎麼一開年就發生種討人厭的案子啊。」

「我再補充一些赤渡雄造更詳細的資料。他在明治四十四年（一九一一年）十二月二十日生於東京的小石川。從小就有神童之稱，據說是個正義感很強的孩子。父親是植物學家，母親是栃木縣醫生的二女兒。赤渡一直住在小石川，二十八歲與現在的妻子西村靜枝結婚後，才定居於代官山。他生長的家庭背景很單純。他是獨生子，在雙親的呵護下長大。雙親在他四十多歲時雙雙過世，死因也沒有任何可疑之處。關於他與靜枝的婚事，雖然有剛才提到的問題，但也從未遭到雙親的強烈反對。他們似乎很信任兒子。兩人的婚事本身既沒有情敵，雙方也沒有另有意中人的跡象，是極其平凡、單純的結合。」

「真是越聽越洩氣了。」主任說：「這種正人君子為什麼會遭到那麼兇狠的毒手？」

「至於好消息，大概就只有這一條了。」

「哪一條？」兩個中年人齊聲問。

「就是刈谷旭。刈谷旭似乎玩得很兇，因此借了不少錢。似乎因為高利貸而週轉不過來。這次蓋新房子的資金也很吃緊。」

「呣，這樣啊……不過，刈谷旭是老闆，用錢方面相對比較自由吧？至少不是一般上班族。」

「是的。而且他也有不在場證明。」

「東京的服部滿昭怎麼樣？」

「他在錢方面似乎是很嚴謹，沒有借款負債之類的，也完全不碰賭。房子的貸款也還清了。」

「這邊這個不需要錢嗎？不過，錢再怎麼多也不嫌多的。我就知道有人有一億圓存款還詐領保險金的。不過，赤渡的遺產怎麼樣？留給女兒、女婿不少錢嗎？哞兒，你覺得呢？」

「關於這一點，我想赤渡的遺產沒有多少。就像剛才提到的，他為人方正，而老實人十個有十一個是窮的，至少不會多到讓人想謀財害命。當然，如果把那個房子賣了就另當別論。」

「但他可是中央退下來的高官。這種事，說起來是只有大官才能享受到的雙重退休金特權。像我們這種只會當警察的人，時間到了給一張獎狀就打發掉，根本比都不能比。既然前面那些都沒有希望，也只能朝這個方向來查了。既然民間企業也想要退下來的官員，可見得當中一定是有油水的。這麼一來，赤渡退下來到極北振興，背後很可能有大筆的金錢來往。既然這樣，就必須查查他是不是偷藏了不少私房錢。刈谷旭聽起來是個輕率的人，但東京的服部也許對這方面早就有所算計了。」

「是的，這條線是很可疑……」

「這麼一來，也就不用一味的追究什麼東京組、水戶組、行李箱的動向了。因為這方面似乎查不出什麼頭緒。也許換個方向，針對極北振興的糾紛來查比較好。竹仔可能不知道，說到農林省退下來的高官，我們腦子裡第一個想到的，就是昭和二十八年（一九五三年）多明尼加進口的砂糖配額問題引起的醜聞。咋兄應該知道吧，我國的砂糖有八成仰賴進口，而農林省握有進口原糖的分配權。砂糖這種東西，是家家戶戶的廚房都一定要有的絕對必需品，配額多，砂糖公司就能大賺特賺，是貨真價實的『甜頭』。像這種民間砂糖公司的董事級人物，做個假設好了，有個農林省食糧廳退下來的官員，在酒席上開起進口原糖配額會議，會有什麼結果？當然請到一流的料亭去，還要送錢，有時候也有女色相伴吧。開這個會的人雖然是砂糖公司的董事和食糧廳的官員，但那個官員以前是董事部下，不用想也知道會有什麼結果。」

「是的，這類事情的知識我也知道。但是，就我親自到極北振興調查的結果，似乎沒有這麼大筆的金錢運作。赤渡雖然是中央來的，但來頭沒有那麼大，照那個意思聽起來，反而是赤渡主動想要來的。」

「他來是當副社長吧？」

「是的。他們的專務董事說，副社長也只是掛名而已，其實是相當於顧問，很少直接參與工作，因此不可能在公司內部產生嚴重的對立關係，這是第一點。再者，如果是食品相關的公司就另當別論，但極北振興是規畫住宅用地、建設公寓和出租大樓，以及經營高爾夫球場和其他觀光業為主的公司，和農林省方面因為許可而有油水可撈的事情，幾乎是不可能的。對方是這麼說的。」

「那為什麼要接納中央來的官員？」

「這就是所謂的櫥窗了，對官廳那方面的。」

「櫥窗這種說法也很可疑。拿防衛廳和民間保全產業來說好了。以前業者要從防衛廳接大筆生意的時候，會以安插防衛廳退休將官做為交換。當時業者也是把這個叫做對防衛廳的櫥窗。」

「是的，但那位專務董事是這樣說的。例如賣包包的櫥窗裡展示了和自己平常愛用的同款包包，就會比較想要進這家店。他說，櫥窗是這個意思。」

「他當然會這麼說了。」

「只不過，對方也說，赤渡在極北振興的時代，沒有引起任何麻煩。他說這個他可以保證，我們要怎麼調查都可以。這一點，真的就如同他所說的一樣。就我後來詢問員工、前員工等人的結果，都無法顛覆赤渡為人溫和敦厚的紳士形象。不僅是極北振興，赤渡在北海道的時候，周身真的是風平浪靜。」

「有退休金吧？」

「這個啊，出乎意料得少。據說只有一千萬圓左右。」

「一千萬圓？」

「是的。」

「不過，五十五歲……赤渡從農林省退下來是幾歲的時候？」

「昭和四十一年（一九六六年），五十五歲的時候。」

「哦，那和民間企業一樣嘛。那種高官的是沒有退休可言的。總之，算起來，他五十五歲從公務員退休，才在這邊工作了十年，可能也不能拿太多吧。」

「赤渡家雖然不算是什麼大豪宅，但也是幢很氣派的房子，那應該是離開中央的時候，以之前的存款或退休金買的，所以可以推測赤渡的遺產頂多比這一千萬圓的退休金再多一點。赤渡除了自己所住的房子、土地之外，名下沒有任何不動產。」

「哦……那麼，就只有這一千萬圓的存款了？」

「是的。」

「這年頭還真少見。在物價上漲得這麼厲害的時代，竟然只有存款。的確，這筆遺產不值得讓人謀財害命。而且既然極北只出了一千萬，可見極北振興的副社長可能沒做什麼昧著良心A錢的事。」

「是。」

「嗯，當過高官的人遇害，會聯想到貪污瀆職也算是我們刑警的罪過吧……其他公司怎麼樣？除了極北，那些請赤渡擔任顧問的公司。」

「這我也徹底調查過了，得到的印象是完全沒有問題。他的秘書澤入之前也說過，就是親善大會。」

「嗯，我們這邊是沒望了……對了！保險呢？赤渡的人壽險？」

「這方面，真的只是喪葬費而已。理賠金額五百萬圓，受益人是妻子靜枝。」

「才五百萬圓啊……真的沒轍了。」

主任說完陷入沉默，不發一語，所以牛越不得不開口：

「竹仔，你不是說請人去查銚子站的投幣式寄物櫃嗎？報告來了嗎？」

「什麼都沒找到。」佐竹略微失望地說。

「那麼，頭和雙手的下落也還沒有消息？」

「還沒有。」

「關於服部滿昭呢？八日下午他是否真的留在公司，獲得證實了嗎？」

「啊，對了，證實了。傍晚五點左右，打掃的阿姨看到服部單獨留在自己的辦公桌前整理文件。」

「看到了嗎？」

牛越心想，這下事情更加棘手了。

「不過，八日下午一點半左右到五點這段期間，沒有人看到服部。」

「你是說，他不在公司？」

「不，不是的，是因為整個公司除了服部以外沒有別人了。」

「哦。」

「還有一些關於服部滿昭的消息。八日當晚，他沒有向任何朋友借車的跡象，也沒有向千代田區、中央區、台東區的任何一家租車行租車。」

「八日中午到一點半左右，公司裡有人看到過他？」

「是的，有好幾個人看到他單獨在公司的餐廳裡吃中飯。」

「連吃中飯也沒有離開公司啊。」

「還有，據服部說，八日這天，他沒有接到岳父赤渡雄造告訴他要去銚子的電話，或者關於其他事情的電話。」

「八日，赤渡也沒有打電話給服部……」

「晶子那邊也是同樣的情形，晶子也表示沒有接到父親說要去銚子的電話。她說，如果有的話，她就不會那麼擔心了。還有這個以前也說過了，赤渡也沒有打電話給川津說要取消碰面。這讓川津光太郎感到納悶赤渡究竟是怎麼了，因為赤渡是個守信的人。」

「哦……」

「還有來自銚子署的消息，表示雖然繼續追查，但仍未找到八日當晚曾經看到貌似赤渡雄造的目擊者。」

「赤渡抵達銚子的時候，恐怕天已經黑了吧……」主任自言自語般說。

「銚子的現場還沒找到嗎？」

「還沒有……」

佐竹低聲回答，然後陷入沉默。

於是，案情在第三天就觸礁了。

8

親生女兒滿懷對父親的心意，從南方寄出裝有父親禮物的行李箱。寄的是國鐵貨運，途中沒有被掉換的疑慮。然而，寄到札幌時，父親本人卻從中出現。簡直就像變魔術。

辦案人員在南方找出的嫌犯，頂多十人，但結果卻不得不判斷他們是清白的。

一月二十一日在空虛中來臨。案子發生已經過了整整一週了。這段期間得到的新資料，就只有刈谷裕子的筆跡。從水戶送過來的筆跡，與事先留下的行李箱上收件人資料的影本相較，任誰都可以明顯看出是出於同一人之手。

在警署走廊盡頭的窗前，往下俯視冰凍的馬路，連日埋頭苦思，已成為刑警牛越佐武郎的日課。雖然是件莫名其妙的案子，但他還是想將目前所知整理一番。這當中，有兩個動向。一個是死者赤渡雄造的動向，另一個是行李箱的動向。

赤渡雄造於一月四日從札幌出發，五日抵達水戶。接著六日晚上離開水戶前往東京。七日一整天單獨遊東京，與朋友碰面，當晚平安回到服部家。翌日八日確實與老友碰面，因此也以確定是活著平安地離開了服部家。來到上野，繞到銀座，下午三點前不久還在銀座、有樂町，但緊接著卻突然不顧前往品川區大井町的計畫，趕到千葉縣的銚子，然後當晚在此地溺斃。另一方面，行李箱則是於八日當天上午，比後來將進入其中的赤渡晚一步離開了服部家。這時候裡面裝了中式屏風，由秋葉原寄出，並於十日下半天抵達水戶車站，由刈谷旭領取。這時赤渡已經遇害達兩天。銚子之後，赤渡的屍體動向不明。但依照推論，十日下午的這個時間已遭到分屍，只待裝入行李箱。刈谷夫婦於十日當晚打開第一個行李箱，確認內容，再度綁上繩索，並且打包自己的第二個行李箱。赤渡的親生女兒也參與了這項作業。這個家裡還有孩子。照道理應該可以相信夫婦倆所說的，此時兩個行李箱中裝的是中式屏風以及一對唐獅子擺飾……對，在這一刻，應該還可以相信。夫婦兩將這兩個行李箱並排放在新家的玄關口，放了一個晚上。夫婦倆向水戶署聲明，玄關、各個窗戶都慎重關好。這想必也不是謊言。但在這之後，這兩個行李箱在寄達札幌的赤渡家玄關前，應該不會被打開。而第二天十一日早上，裕子的丈夫刈谷旭獨自開車載著這兩個行李箱，暫存於水戶車站的投幣式寄物櫃。時間為八點半左右。然後午休時，裕子來到丈夫的公司，以便一起寄送行李箱，但他卻說有事，將寄物櫃的鑰匙交給她。現在想起來，無論是上野還是水戶，寄物的都是親生女兒。這也是個引人注意的巧合。十一日由水戶寄出的兩個行李箱渡過海峽，於十四日來到札幌。然後再度由親生女兒實子打開，出現了赤渡屍體的軀體與雙腿部分。

刑警想起兩、三年前在電視上看過的魔術表演。大批觀眾圍觀之下，兩、三名男子將一個大大的錫製牛奶罐搬上舞台。牛奶罐大得足以容納一個人。他們在罐中加水。接著，披著披風的魔術師從舞台一側出現。他是個外國人，一脫掉披風，赤裸的上半身上長了胸毛。助手們將他抬起，讓他進入牛奶罐中。水嘩啦啦地流出來。魔術師只將一顆頭露出來，調整了一會兒呼吸，然後整個人沉入罐中。於是又流出相當於頭部的水。助手們立刻蓋上蓋子，綑上好幾圈皮帶，甚至上了鎖。就這樣，時間一分鐘、兩分鐘地過去。觀眾們屏息以待。結果剛才的魔術師竟從舞台的一側氣喘吁吁、腳步踉蹌地出現。

牛越看到這一幕時，由衷感到佩服。他完全看不出破綻，至今也一樣。他心中想著，要是這個簡直形同魔法師的男子將自己的技巧應用在犯罪上，刑警想必會傷透腦筋。而現在，事情果真發生了。

八日服部晶子寄送、十日刈谷旭領取、十一日水戶寄送，全都在車站留有紀錄，這是作不了假的。因此想必他們並沒有撒謊。

為了周全起見，牛越也確認了行李箱抵達札幌之後的動向。由澤入自貨運站的櫃台領取，拿到車上回到家這段期間，實子一直在車內觀看。而到家之後，從解開行李，發現異狀到警方趕來，行李箱一直沒有離開過實子的視線。而實子打電話報警時，則有母親靜枝待在行李旁。如此一來，完全沒有掉換內容物的機會。佐竹說不可能連容器整個被掉換，但一年只使用一次的行李箱，即使遭到掉換，本人可能也無法分辨。

另一方面，赤渡八日從東京前往銚子意義何在？

和東京相比，銚子距離水戶較近。水戶與銚子之間的直線距離應該不到一百公里。若是開車，這樣的距離其實短時間便能往返。若這是兇手的預謀，那麼兇手是否是希望藉此讓赤渡更接近不久後將抵達水戶的行李箱？因為這時行李箱也正朝水戶移動。

不……牛越心想，真要這麼做，不如讓赤渡到距離水戶更近的地方。銚子距離水戶還有一段不小的距離。說起來，東京、水戶、銚子的相關位置，幾乎呈一個正三角形。行李箱在左斜邊上移動，而赤渡則沿底邊移動。這樣雙方的距離並不會縮短。

如果是要讓赤渡靠近行李箱，霞浦這一帶更理想，這裡比銚子近得多。而且若一定要溺死對方，這裡也有水。

這麼一來——赤渡的銚子行是出自於他自發性的行動。那麼，他採取這項行動的理由，便是一個完全不著邊際的謎。

然而，牛越認為其中的契機是有跡可尋的。老人之所以會突然採取如此急切的行動，一定是有什麼直接的契機，而這並沒有出現在與他相聚的八木的對話中。那麼會是什麼？這樣的話，難道不是他在銀座的「鳥月」或是「邁阿密」所看到的東西之中嗎？報紙、雜誌之類，或是牆上貼的紙、海報、月曆，還是店內裝飾用的照片或畫框裡的畫、插在花瓶裡的花，這些可能都不能忽視。讓這位老人不顧一切的契機，就藏在這些東西當中。這一點隨著時間過去，經過反覆思考，在牛越心裡的想像已經化為確信。他開始希望能夠到東京走一遭。但是，考慮到萬一沒有任何收穫、空手而回的狀況，他與生俱來的謹慎便令他遲疑著要不要開口。在這種狀況下，一天又過去了。

9

一月二十二日星期六，他照例在走廊盡頭那個老地方，一面吞雲吐霧，一面思考案情時，感覺到腳步聲匆匆靠近，佐竹的聲音說：「哞兄！」

「什麼事？這麼慌張。」

「找到了！」佐竹因急迫而扯開嗓門，聲音在冷清的走廊下大聲回響。

「找到什麼？」

「頭部和雙臂，赤渡的。就在另一個行李箱裡！」

這下就連牛越也為之變色。因為，牛越暗自認為頭部和雙臂恐怕是找不到的了。至少，他沒有預期到會有第三個行李箱。甚至可以說，他幾乎已經忘了這件事。

「在哪裡？水戶嗎？銚子？什麼時候找到的？」

「昨晚，而且竟然是在千葉，千葉車站的投幣式寄物櫃。」

「千葉？」牛越為之語塞。千葉？這又是怎麼回事？東京、銚子、水戶，然後是千葉，這些地點是以什麼意圖連結起來的，當下他甚至無法思考。

「那是什麼時候？什麼時候放進去的？」

「好像是十六日。哞兄也知道，國鐵的寄物櫃是第四天才會進入開箱的程序，而昨天已經是第六天，沒有人來領取，又有些異味，因此昨晚千葉車站的負責人員把寄物櫃打開，結果發現裝有赤渡雄造頭部和雙臂的行李箱。和之前寄到札幌那兩個一樣，都綑著繩子，掛了吊牌。」

「連吊牌都掛了？這麼說，要寄隨時都可以寄？」

「是的。」

「本來是準備寄出去的嗎？……那，收件人呢？」

「收件人資料和先前那兩個行李箱一樣，都是札幌的赤渡雄造，沒有寄件人的資料。只是……」

「寄給裝在裡面的人嗎？……可是……對了，筆跡呢？收件人資料的筆跡怎麼樣？」

「用蠟鉛筆（以蠟筆為筆芯的色鉛筆）寫的。黑色，是左手的筆跡。吊牌也一樣。只是，這次和上次最關鍵的不同，就是寫收件人資料的紙。」

「嗯？」

「之前那兩個，用的都是極北振興定製，專門用來寫收件人的道林紙，咔兄也看過吧？」

「看過……」牛越記得，那是優質的銅版紙，上面印著藍色的框，以及細細的直條格線。紙的四個邊都以膠帶牢牢貼住。

「寫有收件人資料的紙，因為沒有印極北振興的公司名，所以水戶夫婦以前就向父親要了很多拿來用。但是，這第三個行李箱當然沒有用這種紙，用的是尋常的信紙。」

「哦……」

「兇手多半是為了寄送而存放在寄物櫃裡，在猶豫時被發現了吧。」

會是這樣嗎？牛越心想。他們對付的，是如此軟弱的兇手嗎——？但他沒有把自己的想法說出來。佐竹繼續說：「這麼一來，三個行李箱的屍體最早的寄送地點是千葉的可能性，最好也列入考慮。當然，兇手不見得就住在千葉。」

「千葉？這是怎麼回事？事實上其中一個行李箱明明就是服部晶子從秋葉原寄出去的啊？再說，八日早上那時候，赤渡還活著，和芝木在上野到處逛，至少是無法被裝在東京組的第一個行李箱裡。」

「是的……話是這樣沒錯，但我不是這個意思，假如說，行李箱不止有第一、第二個，還有一和二的話呢？這兩個以蠟鉛筆寫好收件人。」

「嗯？」

牛越不禁對這個想法產生興趣。

「你是說？」

「一'和二'比第一行李箱晚一天，從千葉車站寄出，是九日寄出。然後於十一日寄達水戶，這樣就趕得上水戶車站寄往札幌的時間。也就是說，一和一'、二和二'的內容物在水戶車站換過來了。但是第三個行李箱則還留在千葉車站內。」

「可是……嗯，這的確很有意思……可是……但千葉？這該怎麼解釋？」

「這就不知道了，但我是覺得，這樣銚子就能夠說得通了。以東京、千葉來想，這條總武線的延長線就會通到銚子。兇手會不會是和這總武線的延長線有什麼淵源？」

「哦，原來如此……那十六日呢？十六日也太晚了些吧？」

「應該是每天都去投幣吧？從九日那天起，每天都去，然後因為某些原因，十六日起不再投了。或者是因為什麼原因，使得兇手在十六日之後無法再去投幣，這樣推測應該很合理吧？」

「唔……原來如此……但是，這可能是基於什麼原因？」

「也許是兇手離開了關東地區。」

「哦，這樣一來……所以呢？人是在銚子殺的，但沒有從銚子寄出，這麼做會產生什麼意義？」說著，牛越腦海裡再度浮現銚子、水戶、東京的三角形。行李箱沿左斜邊北上，而赤渡則在底邊向東移動，這是他昨天的想法。因此，雙方的距離不會縮短。但若依照現在的想法，那麼行李箱一'、二'以及第三個行李箱，便與赤渡一樣在底邊移動，而千葉就位在底邊上。

「這是因為，兇手就住在東京。再怎麼說，犯案是八日晚間，銚子車站的包裹貨運沒有營業。而兇手在第二天九日，恐怕必須回東京的公司上班，所以就帶著赤渡的屍體，從銚子回到東京。

但是，他也不敢把行李箱放得離自己太近，所以就選擇途中的千葉站做為寄送的據點，八日晚上先將三個行李箱存在這裡的寄物櫃。以銚子車站做為存放和寄送的車站也可以，但再怎麼說，銚子和東京距離太遠，事後還要到那裡寄出很花時間。還有就是等到要寄行李箱的時候，和銚子那種鄉下車站比起來，雖然銚子車站和千葉車站我都沒去過，但我想千葉車站應該大得多吧？再怎麼說，人多的車站比較不會引人注目，也比較不會被認出來，所以兇手才這麼做。」

牛越聽著以意料之外的角度所進行的推理，感到十分緊張。

「然後……兇手呢？……」

「多半是在十一日上午到水戶，自己領取自己於九日寄出的行李箱一'和二'，再存進水戶車站的寄物櫃吧。看到刈谷旭來到車站，將第一和第二個行李箱寄進寄物櫃，假如這個時刻，一'和二'行李箱的打包和第一、第二個行李箱絲毫不差，換句話說，兇手事先就已經得到刈谷裕子寫好寄往札幌的收件人資料的那張紙，那麼就只要將一'與二'行李箱寄入第一與第二個行李箱旁邊的寄物櫃格子，然後再潛入刈谷幫浦的社長室，換掉鑰匙就行了。因為刈谷旭想必不會連寄物櫃的號碼都記住。兇手料定如此，再加上運氣好，最後是老婆一個人來寄東西。」

「哦……」

「這樣推論下來，兇手無論如何都是服部滿昭。不管他找再多藉口，到目前為止有可能犯案的人物當中，在時間和空間上能夠殺害赤渡的人，就只有他了。而且，再怎麼說，赤渡還活著在上野活動的時候，第一個行李箱就已經離開東京，我們對他的懷疑也因此而大幅降低。因為我們的注意力跟著行李箱被吸引到水戶去了。」

「原來如此……」

「如果是他的話，應該知道刈谷夫婦每年寄行李箱到札幌的步驟。更重要的是，以他的位置，小姨子所寫的寄件人資料的那張紙，他可以輕鬆弄到手。服部夫婦每年都會先把自己的第一個行李箱寄到水戶，但那個行李箱回到東京的鶯谷時，如果是由澤入送回來的，上面一定會貼著裕子所寫的那張札幌收件人資料的紙。」

「原來如此！」

「每年都有一張。因為他們每年都要把這張撕下來，貼上寫字所寫的、寄到水戶的收件人資料。還有就是，如果是服部的話，要到千葉很方便。從他公司附近的日本橋搭地下鐵東西線，終點是西船橋。從這裡搭總武線，一下就到千葉了。」

「原來如此……這麼一來，服部十一日就非到水戶去不可了。十一日星期二那天，必須離開公司。」

「是的，這我已經請人去查了，不過我有自信，服部十一日當天一定請假沒去上班，不然就是下午才去上班。」

佐竹很有自信。牛越雖然同意他的想法，卻無法全然釋疑。這個想法十分具有魅力，但他總覺得有一個很大的漏洞。

「對了，千葉找到的那個行李箱，和之前兩個是同一型的嗎？」

「是的。同一型、同一個種類的。大概是因為那一型的氣密性最好吧？味道不容易漏出來。只不過，這次的行李箱和之前那兩個比起來，似乎比較新。還有就是，頭部和雙手和寄到札幌的部分一樣，是裝在四層黑色塑膠袋裡。血型以ＡＢＯ系統來說是AB型，再用ＭＮ系統細分是ＢＭ型，以Ｑ血型系統來看是ｑ型，全都與赤渡雄造一致。經由細胞檢驗、染色體檢驗，確定分成三部分的屍體全都屬於同一人物，斷面也吻合。這樣屍體就全部到齊了。」

「屍體的特徵呢？有沒有什麼足以改寫先前看法的新發現？」

「沒有，一樣是溺死，鼻子也有進水。這次也驗出了兩側性屍斑。只不過這次確定死者看似雙手被綁在身後才浸水的，而且上臂有被繩索用力綁緊的痕跡。腳上的痕跡之前就已經確認過了。也就是說，死者是在全身遭到綑綁的狀態下被丟棄到水裡的，衣物也都含有海水。」

「唔，下手很狠。」

「雖然確定是溺死，但後腦勺曾遭到扳手之類的鈍器重擊。這是新的發現。這雖然不是死因，但造成了出血的損傷。」

「也就是說，是先讓死者昏過去再淹死的？」

「是的。」

「是嗎？那我明白了。現在就等服部十一日的報告了。要是他真的請假，那距離發出拘票就只剩一小步了。」

佐竹對此沒有做出任何回應，但破了這樁難案的大功就在眼前，看得出他臉頰很緊張。但是牛越卻有預感，覺得這場苦難還會持續下去。但他也不提，談起別的。

「有一點我倒是有點在意。」

「什麼？」

「兇手為什麼不把裝了頭的行李箱先寄回去？當然，這是假設他犯下這個案子是為了向赤渡家報仇。先寄頭回去，給家人的震撼應該大得多才對……」

到了下午，牛越又佔了他中意的那個位置，佐竹突然從背後戳了他一下。牛越正埋頭苦思，完全沒注意到佐竹的腳步聲。

「喔。」牛越回頭說。一看之下，佐竹一臉垂頭喪氣。

「實在是沒轍了，哞兄。」

「什麼事？怎麼了？」

「就是服部滿昭啊，他十一日的行動。」

「喔，是嗎？有消息了嗎？那，怎麼樣？」

「他去上班了。從早上開始，一整天都在公司的辦公桌前工作。」

「真的嗎？」

「據說是真的沒錯。可是，應該不是這樣的啊……我一直以為早上那番推理一定不會錯……兇手到底是佈下了什麼機關啊?!」

「嗯，可是也不能因為這樣，就說服部完全沒有嫌疑。」

「話是沒錯，可是目前所知的人當中，沒有人比他更可疑了。」

「是啊，到目前為止是這樣沒錯……其實，今天早上聽了竹仔的想法，我也覺得很有意思，不過我從剛才就一直在這裡想，結果發現有兩個致命的漏洞。」

「哪兩個？」

「你要聽？」

「要啊，當然。」

「首先就是那個兩側性屍斑。照竹仔之前的說明，兇手是在八日晚上殺害赤渡，立刻分屍，當天便存進千葉車站的投幣式寄物櫃。這我之前好像說過，行李箱都是豎起來放進寄物櫃的，這麼一來，屍斑應該會出現在側面。而且如果兇手真的是採取這樣的步驟，就不會形成兩側性屍斑了吧？這是第一點。第二點就是，既然這樣，服部滿昭在殺了人的第二天九日早上，必須去千葉縣寄行李箱。然而九日一整天，他都在東村山打高爾夫球。這就有點說不通。那麼，會不會是用什麼辦法在八日晚間寄出去呢？包裹寄送業務雖然應該已經截止了，如果他硬是拜託職員寄出去呢？可是這麼一來，行李箱在運送途中會不斷改變位置，因此照理說，很難形成屍斑。這兩側性屍斑真是麻煩。雖然不知道以後會不會有什麼用處，但現在就只會礙事。」

說著，牛越一面在心裡想：實際上這兩側性屍斑在訴說些什麼？

說的是死者遇害後，屍體正、反各靜置了六小時，至少靜置了十二個小時的事實。這是在哪裡發生的？現場附近，也就是在銚子。

這不就與事實相當矛盾嗎？至今出現的人們，全都不住在銚子。而嫌疑最大的人則有工作。他們多半會像佐竹推測的那樣，立刻移動屍體。以他們的情形，是無法慢條斯理地把屍體放上十幾個小時的。

首先，銚子有那麼安全的地方嗎？八日晚間八點到十點行兇，十二小時之後已經是早上，而且天早就大亮了。這樣風險未免太高了。

真的有推理可以把這些矛盾全都解開嗎？然而，關於這個案子的一切，從一開始便是一連串的謎、不解與矛盾。

牛越佐武郎將沮喪的佐竹留在走廊，回到刑事課辦公事。一開門，就看到主任沉著一張臉坐在那裡。

「主任。」

牛越叫了一聲。

「喔，哞兄，這案子真是一點進展都沒有，傷腦筋哪。」

他抬起頭來，慢吞吞地抽出一根菸。

「沒有進展。主任覺得是為什麼？」

牛越一面幫忙點火，一面說。

「不是因為哞兄神經痛嗎？」

「主任說得對。都是因為神經痛把事情都交給別人辦，所以到現在連銚子的命案現場都還沒找到。刑警辦案，畢竟和小說裡的名偵探不同。窩在暖氣前猛抽菸，是抓不到兇手的。」

主任瞇起眼睛，那表情好像被煙熏了眼似的。

「我想當刑警的，現場跑個一百次也不為過，應該不厭其煩一去再去，辦案應該要這樣才對。」

「哞兄，這句話能不能請你說給署裡所有的同仁聽？」

「不這麼做，怎麼會有進展呢？我們……」

「夠了，哞兄，你到底想說什麼？兜這麼大的圈子。好，我明白了。你今晚就出發吧，到現場去。行前最好先聯絡水戶、銚子和上野各署。」

「謝謝主任。」

「不過，署裡可付不起幾百次旅費，我們的預算可是窘迫得很。」

「主任，可以讓我同行嗎？」

佐竹這麼說，他不知何時也進來了。

「竹仔，你沒聽到我剛才的話嗎？不要一直逼我說我們署的家醜。」

「竹仔，我會帶滿滿的土產回來的。」

牛越也說。佐竹一臉今天真是沒好事的表情。

「哎，一個坐等退休的老刑警竟然一時興起，不顧明天星期天，要做幾百公里的遠行。竹仔要是一直嚷著想去，害他改變主意就糟了，你就別再說了吧。」

主任這麼說。

第二章　上京

1

當天晚上，牛越佐武郎刑警搭乘晚上八點整札幌發車的特急「北斗八號」，離開了札幌。他也考慮過赤渡雄造搭乘的「鳳凰號」，但時間上來不及，而且又沒有理由特地等到第二天二十三日下午三點零五分再上車。

何況，牛越對新幹線只有耳聞，因此想趁這個機會坐坐看，就算只能搭一小段也好。若選擇這個走法，雖然只能搭乘盛岡到仙台這一個多小時的路段，但就可以搭新幹線了。

牛越很想在新幹線上多坐一會兒，因此一開始曾考慮搭新幹線南下到小山，再從小山搭乘水戶線到水戶。但是，從盛岡轉乘的新幹線均不停靠小山。會停靠小山的，只有仙台發車的青葉列車。既然如此，搭東北本線南下到仙台，再從仙台轉乘新幹線即可。但晚間由札幌出發，又可銜接上新幹線的東北本線特急或急行列車，全都是停靠盛岡，意思好像是要乘客接下來全改搭新幹線。但從這裡開始的新幹線全都是山神號列車，不停小山。所以最後牛越只好死心只搭一小時新幹線。

但晚間八點由札幌出發的夜行列車之旅，對一個年過五十的人來說，畢竟是相當辛苦的。「北斗八號」於深夜零點二十分抵達函館。然後轉乘二十分鐘後，即零點四十分的青函渡輪，抵達青森時將是凌晨四點三十分。這便代表主要的睡眠時間必須在渡輪上度過。然而，好不容易睡著了，船便抵達青森，被叫起來。

接著，是轉乘相隔二十三分鐘之後，於四點五十三分發車的特急「初雁二號」。這班車於早上七點十五分抵達盛岡。然後再搭上七點三十分於盛岡發車的東北新幹線，於八點四十六分抵達仙台。再來是搭九點二十五分離開仙台的常磐線特急「常陸十二號」，然後才總算於中午十二點五十八分抵達水戶。

一趟旅程轉乘多次，絕不輕鬆。從北海道到本州的路途，光是多一段航程就已經很累人了，東北新幹線完成後，轉乘次數反而增加。要前往常磐線沿線各站的人，還得再多轉乘一次。難怪赤渡雄造不搭新幹線，牛越自己走過這麼一趟就明白了。青涵隧道據說將於昭和六十年（一九八五年）通車，多半要忍耐到那時候了。聽說先進導坑再一週就能打通了。

但是，牛越認為旅途中在車上思考案情正好。不會有人突然從背後拍他嚇他一跳，也不會有不識相的電話鈴聲作響。習慣了車窗外不斷流過的單調風景，和軌道規律的聲響之後，便能心無雜念地埋頭沉思。

出發前的心情輕鬆，但現在回想起來，卻感到責任深重。想到這裡，牛越的心情便有些沉重。案發以來的一週，札幌署對嫌犯連個譜都沒有。這和他們不熟悉這類型案件也有關。若連牛越這趟出差也沒有收穫，那麼札幌署也只能任人譏為鄉下警察了。

說得誇張一點，札幌署的名聲，現在全都落在這個稱不上一流的鄉下刑警肩上。

清晨五點不到，牛越在刺骨寒意之中，隨著猛吁白氣的人群，從青森車站黑暗的月台搭上了

「初雁二號」。在座位上安頓好的同時便睡了一會兒，但一個半小時之後就醒了。

窗外朝陽已然升起。一整片覆雪的平原景色不斷朝窗外後方流逝。好一幅清冷的冬天黎明風景。窗上起了霧。牛越伸手去擦，水滴分成好幾道，向下朝窗框滑落。

一整片雪都染成了橘色。座位底下的暖氣甚至令人感到有點熱。環視一周，車內的乘客都以不甚舒適的姿勢睡著，一張張睡臉同樣被染成了橘色。

列車駛入了種植了行道樹的路段。巨大的條紋圖樣以驚人的氣勢闖入車內。橘黑相間的條紋毫不客氣地掃過東倒西歪的乘客們的睡臉，掃過放置於路旁的大竹簍。

當意識逐漸清晰，案情自然而然地出現在牛越的腦海中。

他第一個思索的是投幣式寄物櫃。由於工作性質的關係，他對國鐵的投幣式寄物櫃十分熟悉。

國鐵的投幣式寄物櫃營業時間通常為早上六點到晚上十一點，晚上十一點一過，便算是過了一天，也就代表在這個時刻，寄物櫃的顯示口上便會出現再投入金額的要求。

若是不再繼續投入足夠的金額，東西仍可放置三天，到了第四天，負責人員便有權打開寄物櫃。依照規定，當內容物沒有問題，這些東西將另行保管三十天。若所有人在三十天內現身，當然會在所有人提出證明後將物品退還，並要求支付這段期間等同於投幣式寄物櫃的保管費。

這次千葉車站的第三個行李箱，因為與前兩個行李箱同型，想當然耳是存放於四百圓的大型寄物櫃中，而從十六日一直棄置到第六天二十一日，因此是被負責人員發現的。

這個裝有頭部與雙臂的第三個行李箱，在這時候，而且是在千葉車站出現的。這意味著什麼？

兇手總不可能是住在千葉市。而十六日起便遭棄置的事實，就算以兇手從十六日起便離開關東地區來解釋，目前所知的嫌犯當中，也沒有人符合這個條件。

另一方面，佐竹的服部滿昭行兇論儘管相當具有說服力，卻因他十一日上班的事實，輕而易舉地遭到粉碎。

佐竹說，服部是九日從這個寄物櫃取出兩個行李箱，寄往水戶。然而，服部九日在東京的高爾夫球場上一事已獲得證實。

但是關於這一點，牛越卻認為不必特地將行李箱寄出。因為寄送也會產生無法在十一日中午前寄達水戶的風險。大可在十一日早上自行帶到水戶。當然，帶著兩大個行李箱相當引人側目，但沒有什麼理由不能這麼做。

當然，這個想法遭到否決。但此刻牛越之所以再度大膽重新思考，是因為就算服部這個做丈夫的沒辦法，妻子卻有可能辦到。服部晶子沒有孩子，時間是自由的。而雖然之前沒有對佐竹提起，但十六日起第三個行李箱便遭到棄置，便代表八日以後一直到十六日，兇手必須每天都到千葉車站來為寄物櫃投幣。要上班的服部滿昭很難做到，但對老婆來說輕而易舉。

但是，思考每次在這裡就會走進死巷。因為服部的妻子晶子是赤渡的親生女兒。

牛越曾懷疑這一點而進行調查，但晶子和裕子都不是養女，她們都是赤渡靜枝所生的親生女兒。

事實上，牛越還有另一個想法。雖然不是因為受到佐竹的刺激，但他一直到昨天出發前，才總算成功拼湊出一個想法。要取名的話，應該稱為「私生子論」。

這個推論的起因，來自於一個疑問：「兇手究竟出於什麼原因，必須將赤渡雄造的屍體裝入女兒們送禮的行李箱中？」

這也是他在偵辦這個案件之初便感到的疑問。若是無論如何都想將父親的屍體送到札幌的家，依照普通的辦法來送便足以達到目的，沒有必要特地與女兒們所送的禮物掉換。這麼做不但要冒大風險，也很費事。但是，兇手卻這麼做了，而且恐怕是費了一番極大的工夫，很可能比殺人還要大。究竟為何要為這種可能無意義的事情如此大費周章——？

這可能是因為女兒送禮的行李箱中出現父親的屍體，會帶給家人無比的震驚。是因為這樣嗎？

於是牛越最後還是做出多半是如此的結論。這是報仇。所以，即使要如此費心費力，也必須把結婚紀念日的禮物換成屍體。

想到這裡的時候，他又再次想到：慢著，「結婚紀念日」？是啊，那是紙婚紀念日的禮物。甘願冒那麼大的風險和那些禮物掉換，是否是因為這個仇就是來自赤渡的「結婚」——？牛越首先想到的是這一點。

接著，他構思了各種可能的狀況。這個想法與他的妻子靜枝一無所知的事實，看來似乎沒有矛盾。

而赤渡八日下午突然從銀座趕往銚子。這當然是被什麼原因觸發的，但這項事實也可以有十分合理的解釋。

朋友們異口同聲讚揚的正人君子，對水戶對鶯谷都沒有半句話交代，對稍後要見面的川津置之不理，趕往銚子的行動，究竟還能有什麼別的理由？

赤渡是否是在銀座的「鳥月」或「邁阿密」，發覺了東京時代深愛的女子，或是其私生子的存在——？或者，也可能是他們出事了。為此，赤渡茫然若失，不顧一切地趕往銚子。

然後——接下來雖不知箇中經過，但這名女子的私生子，多半是兒子，殺害了赤渡。

兒子怨恨拋棄母親、無憂無慮地結了婚的父親。這個兒子將父親的屍體分成三部分，然後與女兒們送的結婚紀念日禮物掉換——

牛越想到這裡時，內心有些振奮。因為他從這番想像中，感覺到事實所具有的獨特感觸。

但是，他認為這個想法有很多疑點。首先，這麼一來，這個兒子應該早就知道赤渡家的習慣：每年一月十五日，水戶與東京的女兒會配合這個日子，寄出結婚紀念日的禮物。

不僅如此，也要知道行李箱的型號和大小，數量是兩個，而且還知道寄送的順序是先在水戶的刈谷家會齊，再一起寄到札幌。

不，不光是這樣，照理說，他連刈谷夫婦習慣在寄出當天早上先把行李箱存入水戶車站的寄物櫃都知道。赤渡的私生子表面上應該是不相關的外人，如何能夠詳知赤渡家的習慣——？

這麼一來，這個私生子就必須處於與赤渡家的人非常親近的位置。而能夠掉換行李箱內容的可能地點，就只有水戶。那麼便可合理推論兇手是住在水戶，並與刈谷家十分親近的人物。

這麼一來，會有什麼結果？牛越更進一步思考。他以前曾懷疑過刈谷旭十日的行動。換句話說，兩個行李箱自水戶寄出的前一晚，也就是東京的第一行李箱抵達水戶當天，十日這一晚是兩個行李箱都在水戶的唯一一晚。要動手腳，便以十日當晚的可能性最高。

然而，刈谷旭十日當天的行動報告，頓時使刑警的這個希望化為泡影。十日，刈谷旭傍晚六點仍在公司，只有下午四點離開一小時左右，而這是因為他受妻子之託，到車站去領取第一個行李箱。將行李箱送到家便立刻返回公司。然後到了下班時刻，傍晚六點左右帶著部下，到公司附近一家常去的酒吧喝酒喝到晚上九點半。看樣子希望渺茫。意即，行李幾乎是妻子一個人打包的。

但是，想起這件事時，牛越腦海中突然靈光一閃。那便是，假如是「刈谷幫浦的員工」，便能滿足以上所有的條件。

若是刈谷幫浦的員工，就算知道赤渡家的這個習慣、刈谷夫婦每年的習慣，也不足為奇。而放在社長室的寄物櫃鑰匙，如果有掉換的必要，員工想必能輕易辦到。而若運氣不錯，可能也拿得到社長夫人所寫的寄件人資料的紙。

然而，為何幫浦公司的員工會知道赤渡到銚子去？不，也許是他把赤渡找到銚子的。

把這個想法加以整理，便是：赤渡在東京時代有個地下妻子，這名女子目前住在銚子。而這名女子生下了赤渡的兒子，這個兒子目前在水戶的刈谷幫浦上班。也就是說，兒子在三角形的頂點，母親在右下的點。若是從銚子到水戶通勤是可行的話——想到這裡，牛越查了時刻表。然而，在這裡又碰壁了。這兩個地點之間沒有鐵路相連。說得極端一點，若要搭火車在這兩個地點之間移動，只能從底邊往左，再沿左斜邊北上。

這麼一來，通勤就不可行了。但是，假設他是短期內勉強通勤的話，千葉就在必經之路上，要在千葉車站的寄物櫃加投硬幣也很容易。

無論如何，若非母親仍在銚子，想來赤渡便不會前往銚子，因此在這個想法中，最後的推論是母親在銚子，身為兇手的兒子在水戶租房子，或是住在公司的單身宿舍。

也就是說，他的老家在銚子，家庭成員是母親，小孩多半只有他。現在可能住在水戶，但八日晚上回到銚子。碰巧八、九日是星期六、日，而十日到十五日這幾天，他是從銚子通勤上班，十六日又回到水戶。

而且十日，他應該曾將大行李，恐怕就是二個行李箱，搬進自己在水戶的住處，然後必須於十一日上午溜出公司，把東西搬到水戶——

牛越在出發前已打電話給水戶署，請他們調查刈谷幫浦是否有符合以上條件的社員。因此，隨著火車越來越靠近水戶，牛越刑警內心便越來越激動。他將於正午過後抵達水戶。在那之前，應該就會有答案。

2

牛越在盛岡車站轉乘東北新幹線。新奇了一會兒，便又回到思考案情的作業。

關於千葉的投幣式寄物櫃中發現的第三個行李箱，有一點還是令他感到不解。問題非常直截了當，那就是，兇手為何沒有將這個行李箱寄出？

要讓行李箱趕在十五日前送到，也許寄出那兩個就能達到效果。那麼，晚一天也無妨啊？是因為兇手並不認為屍體要全部送到札幌才算是大功告成嗎？像這樣單單只有頭和雙臂晚了好幾天，而且是在千葉被發現，牛越總覺得好像事情只做了一半。難道兇手一開始就是這樣計畫的？他也覺得，也許是兇手出了什麼事，以至於造成這樣的結果。那麼，會是什麼事？

一直到昨天，牛越都認為頭部和雙臂不會出現。理由是，他認為兇手可能有理由不願讓警方看到頭部和雙臂。也就是說，屍體的這兩個部分，具有揭開兇手身分的線索。

然而事實並非如此。頭部和雙臂與前兩口行李箱裡的屍體之間，並沒有顯著的差異。棄置於寄物櫃超過三天一定會被發現，這一點應該是在兇手的預料之中。像這樣讓頭部與雙臂晚了好幾天，而且是在距離札幌十分遙遠的地方發現，有什麼用意嗎？

哪來的什麼用意！──牛越硬生生打消了自己這個想法。他很有可能在不知不覺中，把兇手估得太高了。搞不好其實就像佐竹說的，兇手犯下這麼一件大案，心裡很害怕。也許是他膽怯了，還在猶豫屍體就被發現，如此而已。或者根本就是把屍體丟在投幣式寄物櫃裡。不，這多半就是正確答案。

從仙台起，要改搭常磐線。下了新幹線，轉乘L特急「常陸十二號」。

不久，因為背靠得不舒服驀地裡醒來。看樣子，自己好像在不知不覺中打起盹來。牛越心想，自己還是適合搭這種火車。日頭已經爬得很高了。由於昨晚一直想著案情沒怎麼睡，現在一個勁兒打盹。正好有車上販賣員經過，牛越便買了咖啡。

一面啜著咖啡，一面眺望窗外。結果腦子裡浮現的仍是命案。

對於死者赤渡，經過一次又一次的晨間會議，牛越也已經十分熟悉了。他是所謂的中央退休官員。札幌署第一個懷疑的，當然便是他身為中央退休官員轉任民間企業高層的事實。然而，這條線完全落空。今後似乎也無法有所期待。

一般當公務員死於非命，肯定都與醜聞、弊案有關。刑警這個人種對於這一點是經驗老到的。案例最多的是（被認定為）自殺的低階公務員，或是大人物的司機。最近的洛克希德案也是如此。每當醜聞、弊案遭人發覺，警政單位開始採取行動，課長、課長代理、係長等級的小公務員便會如羔羊般輕易自殺，使真相煙消雲散，以至於偵查的梯子無法搆到次官或局長等級的高層。

但是，赤渡身為局長，並非下級公務員。那麼，札幌署考慮過哪些可能性？主任曾經向佐竹刑警提到昭和二十八年的砂糖賄賂案。以這種具體的例子來說明最快。

這個案件中的重要人物之一，農林省食糧廳業務第二部食品課長，長澤武氏，自殺身亡。至少對外發表是自殺。他死於視察工廠的出差中，而這可說是死法可疑的典型。沒有遺書，買好了給孩子的名產，甚至還打電話告知家人回家的行程。

在這種案例當中，可疑之死的數小時之前，打電話給妻子明白通知即將回家的例子其實很多。洛克希德案的某大人物所聘請的司機，在將排氣導入車內自殺（？）前兩小時，才打過電話回家，說現在正在回家路上、大概幾點會到家等，連預定回到家的時間都說得清清楚楚。可見得他也有自覺，預測到知道內幕的自己可能會被滅口。

長澤武氏則是在死的前一晚，笑著打麻將，而且還叫人來按摩。幾個小時之後就要尋死的人，還找人來按摩。

以他的情況，是被殺，或者是被迫自殺，這一點已不得而知，但他是犧牲了自己的性命，讓上層的人得以保身。

就算他真的是自願這麼做好了，收到那份名產的家人和兒子會是什麼樣的心情？當名產成為遺物和父親的遺體一起回到家時，當他們知道父親之死的來龍去脈時，他們又會是什麼樣的心情？

就算他們對那些高枕無憂的高層興起復仇之念也不足為奇。洛克希德案的司機更是如此。他若不死，將來能夠得到什麼樣的社會地位？他只不過是小小一名司機，多半也是平平凡凡地度過一生吧。

高高在上的大人物，或者是大人物身邊的走狗，為了自保而殺害了這樣的人。像牛越這樣的刑警最憤恨的就是這類案子。這是最卑劣、最無可救藥的罪行。但是，越是這樣的案件，牛越等人的力量越是無可奈何。他們能處理的，就是窮苦人想借酒澆愁，為了喝那麼一杯酒而犯下的罪。

想一想，因為大人物這些骯髒的罪行，暗地裡遭到滅口的這些小角色的子孫，竟然一輩子都沒有採取行動，這才真的令人感到不可思議。

若赤渡雄造是活該要遭到這類報仇的話——若他在當官時曾經犯下這種罪的話——牛越和主任考慮的是這類的可能性。

後來，牛越便一直不斷地打盹、醒來便眺望窗外、打盹、醒來便眺望窗外。一再打盹又醒來，令他開始頭痛，連買個火車便當當早餐的心情也沒有了。

天亮時窗外還是雪景，但隨著日頭漸高，雪也消失了。其實這是火車不斷南下的關係。但是在牛越看來，就好像雪被高掛的太陽融化了。本州的日照很強。

不久，時間過了正午，將近下午一點時，牛越佐武郎刑警帶著一顆因為睡眠不足與思考過度而略為疼痛的頭，於一月二十三日星期日在水戶車站下車。

3

這是牛越有生以來第一次踏進水戶這個城市。但無論是哪個國鐵的車站前都十分相像，因此他並沒有大老遠來到陌生土地的感慨。

只不過這天天氣非常好，沒有風，溫暖得令人不敢相信。由於是星期日，車輛也少，總覺得十分悠閒。從略暗的車站內看出去，車站前大馬路的柏油路被正午剛過的太陽照得反光發白。簡直就像春天啊——來自北國的刑警心想。而一月竟然一點雪都沒有的景象，讓他匪夷所思地看了好一會兒。

想一想，他至今幾乎沒有旅行過。之前雖去過兩次東京，但除此之外，他的行動範圍頂多只到仙台。

由於沒有通知水戶署搭哪一班車到水戶，因此沒有人來接。牛越人如其名，什麼事都慢慢來。他在車站內呆立了一會兒，接著往投幣式寄物櫃走去。然後在正對寄物櫃的長椅上坐下來，仔細打量。

寄物櫃的格子還滿多的。而上頭的黃色鑰匙頭還剩不少，可見空著的格子很多。尤其是底部的大型寄物櫃，幾乎都是空的。但是，這可能和今天是星期天也有關係。

這麼看了一會兒，好像不那麼累，頭也不痛了。於是牛越總算抬起沉重的身軀，朝水戶署走去。

因為是星期天，署裡人很少。他來到刑事課，適當地行禮打過招呼後，一個聲音很熟、名叫小山的年輕刑警便走上前來，問牛越吃過飯沒有。

聽他這麼一問，牛越才想起他早飯、中飯都沒吃，只在車上喝了一杯咖啡。但是，肚子明明應該很餓，卻不知是否是長途旅行的關係，只想吃蕎麥麵之類清淡的東西。他一表明意願，對方便說，最近有家新開的蕎麥麵店，問他願不願意一起去。對方說，到刈谷幫浦調查的就是他，牛越便答應了。

兩人進了水戶署旁邊一家相當乾淨的店家的包廂。坐定之後，小山便說長途旅行一定很累。

「是啊，再怎麼說，年紀都大了。」

聽牛越這麼回答，小山一雙大眼睛便看著牛越問：

「那麼，要不要來點啤酒？」

不了，現在在工作中——牛越如此婉拒，但仔細想想，今天是星期天。

「我們佐竹經常在電話裡麻煩你。」

牛越嘴上雖這麼說，其實心不在焉。

「哪裡哪裡，我才是。」

小山以悠哉的語氣回答。

「我想直接請教……」牛越打開正題。「刈谷幫浦的員工當中，有人老家是在銚子的嗎？家裡應該是只有母親一人……」

牛越的心臟不由自主地猛跳。

小山似乎是個不輸牛越的慢郎中，以極其沉穩的語氣回答。對此，牛越只覺得他是在吊人胃口。

「我不清楚札幌方面是基於什麼理由想了解這一點，但就我的調查，刈谷幫浦並沒有這樣的員工。」

牛越不自覺地露出失神的表情。

「那是……可是……確定嗎？年紀應該是三十歲左右……」

「確定，我敢說調查做得相當徹底，因為我把員工名冊從頭到尾都看過了。這個公司並不大，只有二十來名員工，但是……沒有這樣的員工……」

小山的語氣變得委婉。因為事實上，牛越顯得非常失望。

「這樣啊……啊，謝謝你這麼幫忙……」

說著，牛越的心情落入谷底，只覺得接下來不知該做些什麼。

「還有就是……十一日上午，也沒有人溜班往水戶車站方向去。」

「啊，是嗎？也沒有這樣的人啊……」

牛越感到旅途的疲勞似乎一次全部湧現。

接下來便吃著蕎麥麵，聽小山詳述他對刈谷夫婦與刈谷幫浦員工的印象，但也提不起興致來。才在出差辦案的第一階段，就遭受到一記猛烈的打擊。

「等會兒去刈谷家，就能見到刈谷旭和裕子夫婦嗎？」牛越問。

「是的，因為今天是星期天，他們說會在家裡等。哎，豪宅剛落成嘛，有機會一定會想叫人去的。」

「記得你們說這位刈谷旭，好像有點可疑的『跡象』。」

「他有些不必要的畏縮。在說到一些無關緊要的事的時候會結巴。也可能是因為謹慎的關係，但也不能因此解釋成他是有所隱瞞，我們署長是這麼說的。」

「唔……」

「您這就要去嗎？刈谷家。」

「我是這麼打算。」

「那麼我和您一起去，為您帶路吧？」

小山這回動作挺快的，已經準備離座了。但牛越卻在略加思索之後，婉拒了他的自告奮勇。首先，他想先單獨想想刈谷幫浦沒有來自銚子的員工的這個事實，再者是因為他料到有小山同行，刈谷旭會提高警覺，恐怕問不出什麼新的事實。

刈谷家正如牛越所料，是個相當大的房子。有個十分寬敞的院子，甚至還有一坪左右的水池。也看得到角落裡有看似高爾夫練習用的綠色網子。牛越不打高爾夫球，所以也不懂，只是猜想多半是這樣。院子裡設置了時髦的庭園燈，站在玄關口，就聞到撲鼻的木香。

在玄關迎接他的刈谷裕子，看來比三十二歲的實際年齡老成了幾分，是位不怎麼化妝、感覺相當樸實的夫人。她顯然因為札幌的刑警來訪而非常緊張。

他被帶到客廳，用不著等，刈谷旭便現身了。他與夫人形成對照，穿著厚厚的白毛衣，灰色長褲與銀框眼鏡，配上精心保養的頭髮，應該有四十歲的人，看起來卻只有三十出頭。牛越認為他是個相當注重打扮的人。

一面向刑警點了幾次頭，一面切過刑警的視線，在沙發上坐下。然後開口說「有什麼事？」的聲音比牛越預期的高了許多，使牛越有點吃驚。

刈谷旭雖然說了「有什麼事」，但似乎也覺得自己太過失禮，便補上一句：

「長途旅行辛苦了。」

做丈夫的臉上也出現顯而易見的緊張神色。老練的牛越刻意以沉著的語氣，將新屋、會客室讚美一番。

結果刈谷旭果然對房子十分自豪，表情立刻不同，沒有再說不客氣的話了。

「這是個相當不好辦的案子。」

牛越開始提起正題。由於剛聽過小山的報告，這其實是他的真心話。

「我想您也知道了，赤渡雄造先生是一月八日在銚子市的利根川入海口附近溺斃的。」

「溺斃？」

「是的，溺斃。」

「溺斃是……啊，對喔，溺斃啊，嗯，溺斃。」

「您還不知道嗎？」

「不，大致的情況都從警方那裡了解了。」

「您對銚子市這個地方有什麼印象嗎？關於赤渡先生會單獨前往的原因……」

「這個……我實在……喂，裕子！」

刈谷旭喊妻子。一喊，簡直就像應聲而出般，夫人端著紅茶從後面現身。

「這個，我們也向水戶警方說過……」

裕子為每個人放好紅茶茶杯之後，在丈夫身邊坐下來，這才開口說話。她的樣子實在很含蓄，不是很容易聽清楚她的話聲。

「家父到銚子去的原因，我完全……」說著，她頓了頓，片刻之後才說：「沒有頭緒。」

「是嗎？一月五、六日，赤渡先生是在這裡吧？」

「是的。」

「當時，府上還在施工中吧？」

「是的。」

「那麼，令尊最後終究沒有踏進這裡？」

「是的，沒有。」

「當時租用的公寓是在？」

「日出町，離這裡有段距離。不過現在好像已經有別人住進去了。」

「兩個行李箱是一月十一日寄出去的吧？」

刈谷裕子一副「來了」的表情。她的身子略略縮起，聲音變得更小了。

「是的。」

「是十日晚上打包好的？」

「是的。」

「至於當時掉換內容物的可能性……」

牛越說到這裡，裕子一副快哭出來的樣子。八成是把刑警的話解釋成「是不是妳掉換的？」了吧。

「我沒……」

說了這幾個字，便說不下去了。

「不不不，」牛越趕緊說：「當然不是指兩位做了什麼，我的意思是，有沒有被第三者掉換的可能性。」

「我想，應該沒有。」說完她頓了一下，又說：「沒有。」

「當時打包好的行李箱放在哪裡？」

「那邊，從那邊出去，玄關口的走廊那裡。」

「玄關的鑰匙是鎖上的？」

「當然鎖了，第二天外子帶到車站去之前，也沒有人來訪。」

「有沒有請刈谷幫浦的員工幫忙搬？」

「從來沒有過。」

這個問題是刈谷旭回答的。

於是，牛越這回轉向做丈夫的問：

「刈谷先生，您那天早上是先把東西寄放在水戶車站的投幣式寄物櫃中吧？」

「嗯，是、是的。」

「為什麼當時沒有寄出呢？」

「哦，因為會趕不上公司的朝會，而且車站的貨運服務也還沒開始。」

「寄物櫃的鑰匙您一直都帶在身上嗎？」

「哦……沒有，我放在公司社長室的辦公桌上。」說完，又說：「我想總不會有人要偷，而且也沒有貴重到會被偷……」

他的話聽起來很像在推託，似乎很想為自己辯解，說錯不在他。

「社長室在幾樓？」

「一樓。」

「是獨立的房間吧？」

「對，那當然。」

這時，刈谷的態度有點倨傲。看來這個人的性格很複雜。

「那麼，不能自由出入了？」

「不，關於這個啊，社長室是在大樓一樓的邊邊，在角落。這個社長室主要是從辦公室這邊的門出入，不過除了這個門，後面還有一個通往停車場的門，總共兩個。」

「是後門？」

「是的。」

「那道後門有上鎖嗎？」

「沒有，都沒有鎖。」

「沒有鎖……這麼說，要走辦公室那邊的門，就得先穿過員工的辦公桌，而且還得經過入口的櫃台？」

「嗯，是啊。」

「這樣的話，陌生人進不去，但是從後面車場那邊的話，任何人都可能偷偷跑進去，是這樣嗎？」

「嗯，不過，沒有人會從後面進來。」

「員工當然不會了。」

「員工我都教他們敲了門才進來。」

這麼說，相反的，由於從辦公室這邊進去的員工一定會敲門，從後門偷溜進來的人想搞鬼就容易了。

「您是什麼時候離開社長室的？十一日當天。」

「十一日……呃——，快十點的時候，到十一點這段期間。」

「就只有這段時間而已？」

「不，早上九點有十分鐘的朝會，那時候我都會離開社長室。」

「您不在的時候鑰匙怎麼處理？我是說寄物櫃的鑰匙。」

「我說過了，因為我認為那不是什麼貴重物品……」

「那麼您朝會後回到社長室，鑰匙也好端端地在辦公桌上？」

「當然。」

「嗯，您每天早上都會到『紫苑』去嗎？」

「也不見得每天都去，就工作比較輕鬆的時候。」

「那麼，如果有人了解刈谷先生這樣的生活型態和社長室的狀況，要拿走寄物櫃的鑰匙或者掉換，可以說相當容易，是嗎？」

「拿寄物櫃鑰匙幹嘛？」刈谷說。

但牛越不理他的問題，問：

「朝會是在哪裡開？」

「辦公室。」

「在社長室前面？」

「是的。」

「十一日有人請假嗎？」

「沒有，有的話會來向我報告。」

「所有人都參加朝會了嗎？」

「再怎麼說，員工都有二十幾個，沒辦法一一確認，不過我想應該都到了。」

「您存的寄物櫃，當然是大的、四百圓的吧？」

「對，存在兩個四百圓的裡面。」

「以整個寄物區來看，是靠邊嗎？」

「不，是中間那邊。」

「您記得號碼嗎？櫃子的號碼。」

「不記得，有人會去記那個嗎？」

「說得也是。那麼要是錯開一、兩格，也不會發現吧？」

「什麼意思？」

「不，沒什麼……」

牛越判斷這時候最好別告訴他們他的推論。

「無論如何，只有在這裡才能掉換行李箱的內容。有很多人知道您這個習慣嗎？」

「你說的習慣是上午到『紫苑』和開朝會嗎？這個員工應該都知道。」

「不，還包括每年一月寄東西到札幌的做法。這個貴公司的員工也都知道嗎？」

「我不清楚，大概知道吧。」

「除了員工之外，還有其他人知道嗎？」

「『紫苑』的人和那裡的常客吧……嗯。」

「東京的服部昭滿先生和夫人呢？」

「咦？」刈谷一臉驚訝的樣子。「不知道吧，我想。」

「您和服部滿昭先生很熟嗎？」

「沒有，不熟。認識是認識，不過就是見了面會打招呼而已吧，嗯。沒有更進一步的交情了，嗯。」

刈谷旭這時候的模樣，激起了老練刑警的第六感。牛越心想，原來如此，水戶署的人說的就是這個啊。

「赤渡雄造先生一月六日晚上從水戶前往東京時，刈谷先生也一起同行到上野是吧？搭乘的是晚上七點三十分從水戶出發的『常陸二十四號』，是這樣沒錯吧？」

刈谷旭提心吊膽的情形更加嚴重，好像腦充血似的，臉頰脹紅，使得他頻頻以手掩飾。

「呃、嗯，是、是啊。」

「當時，您在東京與服部夫婦見過面嗎？」

「咦？呃，沒有。沒什麼理由好見面的，不是嗎。」

牛越迅速也觀察了妻子的臉。但這邊的表情沒有任何變化。

「嗯，聽說一月八日晚上，在府上舉行了落成派對？」

牛越改變了話題。

「是啊，就在這個房間裡，一直熱鬧到半夜，嗯。」

刈谷旭的手離開了臉頰，臉上的紅暈也消退了。

「出席的人，當晚都回去了嗎？有沒有哪位留下來過夜？」

「嗯，都回去了。啊，不，也有人留下來過夜。是公司的人，有三、四個住得比較遠，就留下來了。」

「這樣啊。您說住得很遠，其中有沒有人家是在銚子的？」

牛越心想，這個問題本身就很奇怪。刈谷幫浦的員工中，如果有銚子出身的，就是牛越要找的兇手。若那個兇手在犯案時刻人在這裡，就等於有不在場證明。但為了保險起見，他要問清楚。

「來自銚子嗎？沒有這樣的人。」

「刈谷幫浦的工員裡沒有來自銚子的人，或者母親現在住在銚子的人嗎？」

「沒有這樣的人，幾乎都是水戶人。」

接下來牛越針對這一點提出更深入的問題，但問了好一會兒結果都一樣。也沒有老家在銚子的人。但是，這些水戶署的小山都已經調查過了。

牛越一離開刈谷家，便前往刈谷幫浦。由於是星期天，鐵門是拉下來的，而且靜悄悄的。但繞到後面有個警衛室。

牛越向警衛表明了身分，請警衛拉開鐵門，將刈谷幫浦空盪盪的辦公室和社長室，以及倉庫等仔細看過一遍。公司的辦公室占據出租大樓一樓的整個樓層，於西南方的一角，以牆壁隔出一間社長室。社長室的門，無論是靠辦公室這一道，還是後門那一道，都嵌著毛玻璃。

離開刈谷幫浦時，日落得早的冬陽已經開始西斜了。都是因為在刈谷家待得太久了。牛越內心泛起了一股類似焦灼的情緒。還沒有任何收穫。還沒有得到任何值得特地花旅費前來的東西。

走在車站前的大馬路上，不必費心找，便看到寫著「紫苑」的招牌。

忽然間他發覺自己肚子非常餓，可見得身體終於恢復正常了。他心想那正好，可以去「紫苑」看看媽媽桑，順便吃點東西，於是進到店門口，卻發現「紫苑」只賣飲料。於是他便進入大馬路對面一家隔著窗可以看到「紫苑」的餐廳。

點了豬排丼之後，牛越從旅行袋裡拿出時刻表。一看鐘，就快下午六點了。時間過得真快。今晚住這裡也無妨，但在水戶想知道的幾乎都知道了，睡前這段時間在這裡無所事事也很浪費。再來就只是見見「紫苑」的人而已，但這樣的調查能得到的東西很有限。再怎麼說，牛越更想做的，是到赤渡決心到銚子的銀座「鳥月」與「邁阿密」附近走走。還有就是這趟出差的第一目的——找出銚子的現場。

這兩件事都必須加緊腳步來辦。店內可能改裝，也可能換上新的照片或海報。銚子的現場也一樣，可能會下雨，也可能會有塵土。就連這一刻，現場的痕跡也正逐漸消失。

牛越攤開時刻表，思考應該先去哪一邊。他很快就做出結論。從水戶到上野，搭特急只要短短一小時又二十分鐘，但從水戶到銚子卻非常麻煩。

他先前就調查過，水戶與銚子之間沒有直通的鐵路。從水戶要到銚子，和到上野一樣，必須搭乘常磐線。而且特急不停靠轉車的車站，因此不能搭特急。要在我孫子這一站下車，從這裡改搭成田線到成田，然後再換車到銚子。

然而如果是從東京出發，從千葉也是一樣，到銚子都有直達的電車。看樣子，水戶和銚子都是以東京為中心的衛星城市。換句話說，這個三角形的頂點是東京，而底邊沒有鐵路相連。

既然如此，就應該先到東京。牛越做了決定。但是，想一想這也是當然的。天已經黑了，要找現場也只能在白天找。

接著，牛越想知道該搭哪班車，便翻到常磐線上行那一頁。一看，忍不住咂了一聲。有一班「常陸二十二號」於傍晚六點三十分駛離水戶。六點三十分，一看時間，已經六點了。如果沒有點餐，本來是趕得上的。等豬排丼來、吃完，就來不及了。下一班是一小時後的「常陸二十四號」，晚上七點三十分。沒辦法，只好搭這班了——牛越決定之後，收起時刻表。

他撩起旁邊的窗簾，看看馬路對面的「紫苑」。結果門正好開了，一個年約三十的女人走出來。她燙了一頭髮得像黑人頭的頭髮，身材不差，看起來頗具姿色。她手上拿著花瓶，把瓶裡的水灑在人行道上，便又進去了。

牛越心想，她就是和刈谷旭關係曖昧的老闆娘吧。他想起看似著重外表的刈谷旭那身精心打扮，覺得這兩人站在一起，感覺也滿登對的。

然後忽然想起：慢著。「常陸二十四號」，那不正是一月六日刈谷旭送岳父到東京的那班車嗎？

4

L特急搭起來相當舒適。從水戶到上野中途一站也沒停，感覺一下子就到了。儘管牛越從北國經歷漫長的旅途南下，這班車卻沒增加他多少疲累。

然而，這是另有原因的。快到上野時，牛越佐武郎的心情有幾分雀躍。這是他第三次踏上東京的土地。

而且直接的目的地是銀座。牛越出生於昭和七年（一九三二年），對他們這個世代而言，銀座是個特別令人感傷的地方。

這個世代的人運氣不好，四年的戰爭正好與青春期重疊。開始察覺異性的魅力、感受藝術的青春期，他們卻在那黑白的時代度過。

這次的命案，不知為何常讓牛越想起那個時代。多半是因為主任提起死於砂糖弊案的長澤武氏的事吧。這個自殺案，很可能像先前所寫的，並非出於自願。若事實真是如此，牛越卻也能夠理解。

自己這一代的青春期，即人格形成最重要的時期，文學與音樂被軍事教育徹底取代。他們一而再、再而三地被教導為國家犧牲性命是悲壯的美談。在自己這一代的精神深處，潛在性的自我毀滅意識有如未爆彈。他們不知道有什麼事能比自己的死更令人感動，說起來是形同人肉炸彈的缺陷人。牛越是最近才發覺這一點的。或許程度有所不同，但他們的性命都是三十年前撿回來的，只要強調這一點就行了，沒有任何世代比自己這一代更容易在勸說之下視死如歸的。

自己這一代不得不度過這樣一段青春期，這是幸還是不幸，牛越不知道，因為他也無法過另一段青春期。只不過，每當思及這些，牛越的腦海裡一定會出現銀座。也就是說，與如此黑暗的意象形成最鮮明的對比的，對他而言，就是銀座。牛越從不認為自己特別不幸，但他甚至認為，如果他真的不幸，那就是因為他在青春時代沒有去過銀座。

戰時，打開收音機就只能聽到「勝利之光」之類的節目，眼裡看到的，淨是鬥志激昂的戰爭標語，但即使在那個時代，銀座卻仍一點一滴上映同盟國德國的電影，例如莎拉．妮安德（Zarah

Leander）主演的『哈巴涅拉舞』（La Habanera），或是寶拉・娜格莉（Pola Negri）主演的『探戈之夜』（Tango Notturno）之類的愛情片。對於這些電影和戰後的佛雷・亞斯坦（Fred Astaire）有多麼嚮往，現在的年輕人恐怕無法理解。

晚上八點五十分一抵達上野，牛越便在車站內的公用電話打電話給大森的八木治。八木是在銀座與有樂町最後一個與赤渡碰面的人。與他見面的期間，赤渡突然決定要去銚子。

八木治立刻接了電話。八木家──對方說，聲音聽起來不像老人。

「喂，請問是八木治先生嗎？」

「是是，我是，我就是八木治。」

「啊，突然來電，真是抱歉。我是札幌署的刑警，敝姓牛越。」

「哦，那麼，你是從札幌打的？」

「不，我現在剛到上野。」

「哦……遠道而來，辛苦了。」

「哪裡哪裡，這是工作……請容我開門見山，請問，聽說在赤渡雄造先生失蹤之前，您是最後一位見到他的人？」

「是，是，正是。」

「那麼，我想詳細了解一下當時的情形。」

「哦，好啊。」

「不知道您明天有沒有空？」

「有啊。我退休了，除了弄弄盆栽之外沒什麼事做。要怎麼約呢？不然現在也可以哦。」

「今晚嗎？已經快九點了，您方便嗎？」

「我可以呀，我不像一般老人，晚上也愛出門。」

「那真是求之不得……」

牛越一面說，一面想起八日當晚唯一一位有家人之外的人作證的不在證明的，便是這位八木老先生。

「怎麼樣？不然我現在就出門，到我和赤渡碰面的銀座現場去吧？」

「啊，這樣嗎？那真是太感謝了。那麼，我們就約在銀座的『鳥月』，好嗎？」

「好啊。」

「您大概什麼時候到？」

「哦，很快。我才剛從外面回來，不用另外準備就能出門。一小時之內就會到了。」

「那麼，九點四十分，如何？」

「可以。九點四十分，是吧，我知道了。我會準時到的。」

「那麼，稍後見，謝謝您。」

掛了電話，牛越才想起他們沒有說好怎麼相認。看樣子十多年後再訪東京，有點讓他亂了方寸。他又打了一次電話。

「啊，啊，對不起，一直打電話來打擾。我是剛才的牛越。」

「哦，哦，什麼事？」

「是這樣的，剛才不小心忘了說要怎麼認人。若服裝沒有特徵的話，恐怕不太好認……」

但八木卻仍然不以為意。

「是啊，是啊，你說得對。那麼，我在胸前別朵白花吧，然後我會拿著手杖去。」

牛越覺得有些奇怪，但他想，也許東京人都是這樣打扮的。

「是嗎？那麼……我這邊沒有什麼特徵，真不好意思……」

牛越心想，遇到這種時候，自己還真是為難。

「那麼就請你來認我吧。」八木說。

「好的。那麼待會兒見。」

牛越掛上電話。

四十分鐘之後就要碰面，沒時間了。牛越趕緊到上野署露臉，向透過電話早就認得聲音的刑警告知自己已來到東京。由於是星期天，這裡人也很少。他想，明天一早再正式來打招呼。

他大致說明了在水戶的辦案經過，也問了對方的調查報告，不愧是東京，經驗老到，連千葉車站的寄物櫃找到的那個裝有頭與雙臂的行李箱是哪家店賣的，都查出來了。

「是銀座一家叫做報美堂的皮箱店，賣很多舶來品。」年輕的刑警說：「是去年十月左右賣的，國產的便宜貨。」

牛越只能一面附和，一面聽。

「遺憾的是，店家不記得買的人的長相。最多只能確定買的人是個男人，不是老人。」

「是嗎？原來如此……當然是只買了一個吧？那名男子從那家店買的行李箱。」

「是的。」

「哦，這樣啊。」

環視刑事課，出勤的年輕刑警打扮相當體面，沒有人像牛越一樣穿著過時的長大衣。只不過，中年以上的刑警有東北腔的人意外地多，這一點讓他安心不少。

牛越向這名年輕刑警問了銀座「鳥月」的詳細位置。正要離開時，年輕刑警好像剛才起來似的說：

「對對對，一課的中村刑警說想見你。等你決定好今晚的住處之後，可以和我們聯絡一下嗎？」

牛越又應了一聲「哦，這樣啊」，道了謝便離開了上野署。

牛越佐武郎招了計程車前往銀座。星期天的夜晚，車行意外順暢。

他在四丁目服部鐘錶店的轉角下了計程車，因為他無法給計程車司機更詳細的指示了。

牛越心想，上一次踏上銀座人行道上的石板，已經是將近三十年前的事了。十幾年前曾經請過一次年假到關西去旅行，那一次因為沒時間，無法在東京逗留，到銀座走走。

經過三愛的圓筒狀大樓前時，他心想，當時沒有這種可笑的東西。對他而言，所謂的銀座，是有服部鐘錶店、森永牛奶糖的巨型廣告板，還有日本橋的一角還是哪個地方，有小鹿斑比奔跑的霓虹燈。

他很快就找到「鳥月」，一踏進自動的格子門，他頓時倒抽一口氣，駐足不前。然後明白崇拜佛雷・亞斯坦的日本人不是只有他一個。

從店門入口正面看過去，盡頭的那道牆之前，椅子被人從餐桌旁拉出來到通道中央，一個小個頭的老人，雙腿張開，將上身重量靠在上頭似的拄著手杖，有如即將上戰場的武田信玄一般，坐在那張椅子上朝門口瞪視。

而且，他的打扮更是引人注目。頭上戴著狩獵帽，藍色襯衫上露出胭脂色的寬領巾，正紅的背心胸前，插著一朵大小足足有攤開的手掌、直徑多半有二十公分的白玫瑰假花（牛越認為多半是假的）。長褲也是白的，而那一雙好似隨時都會跳起踢踏舞的皮鞋也是白的，連鼻子底下那撮希特勒式的小鬍子都是白的。

店裡的客人以及店員，似乎早就對這位打扮特殊的人是何方神聖感到好奇不已，所有人都注意著這位活像結婚蛋糕的老人。每個人肯定都迫不及待地想看他等的是一個什麼樣的人。

但是，八木本身看來並不以旁人的視線為苦，一派泰然自若。牛越於是想到，難怪在剛才的電話中，八木完全沒有把服裝識別放在心上。

牛越腋下冷汗直流，對於要直接走到八木的桌位感到躊躇不前。要見這個對象需要做好心理準備。有那麼一瞬間，他甚至半認真地認為，赤渡雄造搞不好就是因為看到這位老友這身打扮而失蹤的。

「我是牛越。」

他硬著頭皮走過去說。

「喔喔，喔喔，你好，我是八木治。」

一出聲招呼，牛越又嚇了一跳。不知是否因為聽力不佳，八木的聲音大得有如雷鳴。鄰桌的年輕人嚇得身體都震了一下。簡直就像隔著眼前的牛越，朝後面的大馬路說話。

牛越真不願繼續與八木老人談話。閒聊也就罷了，但他們要談的是命案。

「您等很久了？」

「沒有，這不算什麼。走在銀座對我來說是至高無上的享受。」

話聲才落，背後就傳來「還至高無上的享受咧」的竊竊低語。

「倒是你，從札幌過來，一路辛苦了吧？」

這下，全店的人都知道牛越是從札幌來東京的外地人了。

「和札幌比起來，這裡沒有那麼冷，骨頭就可以好好休息了。要是太冷……」

說到這裡，牛越畏縮起來，聲音不由得就變小了。結果八木把手放在耳邊，表示完全聽不見。於是牛越豁出去了，幾乎是用喊的高聲說：

「太冷神經痛就會發作。」

結果不知為何，店內竟爆出哄堂大笑，把牛越嚇了一大跳。

但八木卻仍我行我素，說：

「喔喔，是啊，天氣冷不太好啊，傷腦筋呢。我也是，可能是因為夏天出生的吧，就是怕冷，忍不住就是會多穿幾件衣服。」

「您是夏天出生的？」

「是啊，八月生的。」

現在，他們這對中高年的搭檔，已經完全成為全店的消遣了。所有人都豎起耳朵，等著聽笑料。最好的證明就是沒有任何人說話，也沒有任何人離席。

但是，牛越卻不能不談重要的事。他儘可能將臉湊近八木。

「不好意思，接下來就想向您請教一些事情。我想您已經聽說了，赤渡雄造先生是在一月八日晚間八點到十點之間，在利根川河口，那個，出事的。而八日當天下午三點，他是在這家店內以及有樂町的『邁阿密』與您碰面，而在有樂町與您分手之後，突然趕往銚子。而且，本來約好在與您見面之後，要到品川大井町的川津家，卻失約了。而出了名守信的赤渡先生，卻連一通電話也沒打。這種情形，不得不說實在不尋常。因此我們不得不認為，可能是這家店內部的裝飾，或者是『邁阿密』那邊，或者是與您的談話之中，有什麼讓赤渡先生那麼關心，讓他慌得不顧一切。有嗎？」

「哦，我想你應該也聽說了，警方對於這件事，也再三問過我，後來我也想了很多。可是啊，就像之前我回答警方的那樣，沒有想到別的了。」

「當時兩位在這家店就是坐這個位子嗎？」

「對，就是這個位子。我每次來都是坐這裡，和現在一模一樣。我坐這邊，赤渡就坐你現在坐的位子。」

牛越心想，這正好。那麼自己現在視線可及的範圍，就和一月八日赤渡雄造所看到的一樣。

他緩緩環視店內。眼前的牆壁，也就是八木背後的牆上貼著月曆，但那是平凡無奇的風景油畫。而且是山景，不是海景。畫下方的白紙，是一月到十二月全部列在同一頁的那種形式。

左邊牆上有三張名人的簽名板。其中兩張應該是女歌星的，一張是作曲家。牛越把這三個名字抄下來。

其他就沒有什麼特殊之處了。他站起來，走到後面，出示黑皮警察手冊，問店內的裝飾是否與一月八日有所不同。

一個看似店主的男子說，從換了新年擺飾之後，就沒有變動過。

他也到洗手間去看過。牆壁是清一色的白色，沒有任何特出之處。沒有貼任何紙類，也沒有花。

牛越回座，問八木是否曾注意到赤渡有無奇特的舉動。他之前就想過，如果赤渡是因為八木的話受到什麼啟發，那麼八木本身應該會感覺到異常。

「哎，都沒有哪。」

「完全沒有奇怪的地方？」

「是啊。」

「兩位都聊些什麼？在這裡的時候。」

「聊些什麼啊……都是一些很平常的往事。像是農林省時代的回憶啦、彼此的近況啦。他說北海道是個好地方，等天氣暖和了要我去玩，還有女兒的婚事之類的……」

「有沒有聊到結婚紀念日的禮物？」

「啊啊，有。他說，今年東京和水戶的女兒、女婿，也會在十五日之前送他中國骨董。」

「沒有提到銚子嗎？」

「沒有。」

「赤渡先生在途中有沒有突然停頓、出神、激動得說得很快這一類的情況？」

「完全沒有。從頭到尾，都是平平穩穩、很愉快地談話。萬一有什麼激動亢奮的樣子，我馬上就會看出來的。他那個人從以前就不擅長掩飾。」

牛越打從心底感到失望。

兩人吃了最便宜的小鍋飯，喝了一杯啤酒，便來到銀座街頭。

「兩位當時是步行到『邁阿密』的嗎？」

「是啊，因為赤渡說很久沒走了，想走一走。」

「方向是往這邊嗎？」

「對。」

「可以請您像當時那樣走一遍嗎？」

「好的。」

正面就是服部鐘錶店的鐘塔，以及三愛那幢茶罐似的大樓。兩人在那裡向左轉。

「兩位走的都是熱鬧的大馬路啊。」

「是的，我們都沒有走後面的小路。」

穿著鮮麗原色的年輕男子，與他們兩人幾乎快要撞上般擦肩而過。牛越心想，自己沒有那樣的青春時代。

路上的每一根電線杆、每一個櫥窗，他都一一凝神細看。

「赤渡先生有沒有在哪裡突然停下來注意看什麼？」

「都沒有，我們一路就直接走到『邁阿密』了。」

「說要到『邁阿密』的是哪一位？」

「是我。因為赤渡說想找個地方喝咖啡，我就帶他到之前去過好幾次的『邁阿密』。」

「哦，這樣啊……於是兩位就一路直接走到『邁阿密』。」

「就一路直接走到『邁阿密』。」

「邁阿密」很快就到了。

「邁阿密」店內也沒有任何特異之處。在這裡，牛越也問了同樣的問題，但八木治的回答仍然一樣。在這家店裡，赤渡也是面帶笑容，平平穩穩地說話，對八木的話也是笑著附和。

「赤渡先生有沒有提到接下來的打算？」

「他說要到品川去找川津。」

「是嗎？也就是在這家店的時候，他仍是準備過去的。」

「是啊。」

「他曾經提起約好幾點到川津家嗎？」

「他說大約四點。」

「哦，這麼說，赤渡先生是前往品川，而八木先生您是到大森。不過，沒有一起搭電車吧？」

「沒有，因為我女兒要我替孫子買繪本，說只有銀座的三越還是丸善有，我得去幫忙買，所以就在這家店門口分手了。」

「原來如此。那麼赤渡先生顯然是在與八木先生分手之後遇上了什麼事……嗯，從這裡到品川的大井町大概要多久的時間？」

「大概只有四站還五站，所以車程也不過就五分鐘、十分鐘吧。不過，正確地說，川津家不是在大井町。」

「哦？」

「的確是要在品川的下一站大井町車站下車，不過還要從那裡搭大井町線到戶越公園。我想赤渡應該會從大井町車站搭計程車去吧，不然就是從這裡搭計程車吧？要是搭電車，我想加上等車什麼的時間，得估個三十分鐘才行。從這家店就更久了。因為要去的地方是在戶越公園、農林水產省水產資料館附近。」

「農林水產省的水產資料館……」

「對，川津家就在那附近。」

「這麼說，赤渡先生離開這家店，就得直接過去了。赤渡先生帶著禮物嗎？」

「帶了。一包北海道的東西，和一盒丹麥奶酥。」

「那麼，也不必為了買禮物繞到別的地方去了。」

「應該吧。」

牛越拿出時刻表。

「兩位是在差五分就下午三點的時候出來的吧？這樣的話，到銚子有一班下午三點四十五分從東京發車的特急『潮騷九號』，我想赤渡先生恐怕就是搭這班車。在這班車之前雖然有『潮騷七號』，但趕不上。下一班是『潮騷十一號』，但這是傍晚六點四十五分發車的，時間上間隔太久。如果有這麼長的時間，赤渡先生應該會打電話到川津家才對。其他不是總武線的，有成田線的『菖蒲七號』，但這個是開往鹿島神宮的，不會到銚子。其餘的全都是普通車，很麻煩。除此之外，也可能是強行被人開車帶走。但這怎麼想都不太可能。往開車這個方向調查，也完全沒有消息。唯一的可能，還是赤渡先生是自願前往的。這麼一來，我認為一定是搭電車。但是，究竟是什麼迫使赤渡先生前往銚子？今天和您談過之後，終究還是沒有找到答案。哎，說真的，我們實在是束手無策了。」

「我也沒幫上忙啊。」

八木過意不去地說。

「不不不，別這麼說。光是確定事情是在與您見面之後才發生的，就已經是往前邁了一步了。」

嘴上是這麼說，但其實牛越內心相當失望，因為他對這次的調查抱著很大的期待。出差是白跑了——他心想。

牛越茫然地沉默了片刻，但一想到要與這位可愛的老人家永別，不禁感到有些遺憾。

「八木先生，您是不是喜歡佛雷．亞斯坦這位演員？」

牛越說。果不其然，八木治的臉色發光。

「這問題問得就有些外行了。亞斯坦，他可是我這輩子的心靈摯友啊。他的每一部電影我都看過，而且是好幾次，從年輕的時候就看了。既然你會這麼問，可見得你也喜歡他？」

「是啊，年輕的時候滿喜歡的。」

「你喜歡他哪些電影？」

「我看過的有他和茱蒂．嘉倫（Judy Garland）演的『萬花錦繡』（Easter Parade）……」

「啊啊，那是戰後的片子！無論是電影也好，音樂也好，戰後的都沒什麼看頭。銀座也是，跟我一樣老了。亞斯坦最精采的作品，就是和金姐．羅吉絲（Ginger Rogers）合演的。如果問我他最好的一部電影，『柳暗花明』（The Gay Divorcee）雖然也不錯，不過我會選『飛向里約』（Flying Down To Rio）。你看過嗎？」

「『飛向里約』？我連聽都沒聽過。我還以為亞斯坦演出的片名我全都知道。這是什麼時候的片子？」

「昭和八年（一九三三年）。」

「八年？我那時候才一歲。」

「哦，是嗎？那麼年輕，啊，不，算一算也是，我那時候是二十三。我因為很愛玩，經常跑到日本橋人形町的聯合舞廳。那時和那之前不久的時代是最美好的。那時候銀座最流行跳舞了，我多喜歡〈蘋果樹下〉（In The Shade Of The Old Apple Tree）這首曲子啊。接著就是探戈的全盛時期，我一開始還學不會。」

「請問，您剛才說的電影，是亞斯坦的出道片嗎？」

「對。也難怪你不知道，『飛向里約』這部片的男女主角是金．雷蒙德（Gene Raymond）和桃樂莉絲．黛．麗歐（Dolores Del Rio），可是他們卻黯然失色，光芒都被配角亞斯坦和金姐．羅吉絲掩蓋了。他們倆從此就成為大明星。接著有昭和九年的『柳暗花明』，十年的『禮帽』（Top Hat），十二年的『隨我婆娑』（Shall We Dance），一年大概有一部會進到日本。」

「哦……」

「昭和十一年，當時從美國歸國的中川三郎曾在日本劇場表演亞斯坦的歌舞，我也去看了。不過，銀座最輝煌的時候，還是在亞斯坦成名之前，從昭和五年到九年這段期間吧。一直到今天，我還是最喜歡那時候節奏明快的舞曲。雖然快，卻又浪漫，現在已經沒有那麼好的曲子了，像是〈請求〉啊，〈上海莉露〉啊，多好的曲子啊……對，〈戴娜〉當紅也是在同一年。一到泉橋的舞廳啊，當時還沒有麥克風，所以舞台上裝的是一個好大的擴音器，迪克．峰就在那裡大聲唱歌。不過，整個舞廳都聽得見。」

「哦……」

八木一談起這些，便顯得一臉沉醉。牛越陪他聊這些過往聊了一陣子，但八木很快就主動結束了話題。

「這種事情聊起來就沒完沒了，還是回歸正題吧。赤渡是個好人，我不是恭維才這麼說的，他人真的很好。他討厭不正當的事，對每個人都很親切。這樣一個人，竟然被人用那麼兇殘的手法殺害，這個世界也真是太沒天理了。請你一定要找到兇手。如果有什麼我幫得上忙的，請儘管說。」

八木正色這麼說。

「謝謝您。」

牛越也這麼說，鞠了一個躬。

在咖啡店前，赤渡與八木多半也曾經這麼做吧，他們行禮道別。與八木見面問話，卻沒有收穫。

不，這麼說不對。就像牛越對八木說的，知道赤渡臨時起意到銚子是發生在他們見過面之後，就算有進展了。

而且，現在也知道，當時赤渡若從這家店門前直接前往川津家，在時間上是剛剛好的。這就表示，赤渡很可能是在這家店與川津家之間的最短距離上看到了什麼——牛越如此認為。他獨自在店門口站了一會兒，但很快便提起腳步。

當天，赤渡沒有時間到別處，而且他已經準備好禮物，所以也沒有那個必要。這麼一來，所有的路程他應該是採最短矩離前往。從咖啡店到有樂町車站的最短距離，搭電車到大井町這段路上的車箱，以及大井町線戶越公園這一段的車箱，從那個車站到川津家的路上……說得極端一點，赤渡在川津家門前回頭的可能性也不盡然一定是零。

緩步走在柏油路上的牛越面前，出現了形形色色的東西。樹葉飄落的行道樹，打了光陳列了假人的櫥窗，縮著脖子、在路邊等客人上門的算命師，電話亭，破掉的廣告，爛醉得蹲在路上的中年男子，穿著昂貴毛皮的風塵女子——全是每座城市深夜都會出現的情景。然而，這些都沒有為牛越帶來靈感。

夜已經深了，滿街淨是腳步蹣跚的醉客。牛越上了國電之後，看到的也是同樣的情形。想必和赤渡八日下午三點經過時大不相同吧。牛越心想，也許明天應該再走一次。

即使如此，他仍然仔細注視、閱讀車內的一張張吊掛式廣告。但他找不出任何異狀。

大井町很快就到了。一面想著接下來要怎麼做，一面下樓梯時，卻發現一雙腿像鉛一樣重。他感到疲累不已。看看時間，已經晚上十一點了。仔細想想，也難怪。他從極北之處長途跋涉而來，昨晚也沒好好睡，便在水戶與東京奔波。牛越心想，得找個地方過夜，明天再到戶越公園去。

出了車站，在站前信步而行，來到後面小路上，便有看似平價的旅館。他沿著竹籬笆進了門，從碎石子小徑走到玄關，便遇到老闆娘。一問之下，還有房間。

在房裡安頓好，牛越便換上旅館的浴衣。這是個冷清的房間，依稀聽得見遠處傳來的醉客喧鬧聲。

矮几上準備了粗茶。小碟子上放著兩個最中餅，刑警拿來吃了。牛越是愛吃甜食不嗜酒的「甘黨」，燈火通明的小酒店吸引不了他。尤其是像今天這麼疲累的夜晚，來點甜食最好不過。

由於調查的進度不理想，這一晚他決定什麼都不想，好好睡一覺，但翻包包的時候，想起上野署的人要他通知自己的住處。於是他拿起房裡一角的電話，向上野署聯絡。

5

翌日早晨他睡得比較晚，被櫃台的電話叫醒。一看錶，已經上午九點了。櫃台說有他的電話，轉進來之後，話聲換成一個中年男子。

「喂，請問是札幌署的牛越先生嗎？」

「是，我就是……」

「我是一課的中村，關於那個案子，有些查訪是我進行的，因此聽說牛越先生來到東京，很希望能見上一面，所以打電話來打擾。」

男子的聲音顯得大方灑脫，東京味十足。

「啊，是這樣嗎？昨晚，上野署的同仁轉告過我了。謝謝您這麼用心。」

牛越則是有些土氣。

「怎麼樣？您接下來要去用餐吧？」

對方似乎從牛越的聲音聽出他才剛起床。牛越應了聲是，他便說：「大約一個半小時後，我會到大井町車站那邊，約在站前的咖啡店，如何？」

牛越答應之後，中村便告訴他店名，說聲待會兒見，掛了電話。牛越心想，又沒說怎麼認人了。

但是，一進約好的店裡，便立刻認出對方了。因為沒有別的中年男子。

但中村與牛越所以為的刑警形象大異其趣，第一印象實在不像刑警。他頭上戴著黑色的貝雷帽，戴著一付咖啡色、以牛越這種人的感覺來說，有些礙眼的眼鏡。要是再叼根菸斗，活脫便是個畫家。

穿著也很講究。他帶著一件作工精緻的短大衣，正在靠窗的位置細心摺疊。內裡的 Cardin 字樣稍稍露出來。

透過他背後的大玻璃窗，可以俯視車站前的十字路口。中村似乎是在前不久才在這個位子落坐。

「請問，是中村先生嗎？」

牛越走上前去這麼問，他站起來說：

「啊，我是中村。牛越先生是吧，請坐。」

右手往旁邊一擺，態度十分帥氣。

他個子不高，有點開始中年發福了。這一點倒是和牛越一樣。但牛越感覺得出，一些出現在表面上、形成一個人的形象的種種要素，再再都與自己略有不同。

也許是因為他年紀比較輕。牛越對於自己臉上專屬於北方人的紅臉頰，產生了一絲自慚形穢之感。

「聽說你昨晚見過八木治先生，也去過銀座了。」

中村刑警劈頭就這麼說。

他沒說「遠道而來辛苦了」這一點，讓牛越很高興。這種話聽太多，會覺得自己好像是來自什麼鄉下地方，被人瞧不起。

「是啊，不過卻是白忙一場。所知的都是東京同仁已經查出來的消息，只不過是去確認而已。」

接下來的這段時間，牛越把自己的工作情況告訴了中村。中村一面聽，一面含蓄地附和。既沒有插嘴的樣子，也不會硬要表達自己的想法。說著說著，牛越感到與這位一課的刑警很合得來。應該說是講話的節奏契合。因此，他認為把自己的推論告訴這個人也無妨。既然他會這樣特地趕來，可見得是有什麼想法。合兩人之力，也許可以有所突破。

至今牛越他們札幌署雖然開了兩條路，但目前這兩條路都是死路。

「事實上，中村先生，」牛越開始說了：「我們署裡現在有兩種想法，說出來請你聽聽看。因為這兩種現在都走進死巷……」

牛越這麼說，先後把佐竹的一、二行李箱的延遲寄送論，以及自己的金屋藏嬌私生子論詳細告訴中村。

「所以，第一種是想在至今出現的嫌犯當中找出兇手而架構出來的，其實相當勉強。說白一點，就是服部滿昭，沒有不在場證明的只有他。假設他是兇手，推測他會怎麼犯案，構思出來的就是這個說法。然而這個說法卻有一個絕對的附加條件，就是十一日服部必須前往水戶。可是調查的結果，這一天他去上班了。於是這個說法不成立。而且，他也必須在九日到千葉去寄出行李箱，但這一天，他人也確實是在東京。還有就是，他不可能知道八日那天岳父突然決定到銚子去，因此要殺人也無從殺起。這幾點都說不通。那麼，他的妻子又如何呢？妻子的話，在時間上是辦得到的，但是她又是死者的親生女兒，實在令人難以相信。第二種想法，便是因為再怎麼懷疑目前所知的人物也說不通，進而懷疑兇手是否是尚未浮出檯面的人，才建立起來的推理。但是，這也輕易被打破了。我本來是推測兇手一定是躲在水戶的刈谷幫浦裡，但這家公司裡沒有這樣的人。而我本來也寄望能在銀座那家小鍋飯餐廳找到一些眉目，卻也落空了。因此我現在認為應該要重新想想金屋藏嬌、私生子這個說法。再怎麼說，從目前所知的嫌犯當中是找不出兇手的，這是顯而易見的事實。而就算這個私生子不在刈谷幫浦內部，也不見得就非得捨棄這個想法，因為他大可在別的地方。」

中村默默地聽著。等牛越說完之後，仍久久不開口。

「真是傷腦筋啊。」良久之後，他才說：「這下，我的報告顯然一說出來就要吃癟了……其實，我之所以會想找牛越先生見面，就是因為這個金屋藏嬌私生子論。說起來，我也是這個論點的信徒。因為，赤渡雄造箱屍案可說是個相當具有挑戰性的命案，對我們來說，是椿不可多得、不容錯過的案子。我也很感興趣，自己也動腦想過，而我一聽到案情概要，第一個想的，就是剛才牛越先生所說的金屋藏嬌論。我認為這個案子一定只有這個可能。所以，從案發開始到昨天這十天，我徹底清查了赤渡雄造在東京時代的異性關係。真的是查得很徹底，連我個人的工作都擺到一旁去了。赤渡那六位農林省時代的朋友就不用說了，我還查了當時農林省的名冊，不但查過女同事，連還在世的男同事都一個個見過，請他們回想起赤渡去過的所有酒吧，全部都去找過了。」

說完，中村晃了晃自己的記事本。

「噢，這真是……麻煩你了。」

聽他這麼說，牛越自然而然低頭行了一個禮，心想這個人真的是天生喜歡這個工作，也感到很羨慕。但是，與此同時，牛越也覺得眼前越來越暗了。請對方繼續說下去的聲音十分無力。

「結果如何……」

「很遺憾，」中村像西方人一般，將右手略微舉起。「乾乾淨淨。」

於是兩人暫時陷入沉默。

牛越佐武郎越過中村的肩，看著他身後的車陣，以及一到綠燈便填滿柏油路般、在行人專用時相過馬路的人群。然後，咀嚼著絕望的苦澀。

「赤渡沒有偷藏女人，因此不可能有私生子。這麼一來，赤渡沒有理由趕到銚子去，也就不必遇害，於是，也沒有人會掉換行李箱的內容……」

過了一會兒，中村喃喃自語般這麼說。

這些話，他多半是帶著自嘲的意味對自己的想法說的，但對牛越的神經卻是一記諷刺的重擊。牛越保持沉默，不願讓自己的內心承認這一點。

「看樣子，我是個不識相的出場人物啊。一點忙都沒幫上，反而給你的幹勁潑冷水。」

「沒這回事！」

牛越當下這麼說。這句話有出彈簧反彈般激射而出，但他卻想不出接下來該說的話。

「我還有事情得去辦，你接下來有什麼打算？」

被他這麼一問，牛越想起預定在東京做的事情還只做了一半。想起昨晚本來想好要從有樂町到戶越公園的川津家走一趟的，想到一半卻擱下了。

「我還是要到鶯谷的服部家，然後去見見服部滿昭。我想你當然也已經去見過了，但既然已經來到東京，我還是想去見一面。」

「哦，那是當然的了。這是我辦公室的電話。」

中村遞給牛越一張名片。

「背後寫了我家裡的電話。希望在您回去之前能再見一面。請打電話給我。我手上現在有個有點麻煩的案子，暫時不會離開東京。」

「好的。」

牛越答應。

「您有自己的工作，還麻煩您這麼多。」

結果中村笑了笑，說：

「哪裡的話，這麼有意思的案子可遇而不可求啊。」

警視廳搜查一課的刑警說著便站起來，小心翼翼地拿起皮爾・卡登的大衣。

6

老實說，牛越現正處於不知如何是好的狀態。至少在推理方面是如此。

來到大井町車站，懷著空虛的心情搭上了大井町線。雙腿無意識地帶著牛越移動。彷彿回到了新手刑警的時代，一味的機械化地消化事先預定好的工作。

正如事先所料，這一趟沒有收穫。出了戶越公園站，很快就找到川津家。但是，這條路上沒有任何引起刑警注意的要素。牛越在川津家門前折返，再次來到有樂町。他心想，現在不要去見川津光太郎比較好。先見過服部夫婦，之後問話來也比較有頭緒。

出了有樂町站，他改變路線，在「邁阿密」與車站之間來回走了兩次。然後進了「邁阿密」，又坐下來看看，但結果還是一樣。牛越再次感到挫折。

去鶯谷的服部家之前，牛越先在有樂町車站前打電話。由於是星期一，丈夫滿昭當然去上班了。他準備晚點再去公司拜訪。

牛越因為心情低落，在前往鶯谷的路上，必須反芻記憶，自問為什麼要去見服部的老婆。而找到的答案卻不怎麼令人滿意。服部晶子是赤渡的女兒，理應不會殺害父親。那麼，自己究竟為什麼要來見她——？他忍不住認為自己是在已經失焦的地方徘徊。

服部家距離鶯谷車站不遠，很快就找到了。大門相當氣派，比剛才看到的川津光太郎家更體面。

過了中飯的時間，按下柱子上的門鈴，玄關的門很快就開了，一個應該是晶子的女子小跑著過來打開金屬製的門，然後對牛越說請進。但一就近看這名女子，牛越頗為驚訝。

她應該有四十歲了，但顯得很年輕，怎麼看都只有三十出頭，實在看不出有比這更大年紀的樣子。

牛越是完全不懂女人的化妝的，但他認為她的化妝方式大概和一般女性不同。很像電視裡的明星藝人。牛越心想，客觀地說，實在應該稱她為大美人。

她以簡潔俐落又充滿魅力的動作，招待他進客廳。牛越對她觀察了好一會兒，認為她的個性和水戶的刈谷裕子完全不同，和札幌的實子還比較接近。

這麼說雖然不太好，但牛越在內心想，夾在中間的裕子看起來老氣多了。是因為生了孩子嗎？

她以托盤端了紅茶進來，便說：

「刑警先生從札幌來，一定累了吧？」

「哪裡，大家都這樣體恤我，但其實也沒有多累。而且昨晚休息過，今天是第二天了。再說如果不跑這一趟，也沒有機會來到這裡，遇見妳這樣的美女。」

只要有心，牛越其實還滿懂得應付女人的。他也不認為自己是個索然無味的人。

「哎呀，您真會說話。」

說完，服部晶子在刑警面前的沙發上優雅地坐下。牛越的眼前出現了兩個相當漂亮的膝蓋。

「像這樣說起話來，實在看不出您是刑警呢。」晶子說。

牛越也有種大白天就進了酒家的感覺。

「很像雜貨店的老頭子吧？」

「哪裡，您太客氣了。以您的派頭，就像個大老闆。」

「那真是我的榮幸。」

嘴上這麼回答，內心卻想，越來越像酒家了。

「令尊的事實在很令人遺憾。」

心想再這樣下去不得了，牛越便以刑警的身分進入正題。服部晶子的表情立刻黯下來。

「是啊，家父人這麼好……真的很可憐。究竟是怎麼回事……真是沒人性，不但殺了人，竟然還分屍。」

說完，服部晶子的眼裡湧出了淚水。牛越心想，現在回想起來，為父親的死而在自己面前流淚的，就只有她一個。

失陪一下——她說著便站起來，離開了客廳。但很快就垂著眼回來了。

「不好意思，失態了。我這陣子好像有點累，真是不好意思。」

「哪裡哪裡，也難怪。令尊不幸過世，心痛是當然的。」

這時候牛越說的是真心話。以公平的眼光來看，他對晶子這名女性產生了好印象。

牛越明知回答八成會一樣，仍詢問她認為父親遇害是否是仇殺。果然，這個大女兒的回答也與兩個妹妹，尤其是實子，一樣。

「令尊，唔，是在一月六日晚上來到東京的吧？」

「是的，是我到上野去接他的。」

「當時令尊看起來怎麼樣？」

「看起來非常累。家父說，當天他在水戶參觀了一整天，想早點休息，所以我馬上就和家父一起回來了。然後立刻鋪了床，讓家父就寢。」

「連飯也沒吃嗎？」

「是的。我問家父餓不餓，他說吃過火車便當了……說是在友部買到好吃的火車便當。他說去上完廁所，經過車門的時候，火車正好在友部停靠，碰巧有賣便當的在賣三色壽司，看起來很好吃，就買來吃了……」

晶子說到這裡便說不下去，一看，她肩膀正微微顫動。

「嗯……對了，聽說水戶的刈谷先生也同行？」

晶子一下子抬起頭來。

「是的，不過我只和他碰個頭而已。」

「後來，您就沒有再出門了？」

「沒有。晚上九點半左右外子就回來了，而家父和我回到家已經超過九點了。」

牛越詳細詢問赤渡雄造住在服部家期間的情形。晶子非常配合，問什麼都率直地回答，但沒有任何牛越未知的情報。

八日早上出門時，也沒有不尋常的樣子，失蹤之後也沒有打電話給她。她的樣子看起來不像在撒謊。

關於銚子市方面，她不愧是長女，說了父親在農林省水產廳服務的事，但這也不是什麼新發現。

「接下來的問題純粹是為了周全起見，在形式上不得不問，請不要放在心上。八日晚上八點到十點這段時間，您都在家嗎？」

「是的。」

「沒有人能為您作證？」

「沒有。外子……對於我外出管得很嚴，所以……我和鄰居也沒有來往，我一直在家看電視。」

「我明白了。那麼十一日上午呢？」

「十一日……這個之前警方也問過，這是怎麼回事呢？十一日也和平常一樣，打掃、洗衣服，一整天都在家。」

「沒有出門買東西嗎？」

「那天沒有。我家人口少，不必每天採買。」

「好的。不好意思，打擾了。」

「哪裡，沒什麼好招待的……」

就這樣說著站起來時，晶子的臉就在牛越面前二十公分的地方。牛越連忙後退，心想，這女人怎麼突然就靠過來啊。

接著他來到銀座，造訪晶子的丈夫滿昭所服務的後藤製藥。向櫃台小姐表明身分，要求會面之後，等了一會兒，正面電梯一開，一個個子矮、身材肥短、一看就覺得氣血循環不佳的男子朝牛越這邊走來。他傲然向櫃台一舉手，小姐表示是站在那裡的牛越後，他便走過來說「我是服部」，然後欠了欠身。

櫃台旁邊就是會客室。服部把牛越帶進去之後，請他在中央的沙發坐下，自己也坐了，拿出香菸。

牛越刑警仔細觀察服部，同時也覺得這是最重要的關鍵。再怎麼說，目前所知的人物當中，只有他的不在場證明最可疑。

這個渾身贅肉的男子，好像做什麼都嫌麻煩。剛見面時只是基於工作上的習慣，臉上堆起一絲笑意，略略欠了身，但像這樣面對面坐下來，彷彿要把剛才的損失討回來似的，儘可能在沙發上把身體後仰，擺出傲慢的姿態。

看樣子，對牛越這種在工作上沒有直接利害關係的人，他難以決定該如何接觸。應該像對待生意上的好客戶一樣，還是該像對待部下一樣？牛越的鄉下色彩恐怕也是原因之一。

然而，他真正的態度是顯而易見的。這種類型的人，只有在對方能夠為自己帶來利益時，才會有好臉色。

牛越一開始談正事，他便或「哦」或「嗯」的，傲慢地應答，但當刑警將上身湊過來，準備深入觀察時，他那肥厚的臉頰便露出謙卑的笑容，扭動身體。

牛越直覺感到不會是他。他這種人不敢做出那麼大膽的事。

那麼，刈谷旭就敢嗎？倒也不盡然，但有什麼告訴他的第六感，不會是這個服部。他是個膽小、只關心眼前得失的自保主義者。他要找的兇手應該不是這種人。

牛越接下來說了三十分鐘無關緊要的話，便站起來。不知為何總擺脫不了浪費時間的感覺。也罷，世界上什麼人都有。

而且他也覺得，這個男的實在不像那個晶子的丈夫。

但是，仔細想想，走到這一步，矗立在牛越等人面前的那堵牆，已經可說是毫無縫隙可言了。厚實，同時堅固無比。

佐竹一心希望服部滿昭是兇手。主任沒有說過自己的想法，但他似乎也這麼認為。牛越本人則是在佐竹的論調與自己的私生子論當中搖擺，也無法完全捨棄佐竹的論調。

但是今天，他決定把那個論調徹底忘掉。他不是會做那種事的人。不，他沒有那種「膽量」。

而且，牛越對刈谷旭也有類似的印象。其餘的便是他們的妻子，但這已經再三說過了，她們都是赤渡的親生女兒。

再加上赤渡的愛人論也因為中村這位唐吉訶德的出現，完全遭到否定。意即，走到這裡，札幌署所面對的那堵牆已然堅不可摧。

後藤製藥就在地下鐵銀座線三越前。牛越再次搭上銀座線，在京橋下車，在銀座漫步著走向東京車站的八重洲口。走著走著，太陽西斜了。把大樓照得亮白的太陽，漸漸開始泛黃。

冬天天黑得真的很快。一看錶，已經四點多了。牛越預定二十七日回札幌。現在，二十四日就要過去了。再這樣下去，這趟出差很可能無功而返。

這天風有點強，東京幾乎和札幌一樣冷。銀座的街頭也絲毫不能讓牛越的心情振奮起來。

在八重洲進了地下街，思考接下來該怎麼辦。一看時刻表，有一班傍晚六點四十五分從東京開往銚子的特急「潮騷十一號」，但是到銚子已經是晚上八點四十三分。

牛越不想在沒有確定落腳處的情況下，在那麼晚的時間到一個陌生的地方。一方面也是因為現在有些氣餒的關係。有樂町希望落空的影響很大。之前只想趕快看看赤渡雄造被迫喝下的銚子的水，現在卻覺得無所謂了。

他想，一定是因為累了。自己已經不年輕了，也不慣於旅行。今晚早點找個地方過夜，好好休息，養精蓄銳，為明天做好準備。

由於昨天是星期天，上野署還有有些幫過忙的人沒有當面道過謝。一方面是還沒盡到禮數，而且也想請教一下有哪裡可以投宿，牛越便直接搭上山手線。

到了上野署，向幾個人打過招呼之後，問起住宿的事，上野署的人便熱情邀他住在他們的值班室，因此牛越雖然不太想這麼做，還是接受了他們的好意。

但是這天晚上沒有案件通報，上野署還滿安靜的，所以牛越很快就睡著了。當晚完全沒去想命案的事。

第三章 鐵鏽色之地

1

一覺醒來，已經超過上午十點了。顯然自己是累壞了。牛越一躍而起，整裝之後，十分難為情地到了上野署，向上野署的同仁打招呼並為借宿道謝。

雖然多雲，但天氣並不差。牛越到上野署附近的咖啡店吃了早餐，前往東京車站。疲累減輕許多，感覺身體輕鬆不少。同時，也恢復了幾分鬥志。

他在東京車站搭上上午十一點四十五分發車的「潮騷五號」，預定下午一點四十六分抵達銚子。牛越心想，終於可以看到赤渡雄造喝的水了。

銚子車站前照例沒有什麼特別的。雖然當地有漁港，但並不是在車站就能看得到海，與水戶車站大同小異。

但是，往海的方向走去，確實會給人古老漁港小鎮之感。陳舊的石頭堆砌而成的街道處處可見鏽成鐵紅色的地方，告訴人們這裡是臨海的城鎮。一道道鐵鏽色水痕掛在灰色的石牆上。

在這裡，他也首先前往警署，去打招呼並為協助辦案致謝。

銚子署的氣氛和上野署大不相同，感覺完全就是鄉下地方的警署，令牛越想起故鄉小樽。他發現自己不知不覺鬆了一口氣。對方端出來的粗茶，不知為何有點鹹味。

牛越在此稍作停留，與銚子署的同仁交換調查結果，然後很快便離開了警署。動作必須快一點，否則冬天天很快就黑了。

他匆匆朝海潮味的來向走。一路走過貧寒的民房間的小巷。

突然間，灰色的視野大開，海風撫上了臉。因為再也沒有別的遮蔽物了。黏黏的海潮味纏上了頭髮。刑警豎起衣領。

這就是赤渡喝的水嗎？牛越心想。一想起自己為了看到這個，遠從極北之地而來，心中不免產生幾許感慨。

凄清寂寥，灰暗陰鬱，混濁迷濛，而且無謂地寬廣。這裡應該還只是河口而已，不是海，但卻與海無異。

天空陰沉沉的，厚厚的雲層似乎很重。水反映了天空的顏色。佇立凝望，只見雲縫中偶然透出幾道細細的光束，落入大海。

和前天到水戶時相比，今天有風，有點冷。這使得這座漁港顯得荒涼。牛越覺得這是因為自己越來越接近命案現場的關係。

利根川比他以為的更加寬闊，簡直就像一個大海灣。在牛越所站的水泥岸邊一帶，繫在岸邊的漁船有如成群停在枝頭入眠的無數鳥兒，微微隨波搖曳。

牛越以前便聽說，銚子這個港原本是為了上下利根川的船隻而設。看到河川如此寬廣，不禁為接下來的調查困難發愁。

赤渡雄造就在這利根川附近某處，被人綁住手腳，浸在水裡遭到殺害。而現在，牛越得獨自找出那個命案現場。他首先從千葉縣這邊往利根川上游走。

然而，可從階梯走到水邊的地方處處都有。這不是件容易的工作。

但另一方面，假設自己是殺人犯，要找一個沒有人、能夠安心殺害一個人的地方，卻又找不到了。再怎麼走都是大路邊，而且民宅一直蓋到岸邊。

晚上八點到十點這段時間，路上都還有人。死者雖然是在遭到毆打之後縛住手足再浸在水裡，但總不會靜靜等死。一旦察覺有生命危險，一定會大叫吧。若是自己，絕不會在靠近人家和停泊的漁船的地方下手。

但是無論再怎麼走，這名具有二十年辦案經驗的刑警都沒有看到什麼足以觸動直覺的風景。中年刑警就這麼平平淡淡地，在毫無異樣的水邊走了一小時。

但牛越開始想，如果兇手願意妥協——兇手也許是對體力有絕對自信的年輕人——就算附近有一、兩戶人家或有人，明知要費一番力氣才能制伏死者，卻認為要是被撞見，反正是晚上，只要逃走就不會有事的話，那麼這種程度的地點就非常多了。這一路他已經看過無數個這種地點。

牛越刑警回想起當初滿懷期待地走進銀座的「鳥月」和「邁阿密」，卻以失敗告終，心情不由得有些黯然。再怎麼說，同樣的事銚子署已經做過了。他們每天都可以來這裡好幾次，即使如此，仍無法斷定。

也許這次也會重蹈覆轍。在札幌署走廊上的空想與現實畢竟不同。像這樣實際跑一趟，便知道水面上吹來的風比想像中的冷，到哪裡都只見平凡無奇的道路和房屋，宛如一片無盡的沙漠。要找一個不會說話的現場，就像大海撈針。這樣還不如去訪查，還輕鬆許多。他覺得事情不應如此，也覺得好像忘了什麼重要的事，但卻想不出是什麼。

對，一定是忘了什麼。自己是因為有更明確的勝算，才會自告奮勇到這裡來的。並不是為了來這裡茫然漫步——

現場要遠離人家，也要遠離人來人往的道路。但是，一定要有大量的水——牛越再一次回想現場的條件。要求還真不少。

往河面一看，有小小的漁船行駛。在多雲的冬日黃昏下，宛如小蟲般沿河而上。這時牛越一凜。船！在船上這些條件不就能夠一舉克服了嗎？

不，不行。他立刻打消這個念頭。還有水銀啊。

啊！他再次有所驚覺，不由得叫了一聲。總算想起來了。就是水銀，沒錯，他就是忘了這個。驗出水銀，就表示是有死水殘留淤積的地方——不是還有這麼大的一個限定條件嗎？

還有，是矽藻類、微生物很多，死水淤積、腐敗的地方。就是這個。之前就是認為這樣就能找得出現場、有勝算的。現在終於想起來了。

換句話說，不是要乘船才到得了的海上。同時，剛才一路上看到的河邊石階之類的地方，全部都可以排除。那些地都的水都是不斷流動的，照理說不會滯留含水銀的舊水。

牛越感到心情輕鬆了些。在他過去的經驗中，也發生過一、兩次類似的事。像這樣一味的走動，反而會忘了在辦公桌前思考的重大要點。

舊水淤積殘留的地方，可以想見是引進少許河水、像個小小水灣的地方。

牛越在腦海裡描繪出一個小圓池之類的地方。那裡飄浮著碎木板、塑膠袋、保麗龍的碎片，油污使水面泛起令人厭惡的銀光。

他想抽根菸，便在能夠俯視水面的石頭上坐下來。腳下不斷有水拍過來，發出嘩啦嘩啦的水聲。他走得有點累了。

叼起菸，點起火柴，但火一點就消。於是他背向河水，以手和身體罩住火柴，才總算把火點起來。吸了一口菸，再吐出來，煙以強勁的勢道朝民宅遠去。風很大。牛越再次面向河水。

他想收起火柴，手卻沒來由地停下來，看了一眼。上面寫著大井町車站「壺」。那是昨天早上和一課的中村相約見面的咖啡店的火柴。

他很清楚自己最好加快動作。昨天和前天，都是轉眼間天就黑了。天一黑，就做不了事。

他心想，肚子餓了。隨便找一家鄉下食堂，髒也沒關係，吃個豬排飯或咖哩飯墊墊肚子。但是環視身後，眼力所及之處沒有類似的地方。

以前說到旅行，就會期待吃火車便當。最近像新幹線這樣窗戶不能開的火車，和過站不停、以速度取勝的火車越來越多，連帶旅行也少了一點味道。搭那種車，連乘客都成了快速貨運的貨物了——牛越一面想，一面回想起來這裡的路上只搭了一小時的新幹線。

不過，最近也聽到有人很難得地吃了火車便當啊。對了，是昨天聽服部晶子說的。她說，父親赤渡雄造六日那天從水戶上京途中，在友部買了三色壽司火車便當來吃。

三色壽司本來就小山的名產，但那是因為他剛好經過車門，不然——

牛越整個人都僵住了。天啟降臨了。

什麼？——他不由得叫出聲來。火車便當？火車便當！

這根本是個無法解釋的事實。火車便當？為什麼之前一直沒有發現呢——？

他連忙拿出記事本，打開猛翻。赤渡確實是搭常陸號從水戶到上野的，而自己也是碰巧錯過了上一班特急，結果搭了同一班車。但自己卻沒有吃火車便當。

有了，是「常陸二十四號」。牛越清楚地回想起來。因為在水戶那家看得見「紫苑」的食堂錯過了上一班車，所以自己也搭了這班車。而——

牛越接著取出時刻表。他對自己的記憶力很有自信，但這是為了確認。果然沒錯！有了！「常陸二十四號」！他以手指壓住會被風吹翻的頁面。

晚上七點三十分駛離水戶，八點五十分抵達上野，這班「常陸二十四號」中途沒有停靠任何車站！友部也不例外。

牛越頓時茫然。這究竟是怎麼回事？

他不認為是服部晶子記錯了。若是晚上八點五十分抵達上野，那麼她帶父親到家時已經是晚上九點多，也符合父親說要馬上休息的說法。而「常陸二十四號」這班車不止是她說的，水戶的刈谷旭也是這麼說。但是，如果真是搭這班車，當然不可能在友部買火車便當。

牛越就這麼一直坐著，繼續思索。一點也不在乎冷不冷了。

真是個令人不解的事實。一時之間，他沒完全無法理解，但不久便感到真相漸漸明朗。他想，莫非刈谷旭稱讓岳父搭上「常陸二十四號」，『其實卻讓他搭上另一班車』——？只有這個可能。

牛越的視線再次落在時刻表上。假如是晚「常陸二十四號」十六分的急行「常磐十六號」，這班車停靠友部、石岡、土浦、我孫子。

但是——常陸（ひたち）和「常磐」（ときわ）名字也未免差太多了吧？車內也一定會有廣播。更何況，L特急和一般急行車廂的感覺想必也截然不同，急行的停靠站也太多了。這樣赤渡很可能會起疑。

這麼一來——豈不只能做出一個推論：同樣是「常陸」的不同一班車？

牛越在時刻表上往回找。於是，有了！

一小時前，傍晚六點三十分開出水戶的「常陸二十二號」，牛越本身想搭卻趕不上的班次。

然後——牛越的手指往下滑。

有停！這班車中途果真有停靠車站，只停一站，就是停靠友部！

在這之前「常陸」也有一班傍晚六點的「二十號」，但停靠站不是友部，只停土浦一站。而晚上七點半「常陸二十四號」以後的班次，就全都是L特急。

狀況已經可以確定了。發車的時間相差太多恐怕會有問題。只能是「二十二號」。他讓赤渡雄造以為搭的是「常陸二十四號」，而實際上搭的是「常陸二十二號」。

換句話說，赤渡以為自己抵達上野的時間是晚上八點五十分，但其實才七點五十分！

這個事實代表了什麼——？

目的不明。雖然還不能確定，但可以明確推測出幾件事情。

首先，能夠這麼做的人，就只有刈谷旭，除了他沒有別人。刈谷旭恐怕是在水戶將岳父的錶調快了一個小時，否則赤渡很可能會起疑。他一整天都開車帶岳父到處玩，而赤渡是個年過七旬的老人，加上是在陌生的土地上，舟車勞頓，有的是機會。

但是，這件事由刈谷旭單獨下手是沒有意義的，而且也不可行。原因在於必須有人把調快了一小時的指針復原，否則會被赤渡發覺。指針是在哪裡調回來的？應該不會是水戶，而是在東京。這麼一來——

就是服部晶子了。她是唯一辦得到的人。如果是她，便能輕鬆勝任這個工作。這就意味著——？

有必要大幅修正至今的想法了。也就是說，現在變成是水戶、東京這兩對夫婦共謀？至少水戶的丈夫和東京晶子共謀！這下不得了了。

再次整理一下。刈谷旭在水戶把岳父的手錶轉快了一小時，帶岳父坐車好讓他不去看車站內的鐘，刈谷旭本人也一起搭車。

就赤渡這方來看，一切都交給刈谷旭處理，所以多半不會問時間。要看頂多也是看自己的錶吧。更何況照顧他的女婿也會一起搭同一班車。他想必沒有發現「常陸二十二號」和「二十四號」的不同。

而萬一他看了車站的鐘，也看了自己的錶，由於時間是差了整整一小時，也很難發覺吧？因為以赤渡的年紀，應該是有老花眼。

這完全是一個可行的計畫，風險不大。但是，這麼做是為了什麼——？

多半是因為有什麼原因，讓赤渡搭七點半的車會造成不便。

或者是為了讓他抵達上野時，可以空出一小時的時間。赤渡以為自己抵達上野時是晚上八點五十分，對別人多半也會這麼說。若是刈谷旭和晶子也對外如此宣稱，那麼照理說，他們在上野就會得到實際上不存在的一個小時自由時間。他們有必要在一月六日的晚上，創造出這虛幻的一小時。

但是，他們拿這一小時來做什麼——？

次日一月七日，赤渡還活得好好的。晶子多半在前一晚赤渡入睡後，便把手錶的時間調回來了，但這個目的不明的舉動是詭計嗎？這虛幻的一小時，與後來赤渡的死有何關聯——？

一回過神來，香菸不知道跑到哪裡去了。不過，牛越心想，服部晶子也真粗心。若不是她說漏嘴提到火車便當，自己也不會發現這一點。由此可見，晶子對火車班次並不熟悉。

牛越佐武郎決定稍後再整理這件事，站起來想先去找家食堂填飽肚子。

走了十分鐘，來到一家好像有供餐的店。那是家分不出究竟是賣香菸、賣零食還是賣餐的店，相當詭異，但店頭的玻璃展示櫃上陳列著蠟製的咖哩飯和蛋包飯模型。不知是否為了隔絕海風，玻璃門關得緊緊的，乍看之下似乎沒有營業，但仔細一看，其實掛著營業中的牌子。

太陽西斜，風變得更強了。骨架粗大的黑色腳踏車倒在不時有塵土飛舞的店門前。

牛越在這家店裡吃了魚肉咖哩，請店家介紹附近的旅館。

由於聽說那家旅館與前先那家食堂算是親戚，所以牛越早就料到建築不會體面到哪裡去，但實際上還比他想像的破爛三倍。令人訝異這樣竟然還能做生意。

看似玄關處附近的木板牆上，有青苔從地面上攀緣而上，而建築本身，不知是否是牛越多心，總覺得好像不是垂直於地面而建，一副今天、明天隨時就會倒閉的樣子。牛越心想，搞不好自己是光榮的最後一個客人。不過臨河而建這一點，牛越倒是挺中意的。

他被安排的房間在一樓，來到廊簷下一看，鋪著白布的客桌椅是每一家旅館都會有的，但走廊的木頭地板吱吱作響，水就近在眼前，顯得別有風情。

牛越請旅館晚一點上晚餐，這樣在餐前還有一點時間，所以他想去散散步，便趿拉著旅館的拖鞋往上游走去。但是才走了兩、三百公尺，天就黑了，他便決定把事情留到明天，折回旅館。然後在晚餐前打電話到札幌，報告這幾天的經過。

牛越點了一瓶熱清酒，開始孤獨的晚餐。端飯菜來的女服務坐在那裡一直不走，他心裡覺得奇怪，但看樣子對方是打算作陪。要作陪卻只是坐在那裡，也不理人。一問之下，她說她反正沒事做。

牛越對這名女孩表明身分，問她這附近有沒有平常沒人、死水淤積的水窪。

女服務生在回答之前，一臉「從來沒這麼近看過刑警」的樣子，好像看什麼稀奇的東西似的將牛越從頭到腳打量了好一會兒，才以「原來刑警長這樣」的神情，說再往上走兩、三百公尺就有這樣的地方。

「奇怪了，我剛才就走到那附近了啊。」

聽牛越這麼說，她便慢條斯理地說：

「那麼就是四、五百公尺吧，有很大的松樹，一看就知道了。」

牛越問她這一帶行人多不多，她回答滿少的。

2

翌日二十六日星期三，牛越儘可能早起，早早離開了旅館。自從昨晚聽女服務生說起河灣的事，他便一直掛念著睡不著。

果真，從他昨晚走到的地方再往前一百公尺，就可以看到河邊有三棵大松樹。松樹旁有類似地藏神社的小廟。遠處傳來火車的聲響，還有汽笛聲。

河邊的道路因為繞行這三棵松樹和一幢廢屋般的大倉庫，距水邊還有好一段距離。深咖啡色的木板上覆著白白的塵土。這幢建築旁邊有個幾乎呈正方形、水池般引入河水的地方，有石階一路通往水邊。

牛越的心情受到強烈的刺激。所有內在的一切都向他大喊：就是這裡！他本身也覺得自己終於接近了。

現在雖然連船的影子都沒有，但以前應該會有小船駛進這裡，在這個已化為廢屋的倉庫卸貨。這裡四面都有石牆圍繞，相當大。

水沒有想像中的髒，也還不到腐敗成綠色的地步，只不過有無數枯草浮在水面上。但高木醫師也沒有說水一定是腐敗的，只說有那個可能性而已。

牛越克制激動的心情，走下石階來到水邊，仔細調查那附近。但那邊已經沒有任何痕跡。今天是二十六日，算一算，已經過了十八天了。也許還曾經下過雨。若不是天時地利，期待還留有直接跡證根本是緣木求魚。牛越很後悔沒有在案發後立即趕來。

但是，牛越環視四周，再次點點頭。這委實是個理想的地點，無可挑剔。站在石階最下一層，就像位於四方形的研缽裡。而且四周圍有一個人高的雜草圍繞，水面很低。

馬路和這裡有一段相當的距離，就連現在大白天的也很少有人經過，頂多是偶爾聽到車聲而已。後面是樹林，完全看不見人家。

距離石階兩公尺、靠河那一邊的石牆，有一個看似排水孔的四方形洞穴。牛越攀住石牆，身子斜探出去，試著往洞穴裡面看，但是看不到東西。勉強看到的洞口附近，也因為逆光，什麼都無法辨識。

牛越在石階上坐下，思考該怎麼做。現場很可能就是這裡，這是無庸置疑的。但光是這樣沒有用，還遠遠不足以斷定是命案現場，必須找出可能做為證據的痕跡。

這當中就屬那個排水孔最有希望。因為赤渡是雙手被綁著按入水裡的。但由於雙手從肩膀連根切斷，無從得知是綁在身前還是背後。

若是綁在身前，兇手當然是把赤渡拖下這唯一一道石階，來到水邊，然後將他按入水裡。但赤渡當時可能從被毆的昏迷中醒來，奮力掙扎。若是這樣，那麼他的手當時拚命抓會抓到什麼？兇手的身體就不用說了，除此之外，還有石牆，尤其還有那個排水孔，不是嗎？

如果赤渡的手指那麼剛好碰到那個排水孔內部，雨水打不進那裡，痕跡應該會留下來才對。

但是，這也想得太美了。這是在要求一個臨死掙扎的人，選一個不會風吹雨打的地方留下指紋。

牛越客觀地思考，認為可能性相當低。無論如何，這都太有利於辦案了。而且要看清那個洞穴，再怎麼想自己都必須涉水，實在很麻煩。真不想為了那麼低的可能性蹚渾水。

然而，在其他地方找到痕跡的可能性是零。若不親身涉水，就只有打道回府了。牛越又猶豫了好一會兒，總算下定決心，豁出去了！

他的包包裡有一條結實的細繩。在逮捕犯人時，若只有手銬還不夠牢靠，必須在身上加綁繩子，這條繩子便是為此準備的。牛越把繩子綁在排水孔上方的石柱上，另一端往水邊垂落，然後再脫下鞋襪。

牛越緊緊抓住繩子，像靠牆吊掛般攀好，再慢慢把腳伸進水裡。一月的水像冰一樣，腳隨即失去感覺。但是一想到赤渡，他就不敢叫苦。

和排水孔的距離一點一點地縮短。腳踩在石牆水下面約五十公分的地方，身體斜斜地垂吊著，嘴裡啣著小型手電筒。他小心翼翼地來到洞前，右手穩穩拿起手電筒，打開。

洞穴很小，左右寬約二十公分，上下約十公分。在手電筒微弱的黃色燈光一照，裡面的石頭好像打磨過般整齊。

牛越不由得投以懷疑的眼光，不敢相信自己的眼睛，然後才總算出聲叫道：喔喔！

多麼幸運啊！確實有指痕。看似指痕的東西清清楚楚地留在不知是泥還是血的東西上。是他要找的東西！他找到了！

正當他這麼想的那一刻，繩子噗的一聲斷了。在牛越心想「啊」的同時，腰部以下已經泡在水裡了。

想一想，那條繩子從發下來直到今天，一次都沒用過。牛越滴著水朝一早離開的旅館走，心裡一面想。那是二十年前的事了，從來沒換新過，也難怪會斷。他有不好的預感。

從這裡到那家快倒的旅館，一路上都沒有電話。牛越拖著濕淋淋的下半身一進玄關，只見那個女服務生眼睛睜得好圓。

不到三十分鐘，便有一打銚子署的人開車聚集到三棵松樹的現場。

他們好像以為牛越是一開始便直接穿著衣服入水的，便低聲談論，說北方的人果然不怕冷。牛越心想，幸好有所發現，要是泡了水還一無所獲，這個醜就出大了。自己多半從此便成為銚子署的話題。想到這裡，心情不禁有些沉重。

負責人員準備了及胸的長膠褲。如果沒有那個，誰也不願意在這種寒冬中入水吧。果然，其他警署委託的調查無論如何就是會比較草率──牛越一面冷得發抖，一面想。

牛越向一起旁觀的銚子署同仁提出請求，希望他們幫忙調查八日晚間，有無計程車搭載過形似赤渡和兇手的人，從銚子車站一帶來到這裡。

當然，這類的調查之前也做過了。警方拿著赤渡的大頭照，詢問銚子市內以及車站附近的計程車行，得到沒有遇到該名乘客的結論。但如今已找出明確的目的地，牛越認為有再次調查的必要。

銚子署的同仁或許為自己沒能找到命案現場而過意不去，非常積極地答應了。

牛越佐武郎與眾人一同前往銚子署，一面烘乾長褲，一面等分析結果的這段期間進行思考。負責人員說採到了部分指紋。第一件事就只要和赤渡一個人的指紋對比，所以應該不用花多少時間。

若是八日晚間，赤渡不是被開車帶來的，而是自行前來，那麼他是走過去的嗎？從銚子車站到那裡距離相當遠。年輕人快步走，少說也要一個小時吧，而且幾乎是要用跑的。赤渡七十一歲，慢慢走可能要花上三、四個小時。因此他應該會搭計程車。

或者，他是在銀座被綁架，被兇手的車強制帶到現場的？這樣的話，也就難怪向計程車行再怎麼問也問不出結果了。

自用車——但善於開車的刈谷旭有完美的不在場證明，而服部滿昭不會開車。刈谷裕子和服部晶子則都沒有駕照。

然而，現在又有一月六日晚間一小時的詭計。已經無法將他們視為無關而排除在外了，完全沒得商量。

牛越心想，好吧，這是另一問題，先把重點拉回來。若向計程車行問話仍然沒有任何結果，就只剩他從車站走到現場這個可能性了。有沒有什麼理由讓他不搭車，非步行前往不可？

沒有。首先，對於不熟悉當地的人來說，那個地方並不好找。雖然有三棵松樹作為指標，但要怎麼對外地人說明那個地點？若事先給了地圖也就罷了，空口說應該是找不到的。而赤渡對銚子這個地方應該是很陌生的。

況且，晚上被叫到那麼偏僻的地方，赤渡會毫不懷疑地赴約，也很不自然。

就算他是搭電車來到銚子車站，依照常識，兇手應該是在某處和他會合，再搭車前往吧。終究還是要車。兇手一定會用到車。但是，唯一一個會開車的刈谷有不在場證明。

銚子署的員警大聲叫牛越。他中斷了思考站起來。

「結果出來了。」

一個年紀與牛越相當的員警說。

「那樣採得到指紋嗎？」

牛越懷著不安問。案發已經十八天了，而且那是風吹雨打的戶外。在這種條件下採得到指紋的案例，在牛越長達二十年的經驗當中，很遺憾，從來沒有聽說過。

銚子署員警果然搖了搖頭，然後說：

「很遺憾……」

牛越雙肩垂落：

「啊啊，是嗎？果然。」

雖然不至於心有期待，仍不免失望。

「採到的指紋遠遠說不上完整。上面有塵土，也有損毀，指紋在四處都只留下一部分。只不過，那個指紋是非常罕見的類型。」

「罕見？」

「是的，叫做雙胎蹄狀紋。」

「雙胎蹄狀紋？」

牛越沒聽過這個詞。

「是的，又叫做巴紋。」

「哦，巴紋。」

這個他就有印象了。

「就是有兩個長型漩渦，大小幾乎相同，而且左右對稱。」

「哦。」

「我也是第一次看到，總之，從那些指紋上，可以確定有左右兩個漩並排，大小相同，形狀是對稱的。如果這是一般的蹄狀紋或是弓狀紋，就沒有證明的效力，但如果是巴紋的話，大概一百萬人裡才會有一個。啊，可能不是這個數字，但總之，是非常罕見的指紋，赤渡雄造先生就是這種雙胎蹄狀紋。」

「啊，是嗎？」

牛越竟然不知道這一點就來出差了。

「這麼一來，可以視為一致的機率幾乎就有，我想，百分之九十吧。」

「哦，是嗎？」

「法官應該也會認同的。恭喜，你算是找到現場了。」

署員有些戲謔地說。牛越的感覺倒不是高興，而是鬆了一口氣。雖然認為有這樣的發現，這趟的出差費總算沒有白花，但卻沒有因此而產生案情會急轉直下的預感。

「還有，基於案情的性質，泥土狀的東西內可能也含有血液，順利的話，今晚就能知道檢驗結果了。如果含有血液，而且又是赤渡的，那麼現場就很明確了。」

他這麼說，牛越點點頭。一點也沒錯。到了這個地步，但願能夠得到這樣的結果。

3

牛越搭乘下午四點二十四分由銚子發車的「潮騷十二號」回到東京。抵達東京時是傍晚六點二十四分。

回到東京主要有兩個理由。其一是為了見至今還未見到的、住在戶越公園附近的川津光太郎。

在銚子發現命案現場，讓牛越稍微恢復了一點活力。充足的活力，為牛越帶來了一個新的想法。內容如下：

至今辦案人員都直接採納川津的說明，即，赤渡沒見到川津就死了，並以此為根據來偵查。但是，真的能如此篤定嗎？在銀座的「鳥月」與「邁阿密」，以及八木的訪談中，都找不出任何讓赤渡前往銚子的要素。國電的車廂內、大井町線的車箱內也一樣。

既然如此，赤渡依約前往川津家拜訪——這麼想難道不行嗎？

川津光太郎八日晚間的不在場證明，和其他五人幾乎一樣，形同沒有，因為都是妻子作證。若說就是川津光太郎開車載著依約登門拜訪的赤渡，帶到銚子加以殺害，並非絕對不可能。

這麼一想，牛越便想當天趕回東京。牛越預計於翌日二十七日離開東京，因此時間所剩不多。

關於那空出一小時的詭計，回到東京之後，他也還不想追查。他想把這當作底牌，再保留一陣子。

因為無論如何，赤渡隔天依舊生龍活虎，四處行動。即使刈谷旭真的與服部共謀將赤渡的手錶轉快了一小時是事實，若對方坦承其事，那麼事情也可說只能到此為止。要是對方反過來質問把岳父的手錶轉快一小時犯了什麼罪，辦案人員反而下不了台。而當警方著慌時，他們也許會乘機想出天衣無縫的藉口。

還是應該先推敲出整個脈絡再說。他不希望貿然使用而白白消耗掉這個發現。他們應該不至於會逃跑，所以慎重行事，步步為營即可。

而回東京的另一個理由，便是為了實踐與一課的刑警中村在回北海道之前再見一面的約定。

然而，在川津家的客廳親眼看到的川津光太郎，辜負了牛越的期待。他彎腰駝背，頭髮全白，聲音微弱，連說話也十分吃力，是個老態龍鍾的老人。與精神矍鑠的八木截然不同。

牛越冷靜地觀察老人的動作，認為不是演技。而且川津與牛越的想像相反，給人完全善良的印象。再者他沒有駕照，現在家裡只有他和妻子兩人。妻子當然沒有駕照。雖然有一個兒子，但兒子有正當職業，也住在關西，不在附近。

在這裡，牛越也聽了許多將赤渡形容為紳士的話。

離開川津家已將近九點了。對方雖熱心留牛越用餐，但牛越婉拒了。至今，他未曾吃過可能嫌犯的一酒一食。這是牛越內心小小的驕傲。

來到大井町車站，牛越從公共電話打了中村名片上的電話。

牛越還沒有決定晚上在哪裡過夜。他對第一晚住的旅館興趣缺缺，而因為上次睡太晚，也不好意思再去麻煩上野署。他想問中村知不知道哪裡有便宜的住宿。

結果電話是一名年輕人接的，說中村現在外出，若有急事，可以告訴他另一個電話，請他打到這個地方。

牛越心想，那就隨便找個地方住好了，但還是問了電話。一問那是哪裡，對方告訴他，是東京都教育廳文化財調查研究室，聽那個語氣好像是直接唸紙條。牛越心想，中村去的地方還真威嚴哪。

電話接通後，傳來的是一個儼然學者的男子的聲音。牛越一說要找一課的中村先生，很快便換人來接。

「喂，中村來囉。」

中村刑警以半開玩笑的聲音說。牛越莫名產生一股親切感。中村一知道是牛越，也愉快地說：「喔喔，牛越先生，太好了！我正在等你的聯絡呢。」牛越說，因為打算明天回去，所以打了這通電話。「聽說你立了大功啊！」中村說。於是牛越稍微說明了一下狀況。

中村說想好好談一談，雖然很想立刻過去，但看樣子今晚走不開，明天再和牛越聯絡。他問起牛越今晚住哪裡，牛越便說其實還沒決定，現在人在大井町，問他知不知道哪裡有便宜的地方可住。中村便問他想住哪一帶，牛越便隨口答東京車站附近很方便，就那附近好了。

於是中村告訴他一家東京車站八重洲口前的商務飯店。中村指定了飯店，要牛越住這裡，明天早上再打電話來找他。看來中村似乎自己也住過幾次。牛越道了謝，掛了電話。

牛越是不叫醒就可以一直睡下去的人。在札幌他通常是早上七點半起床，但這天睡到九點。慢條斯理地起床，打開電視機的開關，畫面竟然出現看似隧道的場景。心想不知這是什麼，放大了音量，結果突然傳出爆炸聲，把他嚇醒了。

螢幕上出現大大的「九點二十四分」和「開通」的字幕。這下他才總算明白。就在剛剛那一刻，「青函隧道」開通了。牛越是北海道人，對此極感興趣，盯著畫面看了好一陣子。

從動工到今天開通，總共花了十九個年頭。而且，今天開通的僅僅是先進導坑，等隧道真的完工、開始營業，預計是昭和六十年的事。整個「青函隧道」是前前後後長達二十一年的大工程。

這個隧道的事牛越在札幌不知聽過多少次，但萬萬沒想到開通的這一天，自己竟會在東京。記者口沫橫飛地說明建設這條隧道的種種難題。這牛越也知道。隧道完工後，接下來長達三十年的時間，每年都必須償還高達八百億圓的負債。但是靠國鐵在來線通車的收入，收支實在無法平衡。而當初預定鋪設新幹線的計畫，也因為只會徒增赤字，結果取消了。但只要想起洞爺丸船難等意外，以長遠的眼光來看，這條隧道具有重大的意義——記者這麼說。

這時候，中村打電話來了。牛越一面拿起聽筒，一面拉開窗簾，發現窗外是大晴天，但東京車站正前方完全聽不到蟲鳴鳥叫。

中村問他搭幾點的車。牛越看到這麼好的天氣，實在不想馬上就去搭車，便回答想搭下午五點十七分由上野發車的接駁車。

這樣便會連接傍晚六點由大宮發車的新幹線。要連接青函航線和北海道，這班車的路線是最順暢的。如果要更早，除非提早到中午十二點十七分從上野出發，否則由於青函渡輪班次不多，在函館能搭的車，和下午五點十七分離開上野的是同一班，結果抵達札幌的時間還是一樣。牛越想在東京再辦一件事，很難趕上中午十二點多從上野發的車。

中村提議說，既然如此，不如一起在上野吃個較遲的午餐。他接下來還有些工作要處理，問牛越下午兩點左右在上野碰面如何。對牛越來說，這個時間真是求之不得。合得來的人，連生活節奏也不可思議地契合。牛越立刻贊成，兩人約好下午兩點二十五分在上野車站內會合。

這樣牛越的時間就很充裕了。他整理好準備退房，然後先打電話向八木報告在銚子發現了命案現場的事。八木依然是老樣子，說這樣赤渡一定也會很高興。

接著打電話到銚子署問檢驗結果，遺憾的是泥土中並未驗出赤渡的血液，但對方說現場應該是那裡沒有錯。

牛越離開飯店，經過地下街來到八重洲出口，將行李存入投幣式寄物櫃後，便前往目黑。在八木之前和赤渡碰面的芝木朝雄就住在目黑。牛越希望能在最後也見見這個人物。其他人物，即剩下的廣岡徹、中村染一郎、藤木敬士，都在郊外，住在鎌倉市、辻堂等地，實在不是今天內能一一見到的。

牛越也想到，赤渡是把住郊外的朋友集中在七日這一天見面。

芝木和八木和川津相比，話比較少，第一印象不是那麼好，但也不是討人厭的老人。牛越在這裡待了一個多小時，仍然沒有什麼收穫。只不過，他現在知道赤渡的朋友都是一群給人好感的老人，進而能夠想像赤渡雄造這個人的為人。

「原來如此，不是怨恨啊……」

牛越在從目黑回東京車站的山手線上，再次喃喃自語。也就是說，這樁命案不能當作一般命案來看。一般的發想是不夠的。

從東京車站的寄物櫃取出行李，來到上野車站時，還有一些時間。一時之間他想起服部晶子，但現在並不打算再去見她。

牛越找到黃色的公共電話，打電話到這次出差給他幫助的上野署、水戶署和銚子署道謝，並告知對方今天即將回北海道。

出了電話亭，牛越心裡盤算著要把一個小時的詭計告訴中村，然後今後若是有新的進展，就從札幌把自己的想法告訴他，東京這邊則請他採取行動。牛越一面在心裡思忖這些，一面等著這次出差認識的朋友。

4

中村照例休閒地穿著那件皮爾．卡登的短大衣現身。他向牛越舉了舉右手，動作和上次一樣有些做作。

他頭上依然戴著黑色的貝雷帽。牛越這次到東京來出差，遇見了兩名愛用帽子的人物，而這兩人都與牛越意氣相投。

中村邀牛越一起到精養軒。兩人在車站前上了計程車。牛越不諳此道，便默默跟著走，一直到很久之後，才發覺原來精養軒是夏目漱石曾在作品中提及的著名西餐廳。於是也才想到，原來那是對鄉下刑警的盛情招待啊。

在餐廳坐下之後，中村照例劈頭就說：

「銚子方面怎麼樣？一定很辛苦吧。」

於是牛越便敘述了發現三棵松樹現場的經過。

「原來如此，含有水銀、死水淤積許久的地方啊，呣。有這麼明確的條件，銚子署卻沒找到，可見得他們沒有認真辦事。」中村話裡的江戶腔逐漸冒出來了。

「不過，發現現場跡證的地方，得赤腳下水才找得到，所以也難怪他們。」

牛越替銚子署說話。

「先不管這些，其實，我發現一個令人驚訝的事實。」

說著，他把一月六日刈谷旭，還有服部晶子多半也牽涉在內的那一小時詭計告訴中村。

「原來如此！這可能是個重大發現呢，牛越先生。赤渡本來應該搭乘沿途沒有停靠的『常陸二十四號』，結果竟然在友部買了火車便當來吃。這下有趣了！其實啊，牛越先生，我今天想找你談，就是和這件事有關，哎，這真是冥冥中注定的啊。刈谷旭一直主張他一月六日晚上到東京，是去找水戶工業高中時的同學黑田浩一，之前這個黑田也一直承認有這件事，但昨天我又去找了一次黑田，逼他說實話，結果他要求我保密，終於招出來了，其實那是刈谷旭拜託他撒的謊。」

「咦？那麼刈谷旭六日晚上沒有去找人……」

「至少找朋友談工作是胡謅的。」

「哦，這樣啊……」

「但是，這樣的話，刈谷旭拿這一小時來做些什麼？我真想不通，因為再怎麼說，隔天七日，赤渡都好端端地在東京四處跑啊。」

「是啊，這一點我也想不通。」牛越也這麼說。

「但是好端端的也只有七日一天而已，僅僅一天之後，八日就已經被殺了。所以終究是為了準備什麼，硬是擠出這段時間來，這條線最有可能了吧？再怎麼說，牛越先生，我認為非這麼想不可。把錶調快一小時，誤導時間，這是用來騙誰的？當然是騙赤渡一個人的，因為服部滿昭不在場。也就是說，讓老頭子早點睡，然後拿多出來的時間做一些準備。搞不好，不如說十成裡有九成吧，服部滿昭後來也加入他們的陣容。至於他們討論了什麼、做了什麼準備，那當然是都是為了殺老頭子的，除此之外應該沒有別的可能了吧。」

「唔，與其說是擠出一小時，不如說是為了讓赤渡早點就寢，是這樣嗎？只要赤渡睡著，要討論到多晚都行……嗯？可是這不是很奇怪嗎？因為用不著把時間調快一個鐘頭，只要等一等，赤渡一定會去睡的啊。」

「嗯，可見得，水戶的裕子應該是沒有參與吧？所以旭才必須早點回去……嗯？不，這樣很奇怪………」

中村也這麼說。牛越實在無法贊同這個推論。

「而且要討論，用電話也可以，不是嗎？」

「是啊，所以我認為是非要刈谷旭直接到東京來才能做的準備，或是類似的事情。不過這方面也一樣，總覺得不是很說得通。」

「是啊，需要再多花一點時間。所以，我想等推敲出計畫的全貌之後，再去向刈谷旭質問這一點。」

「我贊成。我也認為在還沒把他們摸清楚之前就盲目出擊，反而可能會被他們看穿我們的打算。」

「不過，那個黑田怎麼到現在又肯招認了？」

「也沒什麼，一開始大概是隨口答應刈谷旭的吧。可是後來才知道牽涉到命案，把他嚇壞了。」

「這是一定的吧。不過，接下來才是問題。真不知道他們後來做了些什麼。要是知道的話，這一小時的詭計他們真的是失策了，因為會從這裡開始露出馬腳。如果我們能從這裡推測出整個計畫，那麼應該可以從這裡進攻，一步步把他們逼出來。」

「對，赤渡看樣子並沒有女人，所以只能從至今出現的人當中篩出兇手來了。」

「是啊，就是因為這樣才難，不過至少已經慢慢有頭緒了。」

「這麼做你覺得怎麼樣？也就是呢，目前有機會下手的，只有服部滿昭一人，假設他就是兇手，其餘的，就像拼圖一樣，一塊一塊拼進去……」

「是啊，不過關於這個服部……中村先生見過他嗎？」

「見過。」

「感覺如何？覺得是會犯下命案的人嗎？」

「唔……的確是不太像那個料。但是沒有別人，所以也沒辦法。」

「是啊……」

「他趕到銚子追上岳父。」

「關於這一點，他是怎麼知道赤渡到銚子的？」

「應該是接到電話吧？赤渡打給晶子的，然後晶子和丈夫聯絡，而晶子對我們隱瞞這一點。」

「姆……的確，做丈夫的在星期六下午，留在空無一人的公司加班，可以不必在意同事，大大方方地聯絡……但是，要到哪裡攔人？攔截赤渡。是銚子街頭嗎？」

「對，得明確知道他要去銚子的哪個地方，要有這個附加條件。」

「是啊，至少在銀座是不可能的，因為『邁阿密』是八木帶赤渡去的，而『鳥月』又有八木在。」

「對，銀座是不可能的。那麼，你看這樣可不可能？我們以為赤渡沒有到川津家，但其實他去了，但是只去到門口，服部就在那裡等。」

「原來如此。」

「要攔截赤渡，只要先到他要去的下一個地方等就行了。」

「是嗎？這倒是很有意思……不，還是不行！因為赤渡和川津是約下午四點左右，而清潔人員是下午五點在公司看到服部。」

「啊，對喔！是啊是啊，我忘了這一點了。」中村雖然這麼說，但牛越卻想，如果晶子願意，這個角色也可能由她來扮演。但是這麼一來，又無法解釋她要親生父親喝銚子的水的理由。這一點他無論如何都推敲不出來。

「那麼，還是電話。赤渡如果不是打電話給女兒，就是給女婿，只有這個可能了。但是，就算是這樣，銚子這個地點我還是想不通。如果是兇手選的，就更令人不解了。為什麼要選銚子來犯案？」

「是啊，銚子這個地方，又不在東京和水戶中間。從水戶看來，和東京幾乎一樣遠……」

「那麼，是赤渡的意思嗎？……」

「可是如果是的話，無論是在『鳥月』和『邁阿密』，還是他與八木的談話之中，都找不到相關的要素。不過，也可能是我的調查不夠詳盡。」

「說起來，在水戶動手也可以啊。既然是殺人之後分屍裝在行李箱裡，乾脆帶到水戶反而方便。水戶一樣有靠海。」

「是的。但是如果是這樣，只要等幾天，赤渡回程也會再順道過去，用不著急著下手，不是嗎？」

「啊啊，對，說得也是……因為照這樣看起來，東京和水戶應該是互相聯手的。」

「對，問題就在這裡。我個人在銚子想到那個一小時詭計的時候，覺得最討厭的就是這一點。上次在大井町向您說過的『行李箱延遲寄送論』，雖然說不必延遲寄送，只要等到十一日親自帶到水戶去掉換內容就可以，但是，一、二這兩個行李箱稍後才送到水戶的推論，就因為這個意外被推翻了。因為行李箱延遲寄送，是東京這方面為了自保而採取的手法，以便藉此把罪行推給水戶。

然而從這個詭計看來，雙方似乎是聯手合作。而另一個，我的『金屋藏嬌私生子論』，也因為中村先生的調查而不成立，本以為那是唯一的希望，結果卻是這樣，真的是令人頭痛。」

「是啊，不過那個行李箱延遲寄送論，多少有點勉強吧？把東西寄到沒有朋友、也沒有親戚的地方，好讓自己事後去領——這種事情是辦不到的。」

「換句話說，無法透過鐵路貨運把東西寄給不存在的收件人……」

「是的。因為東西一到車站，就立刻會打電話聯絡收件人，也會寄出名信片通知。要是本人不在被退回去，反而麻煩。」

「是嗎？那就不能寄了……只能靠自己帶過去……」

然而這個論點，牛越自己才剛否決過。

「總之，這個案子就是這樣吧。」中村說。

「水戶的人有不在場證明保護，而東京這邊則是有行李箱的路徑罩著，他們就是看準了這兩點，才採用這個做法的吧？」

「不……如果是的話，東京寄到水戶的行李箱就不必真的裝骨董吧……」

但牛越卻無論如何都無法完全贊同這個論調。

「對了，服部夫婦真的買了石屏風嗎？」

「買了。在橫濱的中華街買的，店家還記得他們夫婦倆。不過，買了也無妨吧。為了省幾萬塊而讓自己冒那麼大的風險，划不來啊。」

「說得也是……刈谷旭那邊不知道怎麼樣。」

「這我就不知道了。水戶那邊大概也買了吧。」

接下來，兩人便專心用餐，不再提辦案的事，談起北海道和旅行，也提到今天早上導坑開通的青函隧道。

這時候，中村提起的「布拉吉斯頓線」讓牛越感到十分有趣。據說北海道與本州棲息的生物種類截然不同，而這條分界線就叫布拉吉斯頓線，以津輕海峽來劃分。

最極端的例子就是鼷鼠，這是北海道沒有的生物。聽中村這麼說，牛越才想起他還沒看過鼷鼠這種動物。而這就是因為鼷鼠過不了津輕海峽的關係。

中村的雜學知識非常豐富，這在刑警中很少見。牛越想提昨晚自己打電話時那個名稱很威嚴的地方，最後還是想不起那個名字。

很快地，出發時間就要到了。兩人回到上野車站。中村送他到月台，說「請加油，我也會盡全力支援的」。

繼新幹線、東北本線之後，翌日凌晨零點三十五分到四點二十五分之間，牛越人在橫越津輕海峽的渡輪上。他特地來到甲板上，冒著寒風，對著深夜的海面凝望一分鐘。在這片漆黑的海底之下，竟然有隧道通行，牛越仍感到難以相信。

當晚，牛越在渡輪的床上作了一個夢。夢到許多動物密密麻麻地在海底隧道中移動。而領先的，是拿著小小劄子的鼷鼠。

醒來之後，牛越苦笑，笑自己的單純。接著，他把這次出差從頭到尾回想一遍。雖然是匆促的東京行，但他踏上了銀座街頭，因此對這一趟遠行感到相當滿意。

第四章 迷宮之門

1

越過津輕海峽，回到北都時，是翌日二十八日早上八點五十七分。

一到車站，牛越便直接趕到署裡，報告大致的經過。然後從主任那裡得知赤渡雄造的葬禮已於昨天舉行。由於是分屍案的葬禮，必須等屍體全數歸還，葬禮也因此而較晚辦理。刈谷夫婦、服部夫婦都出席了。所以佐竹刑警也見到了這四人。

這一天仍算在出差之內，所以牛越不到中午便回家，要老婆鋪了床，下午便悠哉地在被窩中度過。但是仍消除不了多少疲累。

第二天星期六，牛越帶著倦意未消的身體來到署裡，佐竹便馬上靠過來。

「唷兄，早。」

他臉上明明白白寫著他已經想出一套推理了。

「喔，竹仔早啊。喔，等一下，先讓我抽根菸。總不至於抽根菸的工夫你就忘了吧？」

牛越慢吞吞地點了菸，吐了一大口，說：

「呼……坐等退休的老骨頭刑警，出完差癡呆得很嚴重啊……」

說得似乎是牛越真實的感慨。

「好了，你要從哪裡開始？」

佐竹這次告訴牛越的推理，大意如下：

那個一小時詭計，是為了讓赤渡早點入睡，以便服部滿昭可以晚歸。而服部這段期間前往銚子，進行選定命案現場等準備工作。

至於綁架在銀座的赤渡，是先到川津家門前等候，要赤渡上車。這裡由刈谷旭進行。

接著，刈谷旭載著赤渡，開車由首都高速公路經京葉道路，再駛上千葉東金道路，由國道一二六號線來到銚子的三棵松樹。在這裡讓起了疑心的岳父下車，毆打使其昏迷。

服部滿昭已經在現場待命，刈谷旭和他在此換手，一鼓作氣趕回水戶參加新家落成派對，而服部則將岳父溺死。

由於屍體是在死後兩天左右才支解的，因此服部八日晚上將屍體覆蓋，藏在現場附近某處，直接回家。

到了十日，這次換刈谷旭再次前往現場，將屍體帶回水戶家中，於新居的浴室中支解、寄送。然後，刈谷夫婦於十日晚間打包好行李箱，十一日寄出，在日期上也完全符合——

牛越一面聽，一面想，就像前天中村所說的，如果把那群嫌犯像拼圖一樣一塊塊硬拼進去，就會得到這樣的結果。

但是，其中當然會出現種種問題。例如，服部選定現場這一點，有車的刈谷旭多得是機會事前去找，沒有理由讓沒有車的服部特地在六日去找。

再來就是，他們會為了這麼一點小事，冒險把岳父的手錶調快一小時嗎？

服部滿昭怎麼看都不像是有本事犯下殺人案的人。

現場的廢屋上了鎖，而且現場附近也沒有可以藏屍的地方。

還有，照這個說法，刈谷旭必須在三小時之間開車從東京到銚子再到水戶，這實際上是不可能的。

而最大的問題是，這個計畫為何選在銚子進行？銚子並非東京與水戶的中點，如果真要這麼做，在東京、水戶之間距離最短的路線上，選擇一個不遠的地方做為現場才合理。例如水海道，或土浦一帶。如果有溺死的必要，到霞浦也就夠了。

「為什麼要選銚子做為現場？」牛越問。

「為了要找一個不是東京，也不是水戶的地方。」

「為什麼？」

「當然是為了避免讓東京夫婦和水戶夫婦受到懷疑吧……」

「可是他們卻把屍體裝進自己寄的行李箱裡？這不就本末倒置了嗎？」

這句話脫口而出之後，牛越有種奇妙的感覺。批評很容易，但仔細想想，這正是對所有的一切最致命的一擊。

不僅是佐竹提出的推理，就連牛越本身的推理、在東京與中村所拼湊出來的想法，都在這一擊之下顯得毫無意義。牛越感到自己無意中說出的這句話，彷彿是敲上了迷宮的門。

牛越覺得很喪氣，但還是對佐竹說先查查八日刈谷旭是不是離開水戶，等弄清楚這一點再說，便離開了警署。

他按了赤渡家的門鈴，來應門的是澤入。他說他趕回來參加了前天的葬禮。一問他母親的情況，他說總算好轉了。

牛越被請到客廳，向獨自泡茶奉茶的澤入問起實子，只見他笑了笑，說去約會了。

如果非向這家人報告辦案進度不可，就不得不說最後可疑的只剩下東京和水戶那兩對夫婦。牛越實在不願意在這個家裡說出這種話。

因此他問澤入能不能出去一下。他回答可是我現在要看家。那就沒辦法了。

「案子調查得如何？」

果然，澤入問了。

「嗯，我去東京、銚子和水戶跑了一趟。」

牛越不得不開口。澤入靜待他說下去。一想到接下來他說的話，多半會原封不動地轉述給這一家的母女，刑警自然遲遲開不了口。

「我今天實在不想提這些。靜枝夫人情況還是很不好嗎？」

「是的，因為舉辦葬禮累了，現在又經常躺著。」

「現在呢？」

「在後面房間休息。要叫夫人嗎？」

「不不不，不用。」

牛越連忙說。

「聽說服部夫婦和水戶的刈谷夫婦，也都出席了葬禮。」

「是的，都來了。」

「已經回去了嗎？回東京。」

「是的，服部先生是當天來回，因為工作不能請假。刈谷先生夫婦是昨天回去的。」

「啊啊，這樣啊。對了，你說實子小姐去約會，是和香坂電器商會的人嗎？」

「是的，幾乎已經決定這個春天結婚了。」

「哦，那倒是最近比較開朗的話題。夫人一定也很高興吧？」

「是啊。」

但是，澤入的表情卻不怎麼開朗。

「靜枝夫人不贊成這樁婚事嗎？」

「不，沒這回事，但雄造先生是不太贊成。」

「啊啊，這樣啊。說到結婚，以你的年紀，也該結婚了吧，為什麼不結呢？」

結果澤入靦腆地笑了。

「你在札幌有對象吧？」

澤入還是什麼都沒說。

「我說中了吧？不然像你這樣的青年，不會放著生病的母親，一直待在札幌。」

一再追問之下，他說：

「嗯，這個……其實，之前也曾經向您提過，我朋友認識的人在薄野開寶石店，那個人是女性。不過，不是那麼美好的事。已經沒有什麼可以期待，是絕望的了。一切都清算了結了，我打算回東京……」

最後那幾句話小聲得幾乎聽不見，甚至令牛越感到奇怪。牛越心想，那多半是這名青年對他的情人的眷戀吧。

2

翌日是星期六。牛越準時來到署裡，緊接著便陸續收到水戶和東京的報告，輕易粉碎了佐竹的新論點。

首先，一月八日下午，刈谷旭在水戶的公司上班。因此他不可能開車到東京。

而且甚至還有一則落井下石的消息：一月八日傍晚，東京首都高速公路的龜戶路段，因車禍事故造成單向大塞車，車流回堵直到深夜才紓解。如此一來，要開車在三小時內跑遍東京、銚子、水戶更是難上加難。這天一整天，佐竹的臉色都其臭無比。

但是牛越也從下一週起，同樣迎接了臭臉的命運。而且這一臭就是大半年。

札幌署對這樁命案幾乎是束手無策了。唯一的一絲希望，便是那一小時的詭計。若能以此巧妙地逼問刈谷旭和服部晶子，必定能有重大的突破——

這是牛越從南方帶回來的線索，因此牛越握有最後使出這張王牌的權限。

牛越做足了準備。他相信這是最後的王牌，因此無論如何都不想搞砸。一面摸索最有效的逼問方法，同時急著想先找出他們這一小時的用處。

然而隔週，札幌雪祭即將結束的二月五日星期六，牛越終於放棄了。於是他請水戶的小山與東京的中村同時行動，因為若是雙方時間錯開，會讓他們有機會串供。牛越下這個決心的時候，正好案發滿一個月。

由於隔了一個星期天，等候報告的這兩天，牛越等人在近來難得的緊張中度過。結果在星期一早上出爐。

然而——以結論而言，由於期待很大，結果也就顯得更悽慘。現實這種東西，顯然極少具有創造性，大部分都是由平凡、低俗、無聊的垃圾構成的——牛越事後回想起這一刻，總是這麼認為。

也就是說，刈谷旭和服部晶子有一腿。這在刈谷旭這一方是常事，但晶子卻無論如何都必須瞞著丈夫。為此，竟然想出這個想起來實在有些誇張的詭計。而牛越等辦案人員竟因此兜了好大的一個圈子，被這無聊的婚外情耍得團團轉。

佐竹更是憤慨不已，大罵就為了擠出一個小時來偷情，有必要把父親的手錶指針撥快嗎？對此，牛越內心也深有同感。恐怕中村也會說類似的話吧。但一聽背後的緣由，其實也並非沒有它的道理。

晶子的丈夫，服部滿昭這個人，對這類事情的猜疑心重到幾乎病態的地步。除了購買日常用品之外，他嚴格禁止老婆不必要的外出，若自己不得已必須很晚回家，每三十分鐘就會打電話回家確認老婆在不在家。這讓牛越想起一月八日晚上，滿昭看似可疑的行動。

因此，刈谷旭送父親到東京來，對晶子而言是千載難逢的大好機會，但若行事不夠周延，丈夫恐怕會從父親嘴裡得知端倪。所以他們才會設法擠出那一小時的架空時間。這樣一來，父親就會提早入睡，自己才能偷偷溜出去。而且父親會對丈夫說，他是搭火車於八點五十分抵達上野，九點到家。因為這樣丈夫很可能會向岳父探聽這些。

說幼稚確實是幼稚，但牛越猜想，與有夫之婦偷情，有這種橋段反而更加緊張刺激吧。而他回想起在東京見到的晶子和滿昭的樣子，便感到十分合理。

服部滿昭這個人，似乎是超乎想像的黏人。老婆外出回來，他會窮追猛打地不斷問什麼時候出門、什麼時候到店裡等等。有時還會特地打電話過去確認。

若老婆說這樣很丟臉，要他別這麼做，他就會搬出自己母親的例子來說教。據說他母親在讀女校的時代，被宿舍派去辦事時，一定會帶著填寫了出發時間的紙，到達之後再請對方填寫抵達時間並蓋章。

世界上什麼人都有。儘管牛越認為這樣老婆一定會嫌煩，但女人心難以逆料，女方似乎也對此感到相當高興。

就這樣，札幌署對震驚北海道的「赤渡雄造行李箱分屍案」，已經是完全束手無策了。該做的事都做了。牛越等人的推理在銅牆鐵壁之前不斷空轉，被譏為鄉下警察，也只能默默承受。

一個月、兩個月，時間就這樣過去，令人厭惡的季節來臨了。雪地輪胎和融雪形成的污泥把整座城市弄得灰頭土臉。但轉眼間這些污泥又乾掉，揚起濛濛沙塵。

這樣的狀態持續一個月以上，總算塵埃落定的五月，遲來的春天也北上降臨了北都。北國沒有梅雨季節，在這短暫的夏日消逝之前，札幌的季節還算不錯。

牛越也喜歡這個季節。望著春天帶來的綠意，心想蝴蝶和蟬破蛹而出時，或許正是這種心境。但是，牛越心想，像今年這麼討厭的春天還是第一次。唯有四周的景物不斷變換，他的內心卻仍在冰天雪地中停滯不前。

這段期間值得一提的事情並不多。為了尋找現場附近的目擊者，銚子署發出了五百張傳單和海報，卻沒有得到任何回應。

也不是沒有新的消息，但卻不算重要。赤渡實子之前的戀人到東京去了。她和這名男子是在命案前夕，也就是昭和五十七年底分手，而她與澤入去領取行李箱時親手投遞的信，便是寄給他的。這名男子的不在場證明，也請東京方面確認過了，沒有問題。

春天過去，在短暫的夏天中，牛越在大通公園的地下街看到赤渡實子與一名男子單獨走在一起。

之前澤入曾說她多半春天會結婚，但到現在還沒有聽到消息。畢竟是發生了那種慘事，多等一陣子也在所難免吧。

東京和水戶的女兒兩人相約於這個夏天再度來到札幌。聽說靜枝已經不再臥床不起。從外表看來，赤渡家的傷口已經漸漸癒合，開始一步步邁向新的時代了。唯有澤入，不知為何還繼續留在赤渡家讓他借住的房子裡。

他們全都異常頑固地絕口不提這件事，彷彿決定絕不批評刑警似的。正因如此，反而令牛越感到日日如坐針氈。

北方人在短暫的夏日期間，會有硬要將冬天陰寒的一面忘卻的傾向，竭盡所能活潑開朗地度過這段時間。因此白雪覆蓋整個大地的時候，與冰雪消融後的季節，會令人有一切全然不同之感，簡直就像有雙重人格。

冬天的悲劇隨著雪一同逝去。人們也做出忘懷的神情。然而生長於北國的刑警深知那只是暫時的，一到冬天，憂鬱必然再度降臨。

大多數的北方人，在心中總有一塊永遠不融的冰，那便是寒冬的黑暗記憶。就像西伯利亞的永凍層一般，也許終其一生都不會消融。這記憶不斷在人格深處扎刺，使北方人莫名沉默、堅忍。

而因此，冬季的一切陰寒，會隨著雪再度回來。此刻，只不過是在短暫的夏日入眠而已。牛越心想，在那之前，必須有所行動。

然而，犯罪事件過了一定的期間，偵查的難度就會以等比級數增加。負責辦案的刑警只能把案件放在心上，負責其他工作，當事人與目擊者的記憶會風化，現場的跡證也在風吹日曬雨淋之中消失。當短暫的夏天過去，探員感覺到早秋的腳步時，這個案子也正好進入了這個時期。

等在前方的，就是坡度陡急的下坡，再往前便是筆直的懸崖。而命案則是在這條路上加速滾動的球，不久便將墜入迷宮這個無底深淵。屆時，便再也沒有人碰觸得到。所以，一定得加快腳步。懷著這個信念的牛越，隨即便聽到了九月之聲。

3

牛越佐武郎不認為自己擁有探員的天分。用不著明說，他認為自己是個凡夫俗子。至今也從未立下大功，因此家裡連一張表揚的獎狀也沒有。

晉升也很慢。至今連部長刑事都還沒當上。一般以他的年紀，至少也該是個警部補了。所以當退休的腳步逐漸接近，他不但不以為苦，甚至可說是迫不及待。坐等退休的口頭禪，並非全然是玩笑。

在某種程度上，也是肇因為他對偵辦犯罪這份工作產生不了熱情。不，應該是說，沒有遇到令他產生熱情的案件。

然而，這次的案子有些不同。一開始是慢慢地，然後是確實地，抓住牛越不放。一回神，難案的不知該說是苦惱還是魅力，已牢牢攫住牛越，令他無法動彈。彷彿身心都沉入深海。

但在這當中，他內心泛起了有生以來的未知情感。那是非常靜謐的，令牛越聯想起靜止不動的蠟燭火焰。類似沉靜的鬥志。牛越心想，這就是所謂的熱情嗎？

多年的刑警生涯雖已接近尾聲，但能夠遇到這樣的案件，他不禁心生感謝。雖然這可能成為自己畢生的奇恥大辱，但他仍慶幸能夠遇上。而不知不覺中，他甚至願意與這個案子同歸於盡。如果對方不嫌棄，他願意奉陪到底。

然而，凡夫牛越要思及事件的核心，畢竟需要契機。九月剛到不久，牛越便聽說赤渡實子變成香坂實子的消息。事情就發生在牛越對這個消息還記憶猶新的時候。

在回家路上，牛越碰巧遇到澤入保。當時刑警低著頭走路，是澤入出聲叫他的。

「喔，澤入，你還在札幌啊？」

牛越吃了一驚，這麼問。

「是啊，一直想著再一陣子、再一陣子，就……夫人也要我再留一陣子。」

澤入回答。

「哦，這樣啊……我想也是。」

於是兩人便站在天色開始變暗的路邊閒聊了一會兒。

「刑警先生，這樣站著說話也不方便，要不要到我那裡去坐坐？還滿近的。」澤入說。

牛越對澤入的住處有點好奇，便同意了。

澤入向赤渡家借住的獨棟房，距離赤渡家雖然不遠，但卻在一個相當冷清的地方。兩人結伴走了五分鐘，離開了住宅區，人家一下子少了很多。

「好冷清的地方啊。」牛越問。

「是啊，這一帶空地還很多。」

聽他這麼說，的確，這裡雖然有民宅，彼此之間卻相隔有一段距離。澤入的住處也是其中一戶，而且沒有牆，是其中特別簡陋的。木板牆髒污泛白，十分破舊。窗戶也是單層而已，不過有另一個小倉庫。

澤入取出鑰匙開了玄關的門，開了燈，向牛越說聲請進。

房間裡有一張大大的矮桌，再來就只有一些書，沒有其他的家具。一進門旁邊有個水槽，和簡單的流理台。

「從這裡走到赤渡家要多久啊？」

牛越一面在矮桌旁盤膝坐下，一面問。

「十分鐘吧。」

澤入一面燒開水，一面回答。

環視室內，看來沒有浴室，但牛越不好意思問。

不久澤入泡了茶，說：

「對了，刑警先生，案子後來怎麼樣了？」

一聽到這句話，牛越忍不住苦笑。

「都怪我們這些鄉下警察，給你們添麻煩了。」

「哪裡，沒這回事……」澤入說。

「這看來似乎不是單純的怨恨之類的，所以觸礁了。」

刑警的聲音不知不覺變小了。

「我想也是。」

澤入立時回應，聲音也壓得很低。牛越留心等他說下去，但他卻沒有再繼續。

「赤渡雄造這個人，是個標準的正人君子，簡直就像紳士的範本。不可能與人結怨，所以不會是復仇……」

牛越彷彿是在對自己說。

「是嗎？」

結果澤入又這麼說。

牛越注視著澤入的臉。

「沒有人知道一個人會在哪裡和人結怨。」

澤入這句意外的話，留在牛越心裡。沉默片刻之後，他問：

「就算是引起殺機的怨恨也是嗎？」

「就算是引起殺機的怨恨也是。」

澤入明明白白地回答。

牛越把茶喝完，站起來。

「謝謝你的招待，我會回到原點，好好想一想的。」

然後刑警一面穿鞋一面問：

「對了，你有什麼打算？會在札幌待到什麼時候？」

「我想等到看到雪。」

「哈哈，心上人在那之前會給你答覆嗎？」

澤入笑了，沒有作答。

「不過，可能會到十二月吧。去年的暖冬就是個前例。」牛越說。

「是啊，不過也可能是十月……」

澤入這麼說，然後又笑了笑。

牛越並沒有回家，而是在街頭閒晃。他有一種即將打開一條新的道路的預感。然後一時興起，想去咖啡專賣店。難得想喝杯好喝的咖啡。

店內架了一座紅磚暖爐，生了火。但是現在還不到渴望暖爐的季節，因此燻黑的暖爐四周還有幾桌是空的。牛越走到那裡坐下來。

巴西——刑警向店內的女服務生說。這純粹是因為本日特選上寫著巴西。無論是對飲食還是其他逸樂之道，牛越一概沒有研究，也不挑剔。

啜了一口咖啡，點起菸時，看似大學生的一群年輕人吵吵鬧鬧地入侵咖啡店，暖爐旁的桌位立刻坐滿。牛越坐在那裡，覺得被孤立了。這群蓄著長髮的人吞雲吐霧製造出來的煙，很快便籠罩了四周，再加上他們肆無忌憚的大嗓門，讓刑警感到有些不舒適，音樂也聽不見了。

放下菸，又喝了一口咖啡。咖啡相當好喝。接著，牛越反芻澤入剛才的話。怨恨啊——他喃喃自語地說。就算以相當大的音量自言自語，也不必擔心有人聽到。

「對，也許就是這樣。」

他再度出聲說。

最初他當然是這麼認為。但由於其他人異口同聲一再說不是，不知不覺便退縮了。因此發想也變得不上不下。

一直到前一刻，他都以為偵查工作該做的都做了，但真的是如此嗎——？

是怨恨，沒有別的可能——若全力集中在這兩個字上，應該還有很多事要做。

是啊，難道不應該更信任自己的經驗嗎？一步步向四周的雜音認輸，亂了平常的腳步。小小的信念也在不知不覺中無以為繼了。

然而，該做些什麼？就算認為還有很多事要做，卻不知道是些什麼。也許是錯失了完全不應該錯失的基本事項，所以才想不起。牛越突然有種無力感，放下咖啡杯，往椅背上靠。

就在這時候，他聽到背後那一桌的年輕人的談話。牛越不由得豎起耳朵。因為他聽到青函隧道這個詞。牛越想起在東京出差的最後一天。一月二十七日早上，他碰巧在八重洲的商務飯店看到隧道開通的情形。也連帶想起了注重打扮的中村的臉。

大學生們就青函隧道的話題繼續聊了一陣子。牛越是單獨一個人，不想聽也會傳入耳裡。話題逐漸移到渡輪上。其中一個青年聽起來似乎見聞頗廣，說起已經有好幾艘已屆使用年限的渡輪停駛，往後也沒有造新船的計畫。

這時候，同一個青年口中又說出了「洞爺丸」這個詞。霎時間，雖然不知道為什麼，牛越卻感到彷彿有電流竄過全身。那一剎那，他幾乎是本能地感覺到這個字眼別具意義。

青年繼續說：

「我是昭和二十九年（一九五四年）九月二十六日生的，你們不覺得很有意思嗎？」

不覺得。為什麼很有意思？——眾人這麼回答。

「你們不知道這是什麼日子嗎？昭和二十九年九月二十六日。」

牛越非常清楚。

「你們都是在北海道人吧？昭和二十九年九月二十六日，就是青函渡輪洞爺丸沉船的日子啊。」

然而，即使如此，也不是所有人都有恍然大悟的反應。其中還有人問「洞爺丸是什麼」，讓牛越大為吃驚。

對牛越這一代的人來說，洞爺丸船難是一件難忘的意外。載有一千一百六十七人的洞爺丸在颱風天強行出航，造成一千一百五十五名乘客失蹤、死亡的慘劇。是嗎？原來那時候出生的人也已經可以抽菸了啊——牛越心想。這位在意外當天出生的青年，聽起來年紀比其他人大了一截。

「那時候不知道為什麼，船難特別多。第二年昭和三十年五月十一日，四國高松海濱又有一艘紫雲丸沉沒，因為船隻相撞。你們不是有個神戶學長嗎？那個經常在發呆、不知道在想些什麼的OB，他就是那一年的五月十一日生的。昭和三十年五月十一日生。我是洞爺丸，神戶是紫雲丸，吶？不是很有意思嗎？」

沉沒二人組——其中一個學弟說。牛越苦笑。五月十一日也是牛越的生日，當然年份不同，他是昭和七年（一九三二年）。但是，牛越心想，經常在發呆、不知道在想些什麼，倒是說對了。

然後慢慢地，他感覺到自己正漸漸抓到什麼重大的提示。是什麼——？

溺死！對，溺死。自己一直把這個重要的要素拋在腦後。赤渡是被溺死的。

然後是銚子。一直到今天，牛越等人都想不通他為什麼偏偏要到銚子去。原來不是這樣——？也許這時候需要把發想轉換過來。「溺死」和「銚子」，也許這兩個詞才是出發點。

難道不應該從這裡回溯嗎——？根源不就是「怨恨」嗎？

「溺死」、「銚子」、「怨恨」，原來這三個要素不是「謎」，而是三個一組的「鑰匙」，不是嗎——？

自己遺忘了什麼重大事項，顯然錯失了什麼，因此還有很多事要做。

沒錯，怨恨。除此之外，還有什麼道理要以如此精心設計的手法殺人？

首先要查的，是過去在銚子被溺死的人，以及過去的事件，這些調查才是第一個該做的不是嗎——？

沒錯，本末倒置了。自己一直處於被動的一方，把基本忘了。現在還有一條路！

那位正人君子不可能直接下手把別人溺死，因此事情是他間接造成的——有沒有這樣的事實？

赤渡在水產廳時代，曾經到各地漁港去宣導漁獲法以及安全檢查。不是也說過他曾去過銚子一、兩次嗎。會不會是當時碰巧涉入案件？

對，那個時代——牛越取出筆記。若夫人的記憶正確無誤，就是昭和二十七年到三十三年（一九五二到一九五八年）。這段期間赤渡應該也去過銚子。宣導當天，銚子是否曾發生過溺死案——？

報紙！只要查當時的報紙就知道了。

然而，必須把期間縮短。光是昭和二十七年到三十三年，範圍太大，有五、六年之久。要翻遍這段期間的舊報紙，工程太過浩大。

牛越考慮是否該去問靜枝赤渡出差到銚子的正確日期，但決定不要。她應該想不起吧。要找八木，他應該能設法查出赤渡到銚子的日期。

牛越站起來，走到櫃台，拜託店裡的人讓他打長途電話。

八木治接了電話，以為牛越又來到東京了。

「不，我是從札幌打的。」

聽牛越這麼說，八木說：

「感覺挺近的呢。」

牛越說明情由，表示想知道赤渡雄造到銚子的年月日，八木說現在想不起，但有資料，一定查得到，請牛越等兩、三個小時。牛越說既然如此便到時候再打過去，然後掛了電話。

牛越回到家，吃過晚餐，算好時間又打了電話。

很快就知道時間了。赤渡在昭和三十年二月底，與昭和三十一年三月初，曾兩度到銚子出差。牛越也順便問了這兩次當中，銚子是否曾經出過什麼事，但八木回答就他記憶所及沒有。

掛上聽筒，牛越思考。好了，關鍵的時間知道了，但是否要委託銚子署查閱報紙，他卻猶豫了。

雖然他無意重提三棵松樹現場的舊事，但他認為銚子署未免太散漫了些。很有可能委託之後過了三天，只得到「沒有相關事實」一句短短的答覆。在這個案子上，委託別人都沒有得到理想結果。聽到那樣的回答，自己能完全放棄這條線索嗎？想到這裡，牛越實在沒有把握。他心想，如果不是自己親眼確認，他恐怕無法死心。他再次堅定了前往銚子的決心。

但如果申請出差，結果不問可知，主任一定會說這種調查請銚子署幫忙就好，因此牛越決定自費出差。就在這一天，九月結束了。

因為中間隔了三日這個星期天的關係，牛越佐武郎刑警在十月三日才又踏上銚子的土地。距離命案發生已經超過半年了。

札幌已經開始變冷了。牛越原本期待這裡會暖和一點，但今天是陰天，加上風也很強，和上次來的時候一樣，有點冷，和札幌沒有太大的差別。

他照例先到銚子署，說出這次來訪的目的，並詢問昭和三十年或三十一年銚子市是否曾發生溺死事件。但是年輕警官全都想不起，終於，他們其中一個到裡面去，帶來一個資深警官。年紀看來和牛越差不多，牛越之前沒見過他。

「不知道有什麼事啊？」

他以莫名殷勤的態度問。於是牛越只好再重複一次來意。

中年警官整張紅通通的臉都皺了起來，做出拚命思索的樣子。過了好一會兒，才硬生生丟下一句：

「我不知道哪。」

但眼睛卻一直盯著牛越看。然後說：

「如果是這類調查，只要開口，我們就會幫忙了啊。」

又說：

「不如這樣，由我們來好了。不然你在這裡問上一、兩天，恐怕也問不出什麼來。」牛越說，我想多半也是如此，不過我有些頭緒，所以還是去問問好了。說完準備離開的時候，那位警官從背後又說了一次：

「恐怕再怎麼問也問不出來哦。」

牛越佐武郎接著到漁會去問了同樣的問題。他認為年輕人多半不記得，因此一開始便請教老人家。但是他們也一樣，只說不知道。一會兒便說很忙，一副嫌牛越礙事的樣子。

牛越心想，哎，都將近三十年前的事了，也難怪沒什麼人知道。他本來也就不指望能立刻從他們口中得到回答。

無論再小的事件都可以——他一面走向圖書館一面想。若是大事件，老一輩的人多半會記得。既然這裡的人都忘了，可見是件小案子吧。好比喝了酒吵起架來，卻失手把人推到河裡去，這種事也不是不可能。或者也可能不是溺死案，而是發生在利根川河畔，而且就發生在那三棵松樹附近民宅的兇殺案。

一到銚子市立圖書館，他便出示警察證件，表明想借閱昭和三十年二月底到三十一年三月初的報紙。不知不覺，牛越的心情有如在祈禱。這真的是名副其實的背水一戰。

然而，牛越卻大大失望了。看似管理員的老人表示，圖書館只保存昭和四十年以後的報紙，在那之前的報紙全都處理掉了。問他有沒有存在微捲片中，他說也沒有。牛越只覺眼前一片黑暗。

他從大馬路的電話亭打電話給銚子市的每一家報社（話是這麼說，其實也只有三家），得到的答案全都是：我們這裡只是經銷處。

走到車站前，看到寫有報紙名稱的招牌，明知雖然可能重複，仍進去問了。回答還是一樣。對方的意思是，我們這麼小的分社是不會保存那麼久以前的報紙的。到東京總社去應該會有，但多半沒有銚子版。這下，牛越已經不知該如何是好了。

離開報社走在路上，聽見後面有人叫刑警先生。回頭一看，一個四十來歲的男人站在那裡。是剛才報社的人。

男子說他叫大江，也沒拿出名片，開口就這麼說：

「您想看舊報紙嗎？到圖書館去就看得到了啊。」

牛越告訴他當然這麼做了，並且說了經過，那男子似乎思索片刻，但說這不可能，然後又說，如果您不介意，我和您一起去吧，便領先走了。

一到圖書館，大江背對著牛越，和管理員不知在談些什麼。一會兒之後轉過身來，老人的身影已經從櫃台消失了。而大江對他說：

「他說弄錯了，有那時候的報紙。」

這位熱心的新聞記者就直接回去了，牛越向他誠懇地道謝。

牛越佐武郎在午後斜陽將盡、空無一人的圖書館最深處，找好位子等著，只見老管理員無言地帶來了一落落舊報紙。這些報紙的一邊全都釘有細木條，看起來相當重，紙也已經變色了。

刑警卯足了勁開始工作。他已經做好心理準備，無論是銚子市多小的案子，也絕對不錯過。所幸他已經掌握了期間。

他花了整整一個多小時，看完了昭和三十年的部分，但這裡沒有他要的東西。雖然有一件刺殺案，但發生在深山裡，兇手也已經落網。

昭和三十一年這部分，則是從三月二十五日的開始。牛越逐一細讀，一小時很快又過去了。老管理員依舊默默無言地端茶過來。牛越道了謝，喝了一口，喘了一口氣，開始看三月五日的報紙。一打開頭版，牛越倒抽一口氣。

他早已下定決心，無論多小的事件都絕不錯過，但沒有這個必要。當天報紙的體裁與之前的完全不同。粗體活字填滿了頭版的上半部，告訴讀者發生了大事。這粗體字寫的是：「校外教學漁船翻覆　五十三名學童二十九死」。

一瞬間，他無法了解整個狀況。因為捕到的獵物太大，頓時只覺得整個人虛脫了。但興奮隨即竄過全身。就是這個！一定是這個沒錯！牛越佐武郎的直覺告訴他。腳邊響起陶瓷器破裂的聲音。他貪婪地看了報導。報導是這樣描述這件大事故的：

「（三月）四日，下午三點半左右，銚子市立北小學（校長里見一郎）三年級學童五百五十七人，因春季遠足兼校外教學，前往銚子港參觀。學童於參觀漁市、漁會、冷凍倉庫後，在海岸食用便當，預定分乘五艘漁船，以一班一艘、兩輪制的方式，巡迴灣內與灣外一周，但最先出發的五艘船當中，三年五班的學童與導師所搭乘的漁船突然翻覆，五十三名學童掉入初春水溫尚低的海中。由於意外發生時離岸不遠，在導師拚命救援與岸上的協助之下，雖避免了全體罹難的悲劇，但死者包括級任導師在內仍多達二十九名，造成空前的大慘案。附近雖有同樣搭載學童先行出發的漁船，但這些船隻也是超載，必須先讓學童下船才能前往救援，也是造成犧牲如此慘重的原因之一。由於載有五十多名學童的船是小型漁船，最高乘載量為二十人，因此銚子署相關負責單位正積極偵訊，追查責任歸屬。」

接著是其他老師的訪問以及相關報導，但牛越先跳過，把罹難者的姓名，即二十八名學童及一名級任導師的姓名，一一抄下。這些名字都很陌生，但是否是這些孩子的父母，或者兄弟，向赤渡報仇——？當然，前提是赤渡與這起事故有關。

報導中完全沒有看到赤渡雄造的名字，但這一天水產廳的官員正好在悲劇發生現場的可能性很大。昭和三十一年三月四日，下午三點半左右。牛越心想，稍後必須向八木或靜枝確認這一點。

抄完二十八個學童的名字，看見最後級任導師的姓名時，牛越佐武郎輕聲叫了出來。然後他知道，走過迂迴漫長的道路，此刻，他終於抵達命案的核心。

級任導師名叫澤入幸吉（四十二歲）。

4

澤入幸吉與澤入保，這兩人同姓恐怕不是偶然。

澤入保說他是昭和二十二年出生的。大略計算一下，若他是一月、二月、三月生，換句話說，是早生（在日本是指一月一日到四月一日生之間出生的人）的話，那麼昭和三十一年三月，正好就讀小學三年級。

那麼會是澤入嗎——？

牛越佐武郎在無人的圖書館一角陷入一陣茫然。回過神時，窗外太陽已經下山，館內的照明換成了日光燈。

那麼，會是澤入嗎——？

刑警再度思索，重新思考這真的不是偶然嗎？

隨著情緒漸漸冷靜，牛越不得不加以否決。因為這是絕對不可能的。不可能是澤入保。因為，澤入保從去年底到一月十六日，顯然沒有離開札幌。這一點，赤渡靜枝和赤渡實子都非常肯定地證實了。在時空上，澤入無法殺害赤渡。

澤入幸吉與澤入保，若這兩個人同姓不是偶然，那麼從年齡來推算，兩人或許是父子。澤入保曾說家裡是兄弟兩人，但牛越認為澤入幸吉不可能是他的哥哥。

他也說小時候父親便死於意外，這就是他所說的那件意外嗎？

牛越把三月五日的報紙從頭到尾看了一遍。沒有獲救學童的名單。次日的報紙、再次日的報紙也一樣。因此到處都沒有澤入保的名字。

但是，刑警又想，就算澤入保沒有行動，也有可能是他的哥哥或母親，也就是幸吉的妻子幹的。或許澤入保是為了打探雄造的動向，才深入赤渡家的。

牛越並沒有問澤入在東京的住址，因為打從一開始，他便被排除在嫌犯之外。也不知道他的出生年月日。牛越心想，必須在不驚動他本人的情況下打聽出來，而且調查他在東京的母親和哥哥一月八日的不在場證明。還有，昭和三十一年三月當時，這一家人在哪裡？恐怕是在銚子市，但也必須確認才行。

牛越強壓想立刻奔出圖書館的心情，繼續坐在椅子上。他的心情非常複雜。原因之一，是他很喜歡澤入。也許是因為這樣，他才會一再認為「不可能」。

接著，他想起在銚子署見到的那位資深警官的態度。他的態度實在教人無法不在意。牛越終於察覺到，不僅是他，這個地方的人的態度都有問題。

若以小人之心來想，大可懷疑他們私下串通，聯合起來將這個事實加以隱瞞，不讓牛越知道。一開始圖書館的那個老人說沒有昭和三十年和三十一年的報紙，一定是有人，恐怕就是那位警官，先通知他的。如果沒有那位熱心的新聞記者，也許牛越就放棄了。

牛越認為，這個地方的居民看似淳樸善良，卻露出了他們意外的另一面。

但是，若真是如此，他們為何要隱瞞這起事故——？

牛越一回到銚子署，第一件事便是詢問那位資深警官的所在。他已經回家了。牛越利用警察內部電話聯絡札幌署。

他要佐竹瞞著澤入保，向靜枝或實子問出澤入在東京的住址。

澤入的？佐竹驚訝地說。牛越一解釋，他便在電話那頭低聲沉吟。牛越告訴他自己要到北小學，在明天之內查出名單，要是有消息就向這裡聯絡，然後掛了電話。

接著，牛越打電話給八木治，問他昭和三十一年赤渡雄造昭到銚子出差的日期，是否是三月四日。

八木表示無法單靠自己做出結論，要去向朋友確認，應該在明天之前就會有確實的答覆。

牛越說明天早上再打電話請教，然後撥了銚子市立北小學的電話。

他到北小學時，值班的中年教師正埋頭幫他找資料。但教師表示畢竟是二十多年前的事了，查不到，不過如果是畢業生的名字，很快就能找到。

澤入保當時若就讀於北小學，應該會在昭和三十一年四月升上四年級，而如果一切順利，應於昭和三十四年的春天從北小學畢業。但昭和三十四年度的畢業生名單中，沒有澤入保的名字。為了保險起見，也找了昭和三十三年度與三十五年度的，結果還是一樣。

牛越心想，也許是他猜錯了。就算那位罹難的教師澤入幸吉就是澤入保的父親，也許一般教師不會安排孩子在自己任教的學校就讀。

回到警署，佐竹已經聯絡過了。澤入的哥哥、嫂嫂現居於北區赤羽，母親也與他們同住。牛越立刻打電話給一課的中村，請他調查這幾個人一月八日晚上的不在場證明，以及這一家人的經歷。

當天晚上，銚子署的人熱情勸他在署裡的宿舍留宿，牛越當即拒絕，在車站附近的廉價旅館過了一夜。

次日一早牛越便到銚子署等候，也陸續接到來自各方的聯絡。

首先是主動打電話來的八木治，說昭和三十一年赤渡到銚子出差，就是三月四日這一天沒錯。但令人驚訝的是，八木本身完全不知道這一天銚子港發生了漁船翻覆的意外。

接著，中村也來報告了。東京一課的動作實在很快，牛越每次都對此感到佩服不已。牛越本來打算若沒有那麼快，是否應該到銚子市其他小學詢問，但現在沒有這個必要了。

澤入一家人，母親名叫房江，哥哥叫健一郎，嫂嫂名叫久美子。昭和三十一年當時，一家人確實是住在銚子市，父親名叫幸吉，在銚子市立北小學擔任教師。

而健一郎、保兩兄弟均就讀於北小學。但事故當時狀況不明。

澤入保的出生年月日也查出來了。昭和二十二年二月二十六日，是早生沒錯。這麼一來，意外事故發生當時，他自己就是小學三年級。

到此為止非常順利，但接下來就沒有好消息了。

最重要的一月八日，澤入的哥哥健一郎在住家附近他上班的工廠，加班加到晚上九點多，已確認無誤，而他的妻子久美子八日晚上九點，因為要丟垃圾而來到路上，正好遇到鄰居，因此夫婦兩人的不在場證明都成立。

至於母親房江，去年便一直在赤羽的救濟會醫院住院，因此完全沒有嫌疑。她當然沒有偷溜出醫院的情形，具有確實不在場證明，但更具有說服力的是，房江幾乎已經無法行走，更不用說動手殺人了。

這麼一來，剩下的仍舊是人在札幌的澤入保。但是，他更不可能。

此時手上關於澤入健一郎、其妻與他們的母親的資料，都不是直接訪查而來的。若是直接訪查，應該能了解更多內情，例如他們搬到東京的原因等等。中村問牛越要不要直接去問，牛越請他等等。

現在才剛站在入口而已，一點也不了解全貌，不能不慎重行事。

牛越想將目前所知整理一下。澤入保的父親死於昭和三十一年三月四日發生於銚子港內的漁船翻覆意外。而二十多年後遇害的赤渡雄造，也於這一天去過銚子。

澤入保當時是小學三年級，而且就讀於父親所任教的銚子市立北小學。由此可見，他應該參加了那次遠足，也許在某處親眼目睹父親死亡。

而他知道赤渡與父親的死，或者與這起事故脫不了關係，所以才報仇——牛越認為這如今已是無庸置疑的事實。

然而——澤入的哥哥、嫂嫂、母親，當時分別在工作地點、東京的家、醫院。換句話說，沒有人幫忙澤入。不僅如此，澤入本身也沒有踏出札幌一步。

這時，北小學意外來電。是昨晚那位教師，表示找到昭和三十一年的資料了。牛越道了謝，側耳傾聽。

據教師說，意外當時澤入保竟是三年五班的學生。換句話說，他就在父親所負責的班級。之後也留下升上四年三班的資料，因此這是不會錯的。但是，應該是還沒有畢業就轉學了。是四年級還是五年級轉學的，就無法馬上查出來了——教師這麼說。

牛越鄭重道謝，掛了電話。澤入保是漁船翻覆後落海的學童之一。

牛越想了解昭和三十一年三月四日赤渡在銚子的情況，便再次致電八木。但八木表示，當時赤渡是單獨出差，因此已經無從得知了。要牛越在那邊請教曾經幫忙過赤渡的人。

而請銚子署調查的結果，當時與赤渡接觸過的漁會的人，大多已經不在人世。還在世的，都不在銚子。

牛越立刻就想搭火車北返。這麼一來，問題就在澤入保身上了。在這裡能做事都做完了，現在必須盡快調查他一八月日的動向。內心雖然還半信半疑，但若事實上真的是澤入下的手，那麼他八日就非離開札幌不可。現場是銚子，這一點已經確定了。必須盡快回札幌證明他曾經離開。

牛越穿過銚子車站的收票口時，背後有人叫：牛越先生。一回頭，是那個資深警官。牛越轉過身來，隔著收票口與他相望。

警官說，你一定很生氣吧。然後他緩緩摘下制服的帽子，低下髮絲稀疏的頭，向牛越深深行了一禮。

「還請你見諒。這個地方的人，有些不光彩的事不想讓外地的人知道。」

牛越在火車上把這句話翻來覆去想了好幾次，仍然無法理解。

5

十月五日早上，牛越在札幌車站一下車便直奔赤渡家。一點也不覺得累。換乘地下鐵之後，他仍繼續他在火車中的思考。假如確認澤入在關鍵的一月八日離開了札幌，或者客觀狀況可能離開札幌，但是一天之內可能完成犯案嗎——？

札幌與東京之間，就牛越至今的經驗，一定得在火車或船上過夜才行。要一天之內往返是不可能的。

對了，有飛機——牛越心想。不知為何，他還沒有搭過飛機。他以前曾聽朋友說，千歲到羽田之間須時不到兩小時。但札幌到千歲之間，冬季搭公車需要一個多小時的時間。

從羽田到銚子少說也要兩個半小時吧。把銚子車站到現場的時間也算進去，從札幌到三棵松樹的現場，單程就超過六個小時。來回十二個小時，加上在現場犯案的時間，那麼以八日晚間九點前後為中心，澤入必須從札幌消失十二、三小時之久。

換句話說，一月八日的下午兩點到三點，最快一直到次日早上，澤入都必須從赤渡家的人面前消失。

一按赤渡家的門鈴，是靜枝直接出來開門，讓牛越吃了一驚。她說澤入出去辦事了。仔細想想，實子已經出嫁，那自然是由靜枝來開門了。而對刑警來說，這個狀況真是求之不得。

牛越問候了靜枝的健康之後，切入正題。

「其實，我想請教您一月八日澤入保先生的行動，但目前還請您向當事人保密。」

「澤入的行動嗎？這又是為什麼呢？」

赤渡靜枝露出驚訝的表情。略帶笑意的模樣，令人感覺得出她已恢復健康，牛越略感安心。

「沒事沒事，只是想做為參考。請問，八日他是幾點來到府上的？」

「這個呀……平常都是九點半過來，但因為當天外子不在，我記得他是十點多來的。」

「十點多啊……哦。」

牛越照平常的習慣記錄下來。

「他一直待在府上嗎？」

「是啊。家裡有個小房間，就是給澤入用的。上午他好像一直在裡面看書。然後……和女兒一起吃了中飯，那天下了不少雪，所以和實子一起剷了玄關和門前路上的雪。」

「劃雪嗎？……噢。」

「然後……對了，大概是兩點半之後吧，他說要去喝個茶，出門去了。」

「出門？一個人嗎？」

「是的。」

「然後就沒回來嗎？」

但靜枝的回答著實冷靜。

「不，三點過後，大概三點十分還是十五分的時候回來了啊……」

牛越有些說不出話來。

「回來了……」

「對，然後那天……大概快四點的時候吧，實子說想去買晚餐的材料，澤入便開車載實子去買東西了。」

「是嗎？……」

牛越內心非常失望。

「接下來的事，我想您問實子會比較清楚。這是因為，接下來我也應外子任股東的大平興業社長和夫人之邀，出門去了。回到家的時候，已經超過晚上九點半了。」

這時，裡面傳來電話鈴聲。

「啊，有電話。我失陪一下……」

夫人這麼說，牛越便緊接著說：

「啊，那麼我先告辭了……下次再來打擾，不好意思。」

牛越接著前往實子婚後位在豐平區邊緣的新居。很快就找到了。那是一幢嶄新且相當氣派的建築。

按了門柱上的對講機，便聽到年輕的女子聲音應了一聲喂，然後突然就問是牛越先生嗎，讓牛越有點驚訝。

實子穿著和服。

牛越一進門，她就匆匆把門關上。看樣子，是很在意左鄰右舍的眼光。

刑警先向她道喜，然後立刻進入正題。一說想知道澤入保一月八日的行動，她便說：

「澤入的行動嗎？」

和母親說一模一樣的話。

「沒什麼，只是做為參考而已。請問，八日那天，您四點左右由澤入開車送您去買東西是嗎？」

「是的。」

「大概花了多久的時間？」

「買東西嗎？我從剛才就一直回想，可是……剛才我打電話給家母，聽說刑警先生來了，我就猜刑警先生應該也會問我同樣的問題，所以我從剛才就一直試著回想，但記得不是很清楚。

因為在去超市之前，我請澤入在車上等我，我還去逛了百貨公司的家具賣場和電器賣場，也看了衣服。

所以花了一個多小時的時間，也許將近兩個小時也不一定。然後我繞到超市去購物，再回到停車場的車上……所以那時候大概是七點吧？後來回家路上還去了電器行。」

「那是為了？」

「拿烤吐司機去修。」

「然後就回家了？」

「是的。」

「由澤入開車？」

「當然呀……」

「那是幾點左右呢？您回到家的時候。」

「七點……多一點吧？」

「七點多一點……百貨公司，您是去哪裡購物？」

「薄野。我都是去那裡。」

「薄野啊，哦……那麼很近啊。」

牛越照例抄下。

「有什麼不對嗎？……」

「沒有……然後，就沒看到澤入了吧？」

刑警的大腦忙碌地轉動。七點多，七點多離開赤渡家來得及嗎——？

「啊？……」

實子一臉納悶的表情。接著仍舊以平靜的語氣，說出重重打擊牛越的話。

「有啊，因為我請澤入幫忙我做飯……」

「請他幫忙？」

牛越為之愕然。犯案時刻正步步逼近，只剩兩、三個小時了，他卻還在札幌，而且是在遠離機場的赤渡家晃來晃去。

「是的。晚飯做好之後，就一起吃飯。」

「吃飯？……那是幾點的時候？」

「八點……不知道呢，一直到快九點吧？我記不太清楚了。」

「快九點？」

刑警終於發出悲痛的呼聲。終究還是重疊了。在犯案推定時刻，澤入卻偏偏和被害者的女兒，而且還是在距離現場數百公里之外的赤渡家的餐廳，吃著晚餐。

「然後澤入就回自己的住處了……」

「對，開車回去了。」

「開車？」

「對，因為我們家沒有其他人有駕照，他把車停在自己的院子裡，我們需要的時候只要一通電話，就可以請他開車過來了。而且那天晚上，他就是去接家母。」

「他去接令堂？」

致命的打擊接踵而至。

「是啊。那天晚上，大平興業的社長夫人請家母去吃飯，回來的時候，就是打電話給澤入，請他去接的。」

「噢……那是幾點的時候？」

「回到家嗎？……我記得好像……」

「不，是令堂打電話給澤入的時間。」

「我想問家母會比較清楚，不過應該是九點半，或是再早一點吧。因為去接了之後，家母差不多是在十點前五分鐘到家的。」

「當然是澤入開車送令堂回來的吧？」

牛越認為自己是在做難看的垂死掙扎。因為此刻，他正站在迷宮門前。

「當然，因為家母不會開車。」

「澤入接令堂回家時，您也看到他了嗎？」

「是的……看到了。」

實子一副「你到底在說什麼？」的神情。

「隔天早上，澤入也照常來嗎？」

「是的，那當然。」

在重重打擊之下，牛越佐武郎喪氣到極點。他完全猜錯了。這樣根本是不可能的。澤入保是清白的。

第五章 消失的列車

1

十月八日上午，澤入保正在整理自己的房間。在這裡住了很久，但離開的時候也快到了。一切都結束了。有什麼必要繼續再拖拖拉拉下去呢？整理好行李，歸還借來的東西，「謝謝這段時間的照顧。我要走了。」這樣就結束了。然後永遠不再踏上這片北方之地。

但澤入卻沒有走。為什麼？——他自問。恐怕自己是在等待。等什麼？多半是在等雪吧。他想看這裡的雪最後一眼再走。

有人敲門。澤入好像觸了電般顫了一下。因為幾乎沒有人會直接造訪這個家。

澤入默默停下整理工作，打開玄關的門。牛越就站在那裡，身上廉價的外套隨風拍打。

「可以進去嗎？」

刑警說。聲音和平常沒有兩樣。

「您一個人？」

澤入問，聲音裡不由自主地帶著意外的語調。

「嗯，」牛越一面脫靴，一面若無其事地說：「費了我好大的勁。」

進屋後，牛越佐武郎一面在上次來的同一個地方盤腿坐下，一面說：

「被你的聰明耍得團團轉。」

澤入靦腆地笑了。

「這兩、三天，我幾乎睡不著，一直在想。零零落落的事實，在南方被安排得非常巧妙。而這些大部分都是靠我自己的雙腿去找來的，所以我就像個捨不得丟垃圾的小氣鬼，沒有捨棄的勇氣。三個行李箱當中，有兩個是從水戶寄出來的，另一個還留在千葉車站。命案現場則是在銚子的三棵松樹。仔細想想，這些實在配合得太天衣無縫了。這裡和南方，就像鍋子和鍋蓋一樣，密密吻合，誰也不會去懷疑。但是，這才是陷阱，是你所佈下的陷阱。有必要重新把一切拆開，重新堆砌。」

「我來泡茶吧。」澤入說。

刑警猶豫了一下，但仍說：

「好，謝謝。」

「好，開始吧，澤入，這是最後一步。」

默默地啜飲了半杯熱紅茶，刑警似乎是在腦中做最後的彙整。然後，他放下杯子，說：

聲音雖然平平淡淡，卻產生了一種以前在牛越身上找不到的威嚴。

「我們從一開始就完全弄錯了。不，是完全被你愚弄了。好比千葉車站的行李箱。我們認為那當然是為了寄出去才會存在投幣式寄物櫃裡，但後來兇手沒有去處理。我們都當作那是準備要寄的。然而並不是。三個行李箱本來就從來都沒有寄出去，完全相反了。不是從關東寄到這裡來的。事情全都是從札幌當地開始的。千葉車站寄物櫃裡的東西，反而是你從這裡拿過去的。打從一開始，你就沒有寄出的打算，本來就是要讓行李箱在那裡被發現。照這樣推論，裝有軀幹和雙腿的第一和第二個行李箱，內容物在東京夫婦和水戶夫婦寄出的行李箱送到札幌的那一刻，就被換掉了。」

「那麼，您的意思是說，是我開車去領行李箱，在帶回這裡的半路上把內容物換掉了？」

「內容物？……嗯，算是吧。」

「什麼時候？當時實子小姐一直都在場，她一步也沒有離開車子。她去寄信的時候，車子也是停在郵筒旁邊。」

「對，她說她在車裡看著你從車站領了行李箱，拿到車子這邊。不僅如此，她還說，從搬進家裡、拆開行李，一直到打電話報警、警察到場為止，東西都沒有離開她的視線。她打電話的期間，是由母親靜枝夫人看著。在電話裡聽她這樣確認的時候，我也很頭痛，因為根本就沒有時間掉換內容物。但是，我總算想通了。不是掉換內容物，而是一開始就連容器整個換掉了。國鐵的貨運和郵政系統不同，不會蓋郵戳。這一點我一直弄錯了。因此，一年前的東西，也能夠假裝成是今年送來的。換句話說，你事先準備好兩個同型同色的行李箱，加工仿舊之後，再把這假的行李箱送還給水戶和東京。而以去年寄來的真正的行李箱裝赤渡的屍體。當然，裝有屍體的行李箱的包裝繩、貼在行李箱上的收件人資料，全都依照去年送來的時候那樣，原封不動。對你來說，最方便的就是，每年寄這兩個行李箱的時候，寫收件人資料用的都是同樣的紙。而且更好的是，這些紙印有直線。也就是說，字的大小、位置都會受到這直線的限制，只要是同樣的人來寫，每年幾乎都不會變。就算給寫的人看，也分不出是去年寫的，還是今年寫的。就這樣，你把屍體裝在貼了去年的收件人資料的真行李箱裡，事先放在車子的後車箱，去領東西。而當你領了兩個從南方寄來的假行李箱，你也同樣放在後車箱。赤渡家的轎車是大型的美國車，後車箱能夠輕鬆容納四個行李箱。而到家之後，你把裝有屍體的那兩個行李箱交給實子。」

牛越朝澤入看了一眼。

「當實子進了家門之後，你便帶著今年寄到的兩個行李箱，趕緊跑出赤渡家。」

「那麼，您是說我雙手各提著一個行李箱，在大白天經過大馬路跑回來這裡？從府邸到這裡，用跑的也要將近十分鐘，來回就是二十分鐘。來不及吧？在實子小姐發覺異常之前，趕不回府邸。再說，也沒有目擊者吧。一路從那裡跑到這裡，不可能一個人都沒遇見。」

「沒有目擊者。所以在這裡我又頭痛了。但是我想起來了，赤渡家旁邊的旁邊，有一塊一戶大小的空地吧？我記得我第一次到赤渡家的時候，因為那個地方還有空地，還覺得奇怪。你把這兩個行李箱先暫時藏在那塊空地。事先挖好洞也好，當場挖也好，反正挖的是雪不是土，應該很輕鬆吧。如果只是到那塊空地，就能趕得及在小姐尖叫之前回去了。當我在一月十四日第一次出動，在車裡漠然看著那塊空地的時候，兩個行李箱就埋在那裡的雪下面吧。你大概是當晚就挖出來，搬到這裡來藏好。用車子來運送，更加不用擔心。因為就像你說的，兩個大行李箱確實是很引人注目。最初，我還想兇手竟然把女兒送來的東西換成屍體，真是愚不可及，但事實並非如此，這是事先預料到我們的反應，為了誤導殺害地點和寄送起點而設計的。你的計畫相當成功，因為我們的注意力完全轉向水戶和東京等地。只是可惜的是，如果南方有更可疑的人，對你來說就更有利了。要是赤渡在外面有女人或是私生子，我恐怕要好久以後才會來這裡了。」

「……」

「再來就是命案現場，銚子三棵松樹旁的那個船塢。假如真正的命案現場是在北方，那麼那就是安排好的、作假的命案現場。這麼一來，赤渡遺留在那個石牆上的排水孔的手痕，還有指紋呢？……想到這裡的時候，我真是佩服你的聰明才智。像我，不，不光是我，所有署裡的人都相信分屍是為了裝箱，也就是為了方便寄送，從來沒想到要去懷疑。但卻不是這樣，根本就不是，是另有更重要的理由。那就是，切下來的手臂，直接就成了指紋印章，是吧？你的頭腦真好，這個殺人計畫實在是精準無比，我真是五體投地。但是，像那種石牆，那種風吹雨打的地方，竟然找得到殘留的指紋，這件事本身就很奇怪。我應該要起疑的。但是，一想到那是自己辛苦找到的證據，不免就產生了敝帚自珍的心態。還有，前天我請人分析了那個船塢的水。水裡不含水銀。」

牛越意識到自己心裡其實有幾分得意。因為無論是東京、水戶、銚子，還是札幌，都沒有人注意到這一點。

「我想到此為止都沒有問題。根據水戶的報告，你是十六日離開這裡，於次日十七日早上到水戶的刈谷家，向刈谷裕子報告這邊的狀況。根據這邊的靜枝夫人的證詞，你是搭和赤渡先生同一班『鳳凰號』出發。而根據刈谷裕子的證詞，你是搭乘『夕鶴十號』於早上七點三十九分抵達水戶。那麼你採取就是和赤渡先生一樣的『鳳凰』接『夕鶴』路線了。接著你前往東京，在同一天下午，也到鶯谷的服部晶子家，報告札幌的狀況。你的這一連串行動都已經查證過了。接著，你到銚子創作了那個行兇現場，然後……」

這時候，牛越發覺澤入嘴角露出了一絲冷笑。

「然後我怎麼了？」澤入說。

「然後你當然是到千葉，把裝有赤渡的頭與偽造過現場的雙臂的行李箱，存進千葉車站內的投幣式寄物櫃……」

「牛越先生，那是不可能的，因為這樣行李箱就會變成十七日才存進寄物櫃哦？那個行李箱應該是十六日起就在千葉車站的寄物櫃裡了，不是嗎？」

牛越雖然沒有出聲，但內心卻忍不住大叫：糟糕！

是啊！千葉車站裝了頭顱與雙臂的第三個行李箱，是澤入還在札幌的期間就存進去的！那麼，他根本就搞錯了。之前那些全都是他自己的妄想，把一些不可能的可能性湊在一起。澤入是清白的——有一瞬甚至腦海甚至先出現了這個念頭。他臉色發白。重來，要從頭重新來過嗎——？

但是慢著，慢著！刑警勉強穩住腳步。東西確實是十六日就存進寄物櫃了。第一與第二個行李箱是十四日抵達札幌的，所以感覺上東西似乎很早就存進去了，但仔細想想，澤入並沒有在札幌一直待到十七日。家人說他搭乘和赤渡同一班「鳳凰號」，所以他可能在赤渡家待到兩點左右，雖然可能是這樣，但雖說他在札幌待到下午，但他在十六日就離開了。並非完全不可能。只要在當天把東西存進千葉站的寄物櫃就行了，反正投幣式寄物櫃營業到晚上十一點。

但是，這樣終究沒有時間去刈谷家、服部家，又到銚子佈置現場——

對了，首先要徹底改變想法。到刈谷家和服部家是十七日的事，這有兩家妻子作證，因此是不可動搖的。行李箱從十六日就存入寄物櫃，這也是確鑿的事實。那麼，就是先到銚子了。

「是先到銚子吧。」

牛越說著，從上衣抽出記事本。

搭新幹線嗎？他先是這麼想。現在已經有東北新幹線了。要到常磐線的水戶，新幹線沒有太大的用處，但如果是一路先到東京的話……

想到這裡，牛越立刻發現自己的錯誤。澤入若真的照其他人所說，是搭乘和赤渡同一班「鳳凰號」的話，這班車抵達函館是晚上七點二十四分，再轉乘十六分鐘後開船的青函渡輪，但是——牛越看著記事本上的筆記內容。這艘渡輪抵達青森是——晚上十一點三十分？人還在渡輪上，投幣式寄物櫃就已經結束營業了。這個走法根本行不通。

「飛機！對啊，你是搭飛機吧？」

牛越不由得大聲說。澤入冷漠以對，不發一語。

火車時刻表最後刊載了詳細的航空班次。牛越從包包裡取出火車時刻表，然後邊翻，邊問：

「你向赤渡靜枝夫人說要從札幌車站搭『鳳凰號』，是這樣吧？你是什麼時候向夫人告別的？幾點離開赤渡家的？」

「兩點左右吧，因為是三點零五分的火車。」

牛越迅速把印有航空班次的那一頁仔細看了一遍，然後找到了。

「嗯，這不是什麼大難題啊，澤入。你多半是叫了計程車，要車在赤渡家附近等，一離開赤渡家就立刻上車，要司機趕路。從豐平這裡的話，和走到地下鐵車站、再搭地下鐵到札幌車站的時間比起來，搭計程車應該可以更快抵達千歲。假使你是快兩點時離開赤渡家的，那麼應該可以在兩點半多，大概四十分前抵達千歲機場。這麼一來，就是這個，就可以搭上日本航空五一四號班機，下午三點整的飛機。下午三點起飛。是不是？這樣就是在下午四點半，也就是四點半到羽田。因為從札幌到東京，飛機只要一個半小時就到了。然後……」

牛越又趕緊翻回時刻表最前面幾頁。

「從東京到銚子要搭總武本線。最好是東京發車的特急，可以省時間……」

牛越彷彿在告訴自己一般，以手指頭在總武線那一頁上搜尋。

但特急的班次不多。四點三十分抵達羽田，三點四十五分由東京開往銚子的「潮騷九號」已經開走了。下一班特急「潮騷十一號」則是傍晚六點四十五分發車。這樣會浪費兩小時以上的時間，不好。

那麼另一條線，成田─鹿島線如何？這條線有四點四十五分從東京發車的「菖蒲七號」。但是這班車在飛機飛抵羽田的十五分鐘後就要駛離東京，趕不上。而且這不是到銚子，是到鹿島神宮的。成田─鹿島線在中途的香取這一站便一分為二，鹿島神宮是其中一條的終點，位在銚子以北。

之後的特急是晚上七點十八分自兩國發車的「菖蒲九號」，這班車也是開往鹿島神宮，也不能搭。

「看來特急銜接得不好。只能搭普通車了……」

牛越雖然這麼說，但總武線的普通列車都是從千葉發車的。要先從羽田到秋葉原，再從那裡換車，才能到千葉。

那麼，成田—鹿島線又如何？這條線的普通車的確是從東京發車的，但全都只開到成田。還是得到中途的千葉換車，而且班次非常少。

「下午四點三十分抵達羽田……先拿總武本線來看的話，能搭到千葉幾點的車？估個一個半小時應該就夠了吧？羽田到千葉。這樣一來，應該可以搭上傍晚六點零四分的電車。然後，七點五十分就會到銚子。你出了銚子車站，匆匆趕往三棵松樹的現場，印上紙紋之後又匆匆趕回來，這樣……要花多少時間啊……」

牛越回想起自己也去過的銚子街頭。從銚子車站到三棵松樹的船塢，有一段遠得令人怯步的距離。五、六公里，不，也許將近十公里。徒步來回的話——他認為要自己徒步來回根本是不可能的，多半要花上半天。

但牛越想，澤入很年輕，他來走的話，若是幾乎一路用跑的，也許單程一小時，來回兩小時就能完成。若拚了命去跑，包括現場佈置在內，來回兩小時——牛越粗略地做了假設。要比這個更短，無論如何都是不可能的。

「兩小時，來回兩小時。你從銚子車站出來，佈置現場，又回到銚子車站，這些是在兩小時之內完成的。這時候你並沒有開車，因此絕對不可能低於兩小時。

兩小時的話，剛才電車抵達銚子是晚上七點五十分，加上兩小時是九點五十分，所以從銚子回千葉的電車……嗯……」

牛越看了銚子的時刻表，不由得低聲沉吟。不順。九點五十分，銚子的最後一班電車已經開走了。銚子發車的最後一班電車是九點三十四分。而且就算能搭上這班車也不行，因為這班車只開到成東，不會到千葉，無法在當天千葉車站的投幣式寄物櫃還在營業時，將裝有佈置完假現場的頭部與雙臂的行李箱存進去。

而且抵達成東是晚上十點四十分，距離寄物櫃結束營業只剩二十分鐘。這樣就算從成東搭計程車也趕不上。

換句話說，無論如何都要搭上前一班電車，八點三十二分由銚子發車開往千葉的最後一班車。這樣就能在十點二十分抵達，可以輕鬆趕上寄物櫃的時間。

這是極限了。看成田線，有一班八點五十分銚子發車的車。但是這還早了七分鐘。時間多一點是一點，還是總武線比較有利。

那麼，從東京到銚子如果是搭成田線呢？下午四點半抵達羽田，那麼，有一班五點零六分從東京發的車。雖然距離抵達羽田只有三十六分鐘，但假設能夠趕上好了。這班車會在傍晚六點二十七分到達成田，就可以轉乘六點二十九分從成田發車到銚子的車。那麼——

不行。到銚子是七點五十五分，比剛才考慮過的總武線還晚五分鐘。這樣就沒有意義了。

這種走法行不通。要從頭再來。也就是，必須搭比下午三點從千歲起飛更早的飛機。

「這樣不行，要從頭來過。你搭的不是日航五一四班機，是更早的飛機。」

牛越忙著翻時刻表，再次回到最後面的航空時刻表。

「比下午三點起飛的五一四班機早一班的飛機，日航的話，是下午一點二十分的五一〇班機，一點二十啊。但是這樣要假裝搭『鳳凰號』有點太早了。那麼就是全日空……嗯，這個！全日空的六二班機，下午兩點三十分的。其他還有東亞國內航空（現日本航空），下午一點二十分起飛啊，再來是傍晚六點二十分，這個不可能。還有一班是日航的札幌飛成田……不過這個一天只有一班，下午兩點整啊，不行。那就是六二班機。全日空下午兩點三十分從千歲起飛，這樣就早了三十分鐘。你一定是搭這班飛機。這一班到羽田是十六點出頭，這樣的話……」

但即使如此，剛才三點四十五分發車的總武線L特急「潮騷九號」，也已經離開東京車站了。如果能搭上這班車就沒話說。其餘的就像剛才看過的，全都是千葉發車的普通車，所以總武線就沒有什麼吸引力了。

那麼成田—鹿島線如何呢？一看之下，有最理想的「菖蒲七號」，四點四十五分從東京發車的特急。

「『菖蒲七號』，就是這個！我可以和你賭，你是從東京車站搭上成田線這班下午四點四十五分的特急。」

但是這班特急不是到銚子的，途中會與成田線分支，開往鹿島神宮。必須從距離分支地點最近的佐原站轉乘前往銚子的普通車。

「菖蒲七號」是傍晚六點十五分抵達佐原，這樣便可順利銜接六點二十一分開往銚子的普通車。要轉乘這一班車。「你是搭『菖蒲七號』到佐原，再從這裡轉乘普通車。好了，這下有意思了。因為這時候還是十六日。這班普通車在晚上七點零九分到達銚子，比剛才想的走法快了四十分鐘以上。飛機提早了三十分鐘，這裡又提早了十分鐘。然後離開銚子車站，到三棵松樹全程用跑的來回，總共兩小時。你完成現場的佈置，回到銚子車站是九點零九分左右……」

「來不及的。」

澤入斬釘截鐵地說。

一點也沒錯。刑警懷疑自己的眼睛。九點零九分雖然可以搭上那班開到成東的最後一班電車，但無論如何都想趕上的往千葉的最後一班車，已經在三十七分鐘前開走了。

本來九點零九分的假設就已經很勉強了。既然這樣的話，何不多留個十幾分鐘，一樣可以趕上九點三十四分發車的車——這樣想才是符合常識。從做計畫的人的角度來看，要趕上前一班車是行不通的。怎麼會這樣？牛越腋下冷汗涔涔而下。

這麼一來，便會質疑徒步來回的假設。也就是說，由於是徒步在銚子車站與現之間來回，才會趕不上。

但眼前的澤入在當時絕對不可能搭計程車，而且不僅是在銚子車站而已。調查幾乎已遍及總武線、成田—鹿島線沿線的主要車站，在一月十六日當天的這段時間，這些車站都沒有帶著行李箱搭計程車的男子。

租車行也一樣。除非向朋友借車，否則至少計程車和租車行是絕對不可能的。而澤入又是個朋友很少的孤獨之人。

怎麼辦——？牛越猛問自己。步行。這一點是不能改的。那麼剩下的辦法只有一個。雖然多少有些勉強，但視而不見，再一次把飛機提前。牛越不說話，但手卻忙著再次把時刻表翻到最後。

搭乘比全日空下午兩點三十分的六二班機更早的班機，也許就可以趕上總武線的特急「潮騷九號」。

有下午一點二十分從千歲起飛的班機！日本航空的五一〇班機。另外還有一班東亞國內航空的班次也是同時起飛，但日航抵達羽田的時間早了十分鐘。

澤入應該是多少冒了險，搭了日航五一〇這班飛機。

「你是搭下午一點二十分起飛的日航五一〇號班機，只有這個可能！」

刑警筆直地看著澤入說。

應該不會錯。牛越相當有把握。這是邏輯思考導出來的結論。澤入沒有共犯，而十六日晚上，他也沒有搭計程車或租車。這麼一來，就只有這個可能性。

如果澤入沒有搭乘五一〇號班機，在時間上便不可能在十六日將行李箱存入寄物櫃，澤入是兇手的論點就會被徹底推翻。

「您要直接……向夫人確認嗎？」

澤入說完，把電話推向牛越，隨手拿起聽筒遞給他。

牛越猶豫了一下，但定了定心，以緊張的手指撥了赤渡家的號碼。聽筒馬上傳來靜枝的聲音。

「赤渡家……」

「啊，我是札幌署的牛越。不好意思想向您請教一下，您說一月十六日澤入保搭乘『鳳凰號』，那麼他是幾點離開府上的呢？」

「澤入嗎？一月十六日嗎？」

靜枝驚訝地說，似乎相當迷惘地沉默了片刻。

「已經是很久以前的事了……也許您已經忘了……」

牛越說。他倒寧願她忘了。

「我想應該是滿早的……」

刑警再次說。不禁把願望說出口。

「啊，對對對，我想起來了。」

結果靜枝竟這麼說，牛越屏住了氣。

「嗯，當時我狀況很不好，躺在床上，一直盯牆上的鐘看。澤入要回東京那天來向我道別，我記得他走了不久，就響起兩點的鐘聲。」

「兩點？」

刑警不由得驚聲說。

「兩點？這個……您確定嗎？我是說……」

「確定，我現在清楚地想起來了，我很確定。」

「不會是一點……」

「那是絕對沒有的事。當時我和澤入聊了一會兒，我還記得邊聊邊看鐘，時間是一點四十分左右。所以我想他走的時候，應該是兩點的五分鐘或十分鐘前。」

牛越一陣茫然。兩點前五分還在赤渡家，當然不可能搭上一點二十分起飛的飛機。不僅如此，就連剛才想的兩點三十分的全日空六二班機也搭不上。從赤渡家到千歲大概有三十公里吧。就算路上沒車，開得再快，因為有雪的關係，最少也要花三、四十分鐘。而且依照機場的規定，乘客必須在飛機起飛前二十分鐘抵達。

換句話說，他只能勉強趕上最先考慮的三點起飛的日航五一四班機。兩點前五分離開赤渡家，跳上事先叫好的計程車，在下雪的高速公路上飛馳四十分鐘，抵達千歲機場的時候是兩點三十五分，勉強趕上五一四號班機起飛前二十分鐘，兩點四十分。

回過神來時，牛越已經放下聽筒，眼前是澤入面無表情的臉。

2

牛越佐武郎當了將近三十年的警察，決心要冒一次空前絕後的大險，才會隻身來到澤入家。他還沒有向任何同事提過自己推理出的結論。

理由之一是他想在一般對話中聽澤入說明犯案動機，而不是在冷清的偵訊室逼供。而且，牛越總覺得欠了這名青年一份人情。他能夠做出這番推理，都要歸功於澤入的一句話。如果他沒有那麼說，也許牛越就不會發覺了。因此刑警打算以這種做法來還這份人情。

但是，此刻牛越卻狼狽萬狀，下不了台。由於是獨自做出的推理，果然不夠周全，有意想不到的漏洞。

這是意外的難題。他本以為除了動機之外，已經解開這次命案的所有謎題，但他太自滿了。在陷阱巧妙的誘導之下，他絆住了一條腿，終於無法再向前一步。也許澤入保會隨時在他眼前站起來，說聲告辭，便翩然南下。

即使如此，他也無話可說。十六日下午將近兩點還在札幌的澤入，在銚子做完佈置之後，還要在當晚十一點以前抵達千葉車站，這在時空上是不可能的。被識為刑警的空想也只能認了。

要是他就此走避海外，將來辦案的困難可想而知。而這一切的窘態，都要歸咎於牛越佐武郎的自以為是。這是足以減薪的過失。

牛越體內不斷湧出冷汗，滿腦子淨是無盡的懊悔。

但是，這怎麼可能！他在內心大喊。所有的狀況證據都指向澤入，除了他沒有別人。詭計！一定是詭計！自己剛才歸納出來的走法當中，一定有詭計。除了重新推論，別無他法。冷靜！——刑警用力告訴自己。在這種狀況下，勝負就看能不能保持冷靜。

澤入在十六日下午兩點前五分或十分還在札幌的赤渡家。這已經是確定的了。這麼一來，澤入必定是搭乘下午三點自千歲起飛的日航五一四班機。而這班飛機於下午四點半抵達羽田機場，到這裡都是確定的。接下來，接下來就有詭計了。

「現在已經確定你是搭三點從千歲起飛的飛機，所以四點半抵達羽田也是確定的了。問題是接下來。」牛越說：「四點半在羽田的話……五點零六分從東京發車，唔，這是成田線的快速……不對，這個要在成田換車，所以到銚子是七點五十五分，那麼搭六點四分從千葉發車的總武線普通車還比較快，這班會在七點五十分到銚子。錯不了，就是這班。你搭六點四十分千葉發車的總武線普通車。從羽田到千葉，一個半小時應該到得了……」

「刑警先生，請等一下。」

澤入舉起右手打斷他。

「這樣推論太粗略了，實際上是不可能的。」

「怎麼說？」

「從羽田到千葉，一半小時是到不了的。您想想看，飛機和電車不同，不能帶大型行李箱入座。隨機行李最重不能超過五公斤，大小不能超過四十五乘三十五乘二十公分。那個行李箱是不能隨機的。這麼一來，到了機場之後，就必須等託運行李送出來。這段等行李的時間，從飛機抵達算起，必須預留二十分鐘左右。接著要走到單軌電車車站。這其實滿遠的，要十分鐘左右。然後是搭單軌電車，雖然到濱松町大約只要十五分鐘，但還必須考慮等車的時間。這班單軌電車是每十分鐘一班，也可能會遇上到站車剛走的情形。到達濱松町之後，到山手線的月台大約要五分鐘。然後……時刻表請借我一下。」

牛越把時刻表遞給他。

「這裡有所需時間。從濱松町到秋葉原要十到十一分鐘。在秋葉原轉乘總武線……秋葉原到千葉，照這裡寫的是五十分鐘。加起來總共多久？二十分鐘、十分鐘，不用等車的話單軌電車十五分鐘、五分鐘、十一分鐘，假設在秋葉原不用等車，換車也要三分鐘。再加上總武線的五十分鐘，總共是……一小時又五十四分鐘，將近兩小時。一個半小時是到不了的。而搭單軌電車到濱松町的時候，距離下飛機已經過了四十五分鐘，所以是趕不上您剛才說的、三十六分鐘之後從東京車站出發的成田線普通車。也就是說，這樣計算的結果，不管是傍晚六點零四分千葉發車的總武線電車，還是五點零六分東京發車的電車，都趕不上。」

澤入說完，把時刻表還給牛越。牛越再度受到打擊。他擠出剩下的氣力，查看時刻表。

照這樣說——澤入只能搭再晚一班的車，六點四十五分由千葉發車的這班總武線普通車了。成田線再晚一班是六點零九分離開東京，但這樣抵達銚子的時間比總武線晚了將近一個半鐘頭。那麼應該是總武線吧。

「這麼一來，你應該可以搭上六點四十五分千葉發車的總武線普通車……」

牛越無力地說。

的確，這是一條確實的路線。但是這樣的話，抵達銚子是晚上八點二十四分。回程時無論如何都必須搭的那班往千葉的末班車，從銚子開出來是——牛越以手指頭劃過去，頓時為之愕然。八點三十二分？能夠待在銚子的時間竟然只有八分鐘！這樣豈不是連離開銚子車站都成問題嗎——？

牛越幾乎不知該如何是好了。這樣就算開車也不可能。無論是多快的交通工作，都無法在八分鐘之內來回銚子車站與三棵松樹。第一現場的佈置工作至少就得花上將近八分鐘吧。

隨著狀況越來越明確，這個想法的不可能性也越來越強。到了這一刻，幾乎等於是被斷定為不可能了。

澤入向左側牆上瞄了一眼。那裡有一個小型書架，上面放著鬧鐘。指針指著上午十點二十八分。

牛越額頭冒汗。澤入好像隨時都會站起來。牛越心臟狂跳。

牛越從包包裡取出地圖。事後想起，他每次都感到匪夷所思，不知自己當時為何會把地圖拿出來。這個行為完全是出自於下意識。那是銚子的地圖。把地圖放在膝上時，手竟然在發抖。

牛越這麼做，並不是因為有什麼想法。他已經先拿出了記事本，又拿出了火車時刻表，最後終於連地圖也拿出來了。就好像考試前猛抱佛腳的考生。若當時有人看到，想必是一副滑稽可笑的光景。但牛越真的豁出去了。

他首先發狂似地瞪著銚子市看。心裡產生了自嘲的情緒：真是死不認輸。眼睛隨著利根川溯河而上，可笑的是，眼前竟然閃過辭呈的封面。

鐵路沿河而行。就在這時候！牛越佐武郎不由自主地叫道：「喔喔！」有生以來，他第一次感謝上天。心想，老天爺可憐自己了！

「我明白了！原來如此！」

另一邊，澤入則是完全沉靜，動也不動。

「我一直想著銚子，真是太愚蠢了！」

刑警說完，喘了一口氣。看得出他臉上恢復了生氣，最後還露出笑意。

「其實根本沒什麼。我竟然會忘了這麼簡單的事！

我只在銚子車站上下車過，一直以銚子車站為中心來想。但是，那個三棵松樹的假現場，距離前一站松岸車站比終點銚子車站近多了！從地圖上看，不就在旁邊嗎？」

初次到三棵松樹現場那天早上聽到的火車汽笛聲，鮮明地在牛越耳中響起。

「你就像我一開始想的，是搭日航五一四班機來到東京。然後沒有搭乘『潮騷』那些特急，而是去搭各站停車的普通車，所以火車當然會停松岸。你搭的是傍晚六點四十五分千葉發車的總武線普通車。而這班車到松岸是……」

牛越再次拿起時刻表，手指沿著六點四十五分千葉發車的火車往下滑。

「八點十九分！八點十九分到松岸。然後從這個車站到現場，從地圖上看，用走的頂多十分鐘。動作快一點，二十分鐘就能來回了吧。再加上佈置的時間五分鐘是二十五分鐘，你在松岸車站下車，到現場把事情做完，二十五分鐘之內應該趕得回松岸車站，也就是說……八點四十四分回到車站。這樣的話……」

牛越宛如在數字的洪流中搏命一般，游回了開往千葉的末班車的地方。那是八點三十二分由銚子發車的普通車，每一站都停，因而也會停靠松岸。要是這個時間趕不上，就真的絕望了，沒有其他的方法，再來就只有寫辭呈了。

手指找到這班電車由銚子發車的時間，二〇三二，再下面就是下一站松岸開車的時間。四六！二〇四六！八點四十六分，來得及！肩膀鬆下來了。牛越失神了片刻。

「來得及……澤入。」

刑警低聲對兇手說。心想，這下總算能夠繼續下去了。

沒想到竟有這支伏兵。結果意外繞了一大圈。

「搭這班電車，就能在十六日當天把行李箱存入千葉車站的投幣式寄物櫃。因為這班電車會在晚上十點二十分，十點二十的時候抵達千葉，要趕上十一點綽綽有餘。」

就這樣，牛越突破了一道艱苦的難關。

「一開始，我們不明白裝有頭和雙臂的第三個行李箱為什麼會出現在千葉，認為大可在東京或水戶出現。但這樣我就明白了。你做完偽裝工作之後，在十一點之前到得了的、離銚子最遠的場所，就是千葉。」

澤入的表情比之前更僵了。從他的嘴裡，再也聽不見一句反駁的話。

「好了，這個問題討論到這裡就夠了吧？澤入。你遠征銚子後回到千葉，把行李箱放進車站內的投幣式寄物櫃的那一刻，當然是在十六日的晚上十一點之前。你本來要搭的『鳳凰號』當然已經抵達函館……」

牛越又看回記事本。

「『鳳凰號』是晚上七點二十四分抵達函館，然後轉接七點四十分出發的渡輪。這艘船會在十一點三十分抵達青森，所以當時你的幽靈正坐在渡輪上，駛入陸奧灣深處。實體的你則直接在千葉車站附近某個地方過夜……」

他又打開時刻表：

「恐怕是這個吧，開往東京的頭班車。五點從千葉發車，抵達東京是五點四十五分。然後搭山手線到上野。接下來……」

他忙著翻到常磐線那一頁。

「搭七點的L特急『常陸一號』。你大概是搭這班車吧。這班車會在八點二十一分抵達水戶。然後載著你的幽靈的『夕鶴』……」

刑警這次去翻自己的筆記。

「『夕鶴十號』正好從反向過來。你就能假裝你下了渡輪之後，在青森轉乘的這班車，於七點三十九分抵達水戶。」

牛越放下筆記，又拿起時刻表。

「反正刈谷裕子不會到月台來迎接，完全不必擔心。」

一面說，牛越一面翻時刻表。打算確認一下常磐線上行的『夕鶴十號』。因為這個案子，他翻時刻表已經翻得很熟了。

「這班車啊，『夕鶴十號』，赤渡也搭過，是七點三十分鐘抵達水戶……咦？這是怎麼回事！原來幽靈不止是你，這班車也是幽靈！」

由於不明白這句話的意思，澤入彈也似的抬頭看牛越。

「走到這一步，運氣終於轉向我這邊了。看來，你並沒有仔細查過時刻表。大概是每年赤渡先生都搭，今年一月也搭過，你就以為一定有而放心了吧。你看看這個。下了渡輪後，你應該銜接的『夕鶴十號』，到處都找不到。這班車現在已經改為季節列車了。青森發車的，只有從十二月二十六日到一月十日這段期間行駛，其他時間都是停駛的。」

澤入搶也似的拿了時刻表，然後默默盯著看。

「多半是因為新幹線通車之後，在這次的調整班次之後才改的吧。你真該好好調查的。赤渡是一月五日搭這班車的，剛好是行駛期間。這下就能證明你沒有搭這班車了。」

的確，沒有比這更有說服力的證明了。

「好，再來就是推測赤渡雄造先生一月八日的足跡，還有你的足跡，以及你所做的事。八日下午兩點五十五分，還在銀座、有樂町的赤渡先生，推測應該是在當晚在札幌遭到殺害，而兇手卻在札幌沒有動，那麼就是把死者叫回來了，而這麼一來，死者當然也是搭飛機。有樂町到羽田其實不遠，甚至可以說很近，因為濱松町和有樂町之間只有兩站。三點多離開有樂町，就算有登機手續等等麻煩，但應該能搭上四點半左右的班機。這班飛機，多半是你事先從札幌打電話訂位的吧。這時候要把赤渡先生叫回來的藉口，只要撒個謊說靜枝夫人出車禍受重傷之類的，就夠了吧？這樣他一定會拋下川津家，匆匆飛回札幌。你是怎麼聯絡上赤渡先生的？我相信這事實上是不可能的。但如果事先說好由赤渡先生打電話給秘書，那就簡單了。是不是這樣？你們約的時間是八日下午三點。而你請赤渡不要打到赤渡家，而是打到你這裡，也就是打這支電話。我問過靜枝夫人，你在八日下午兩點半過後，說要去喝個茶而離開了。過了四、五十分鐘之後再回來。我想，你就是去等這通電話。當時，你回到了這裡，然後透過這部電話和赤渡先生聯絡上。然後，照這張航空時刻表，那個時間的飛機……有日航三點四十五分從羽田起飛的一班，和全日空四點四十分起飛的一班。三點四十五分起飛的恐怕沒辦法，時間上太趕了，所以是全日空的六七班機，四點四十分，我想應該是這一班沒錯吧。怎麼樣？」

澤入這回仍然沒有說話，也沒有點頭。

「好，接下來才是重點。赤渡先生抵達千歲機場時，當然必須由你開車去接。就要看這個時間點，和你在札幌的行動是否能夠吻合了……首先赤渡抵達千歲，這是……上面寫的六點零五分，下午六點零五分。你應該能輕鬆趕去接人吧。八日，這天你載著實子，陪她到薄野去購物。但一問之下，你只是接送而已。由於你們是四點左右出門的，有十五分鐘，應該就到得了百貨公司了吧。接下來據說你就是在停車場等小姐離開百貨公司而已，所以這段期間你可以自由行動，只要在小姐回來之前回到停車場就行了。四點十五分從薄野出發，要在六點零五分前到千歲，時間上非常充裕，所以迎接方面沒有任何問題。問題是回程。據實子小姐說，她在百貨公司閒逛，在超市買了東西，和你在停車場會合是七點左右。你到機場接了赤渡，他當時沒有帶行李箱，應該立刻就能離開機場，但就算六點十五分就能出得了機場，但從那裡直奔薄野，在時間上很緊湊。換句話說，你沒有時間在這當中殺害赤渡先生，再把他藏起來。讓我頭痛的是這一點。不，不是這樣。當時，那段時間還不到赤渡的死亡推定時間。於是我首先想到，你一定是讓他在哪裡等。但是，這就奇怪了。赤渡是以為發生緊急狀況才飛回來，不可能會悠哉地在某處等。當時我便想到赤渡先生後腦勺的傷痕。你打了赤渡先生的後腦，讓他昏過去，再暫時把他藏起來。當初，我以為是靠近機場的某處，但是這樣的話，你沒有時間事後再來。也就是說，那是在……車子的後車箱！」

澤入默默聽著。

「在這件案命當中，赤渡家的車是大型美國車、後車箱很大這個事實，始終扮演了很重要的角色。之前換行李箱，要是沒有這個後車箱多半也辦不到吧。你是在從機場回來的路上，把車子停下來做了這件事的。你把他打昏，然後綁住他，嘴也塞住，然後藏在車子的後車箱裡。然後你回到薄野，接了實子，若無其事地開著其實也載了她父親的車，載她回家，幫忙準備晚餐，從容地吃過飯，然後開車回到這裡。根據實子小姐的證詞，那時候是九點左右。赤渡雄造的死亡推定時間是八點到十點之間。而這之後，赤渡靜枝據說是九點二十分左右打電話給你的，你立刻就開車去接夫人，回到這裡是十點左右，會超出死亡推定時間。所以事情應該是這樣，你是在吃過飯從赤渡家回到這裡的九點，到電話打來的九點二十分之間的這二十分鐘，殺害赤渡的。這麼一來，地點自然而然就浮上檯面了。就是這裡。因為照理說，除了這個房間，別的地方都不可能。怎麼樣？有錯嗎？不會錯的。事情恐怕就是這樣吧。但是，八日當天，我想小姐要是叫你陪她進百貨公司買東西，你打算怎麼做呢？不過我猜，實子小姐大概總是那樣吧，你憑經驗知道這一點。所以就算小姐臨時說要去買東西，叫你開車，你也算準了有時間到機場去。關於搭飛機這一點，這和火車不同，乘客的姓名會清清楚楚地留在名單上。也許你用了假名，但赤渡先生沒有理由這麼做。只要派人去找，一定很快就能找到鐵證。不過還沒這麼做就是了。」

「為什麼不這麼做？」

「你一定要我說嗎？澤入。理由很簡單啊，因為要是那麼做，就非得申請拘票不可了。那就不能只藏在我一個人心裡。這麼一來，你就無法自首了。」

澤入保的表情似乎抽動了一下。他顯然為這句話感動了。但是他又說了：

「還有一點……可是還有一點，有一個令人不解的大問題還沒有解決，不是嗎？赤渡先生是喝了銚子的、利根川的水而死的，不是嗎？」

刑警緩緩點頭。

「沒錯。其實，最開始，而且也是最令人不解的，就是這一點。我沒有和札幌署的同仁提過，但是和東京的一課的朋友倒是常常談到這一點。而他曾經說過一句很有趣的話。『既然這樣，就非得把利根川搬到札幌去了』。這下我總算想通了。赤渡雄造一定是在札幌，而且就是在這裡、這個房間裡被殺的。因為不這麼想，所有的線頭都接不上。這麼一來，答案就只有一個：把水運過來。就只能這樣想不是嗎？」

牛越說到這裡，頓了一下，似乎不勝驚歎。

「這也讓我大為驚訝。這和指紋一樣，我真的要對你的聰明才智致敬。說到要溺死一個人的水量，任誰都會以為要一個游泳池那麼多。而這就是盲點。如果只是要溺死的話，只要制住身體，一個水桶的水就夠了。但是，就是很難想到這裡。一個水桶的水。」

「需要兩桶。為了浸泡衣物，還需要一桶沒有被血液和唾液污染的水。」

「原來如此……你的腦袋和我這種人大不相同。如果我是你，一定會忍不住想向人炫耀自己想到的點子。是嗎？兩桶嗎？……如果只是兩桶的量，分幾次一點一點帶來，總會存到的吧。雖然一直到最後，我還是不知道你是用什麼裝水的。總不會是杯子，又不能裝在水桶或臉盆裡搭火車。是用塑膠袋還是什麼？」

這時，澤入閉上了雙眼。

「是水壺，我父親留下的遺物。」

當他緩緩地說出這句話時，牛越佐武郎首次從他的表情當中，看見深深的悲痛與憎恨，以及這兩種感情如何扭曲了他的精神。

他再次睜開的眼中，射出了殺人犯的眼光。原本就像深藏在刀鞘中，此刻瞬間出鞘，精光四射。而那便是這名乍看之下穩重溫和的男子堅強的意志力。

而牛越佐武郎認為，他從「水壺」這兩個字，聽到了命案的一切。

終章　父親喝的水

1

「您一定很想知道我為什麼要殺赤渡先生吧。」

澤入開口了。

「我的確很想知道。我就是為了這個，才冒著丟飯碗的危險來的。這樁命案，幾乎是我……唔，應該可以說是頭一次吧，是我頭一次打從心底熱切偵辦的案子。警察這一行我幹了將近三十年，卻還是想不出其他類似的經驗。我從來沒有像這次這樣，如此慶幸自己是個刑警。雖然痛苦，卻也樂在其中。所以，我不願意讓任何人來結束這個案子，我想一個人獨占。我之所以會這麼想，是因為你看起來實在不像個會殺人的人。別看我這樣，因為工作的關係，我至今接觸過很多殺人兇手，卻沒有遇見過像你這樣的。一定是有什麼重大的原因吧？請你無論如何都要告訴我，就是現在，仔細從頭說起。到了現在，那是我唯一一個解不開的謎團。」

澤入忽然露出苦笑般的微笑。那已經不再是殺人犯的笑了。牛越感覺好像很久很久沒看到他這個笑容。

「其實您用不著這樣為我說話。無論理由是什麼，我都是殺人兇手，除此之外什麼都不是。我甚至像玩遊戲般享受這次犯罪。在解釋理由之前，剛才刑警先生所說的事情當中，我想有幾個細節我必須補充一下。不過，大致的情形當然就像牛越先生剛才說的那樣，沒有任何出入。真是令人佩服。」

牛越總覺得這話聽起來很諷刺。一瞬間，過去的十個月匆匆在牛越腦中奔流而過。

「不過有幾個細節，好比我把赤渡先生騙回札幌的方法，稍微有點不同。其實，一開始我也考慮過，以夫人或實子小姐生了急病或發生車禍做為藉口。但是可想而知，赤渡先生一定會問是哪家醫院，而就算我謊報了醫院的名字，也沒有辦法叫赤渡先生不要打電話過去。而且，他當然也會打電話回家。於是，我決定說是實子小姐遭到綁架。赤渡先生在札幌好歹是個知名人士，這是十分可能發生的，而且這樣我就能說，夫人因為歹徒打來的電話，對電話鈴聲變得非常敏感，所以夫人希望他不要打電話，盡快趕回來。再加上我又說，歹徒宣稱報警就要撕票，所以知道這件事的目前只有我和夫人兩人。這麼一來，就不必擔心赤渡先生會打電話給警方了。我說，希望赤渡先生回來指揮大局，請他盡快趕回來。飛機方面就像您說的，是全日空四點四十分從羽田起飛的六七班機。我告訴赤渡先生我已經訂位，請他立刻趕往羽田。我說，刈谷家和服部家，以及赤渡先生說接下來預定要去的川津家，我會編造適當的藉口，打電話過去，然後問了川津家的電話號碼。赤渡先生極為震驚，所以輕易就把這些事交給我辦了。我事先就知道有四點四十分和三點四十五分的班機，所以約三點做為電話聯絡的時間，對我來說其實不太理想。這是因為，約好電話聯絡一般都會晚個十到二十分鐘，這樣就趕不上三點四十五分的班機了。話是這麼說，四點四十分的又間隔太久，我怕他在機場會因為時間太多，打電話給川津先生或晶子小姐等人。雖然後來實際上這種事並沒有發生。所以，三點四十分左右，不然就是兩點四十分左右來電是最理想的，這樣就不會多出太多時間了。但是三點是赤渡先生指定的，我也不能要求他把這個不早不晚的時間改掉。後來實際打來，是三點零八分的時候。再來就是，雖然我預期赤渡先生會說電話聯絡時要打到家裡，而不是這裡，但沒想到赤渡先生主動問我是要打到家裡，還是打到我這裡。我心中暗想真是天助我也，便說因為資料在這裡，請打到我這裡來。我也考慮到，如果打到家裡，就算我順利接到電話，萬一那時候實子小姐就在旁邊，說她要和父親說話的話，那就只好放棄這個計畫。」

這時牛越心想，那不是比較好嗎？但又想，就算這次放棄了，這名青年也會用別的辦法下殺手吧。

「我和赤渡先生通完電話，回到家裡。到了四點左右，實子小姐說要去買東西，要我開車的時候，我還以為計畫失敗了。但我馬上又認為也許這樣更好。因為小姐買東西時，總是會讓我在車上等兩個小時左右。若是順利的話，時間剛好夠我跑一趟機場。但是，考慮到飛機抵達的時刻，時間實在不夠我下手，但是不下手，麻煩可想而知。話雖如此，我又不能簡單地把赤渡先生勒死或刺死，我有不能這麼做的理由。無論如何都必須把他淹死，這一點是早就決定好的。我絞盡腦汁，臨時想出那個辦法。」

「本來你準備怎麼做？」

「我本來準備說朋友突然來札幌，想借車借到晚上八點。我從來沒有為了私事借過車，所以我想一定能借到。」

「然後呢？」

「我打算從機場直接把赤渡先生帶到這裡，立刻下手。我事先就知道夫人晚上受邀到大平家用餐，因此必須在接到電話之前結束一切工作，所以這裡的準備在早上就已經完成了。」

「擺了兩桶銚子的水？」

「是的。就放在那邊玄關的地上。」

「你用銚子的、利根川的水，畢竟是有你的含意吧？」

「當然。」

「是那次漁船翻覆意外吧？昭和三十一年三月四日的。」

「是的……我想您都調查過了。誠如您的推測，我的父親澤入幸吉當時是銚子北小學的教師。瘦得像鐵絲的身體穿起長褲像是掛著兩個鬆垮垮的袋子，透過滑落到鼻頭的眼睛看學生，說起話來嗓音又高又尖，是個非常不起眼的鄉下教師。但是，我是多麼深愛這樣的父親，我想就算用盡所有的言語來形容，也無法令別人了解吧。昭和三十年前後的日本，現在想起來，離奇的意外多得令人懷疑是否中了邪。尤其是船難特別多。」

牛越不禁點頭，認為澤入說的一點也沒錯。昭和二十九年發生的慘事，不只洞爺丸一樁。首先是七月，西日本因為大水災，造成多人失蹤和死亡。進入八月之後，五號、十二號、十四號、十五號大颱風接連登陸，在在造成傷亡，而十五號颱風更造成了九月的洞爺丸船難。

當時在函館灣沉船的不只洞爺丸一艘。第十一青函丸、十勝丸、北見丸、日高丸這四艘也沉了，五艘船的罹難者總計達一千四百三十名，人數之多，足以與鐵達尼號比肩。

而且這一年十月，在相模湖也發生遊覽船沉船意外，船上所載的遠足的國中生有多人罹難。而緊接著次年三十年又發生紫雲丸船難，死者多達一百六十八名。這些牛越都還記憶猶新。新聞影象的黑白畫面，至今歷歷在目。

「在我小學三年級第三學期期末發生的那次船難，和洞爺丸與紫雲丸比起來，規模當然小得多，但我一直認為那也是那個時代詭異的氣氛所造成的意外事故之一。我是在銚子出生長大的，雖然進了銚子北小學，但一開始對於進入自己父親任教的學校非常排斥。因為那是鄉下，人們都愛說閒話。經常會有人以澤入老師的孩子的眼光來看我，成績要是不好，不知道會被說得多難聽，但要是太優秀，又會說是父親在家特別教導。可是那時候卻也沒有什麼不好的回憶。近海的城鎮對小學生來說，其實還挺不錯的，環境很好。只不過那算是地方上的人情嗎，當地的人表面上雖然單純善良，背地裡卻交頭接耳，不知道在說些什麼，那種感覺我無法適應就是了……好像扯到不相干的地方去了，沒關係嗎？」

「好得很！當然沒關係，我很想聽。」

「可是父親對於這種事情完全不以為意，在家裡也不會對我這個兒子特別輔導。其中一個原因是，小學低年級的我成績不錯，但其實最重要的原因是，父親在學校裡的存在並不顯眼，用不著那麼在意體面。上了三年級，我才被編到父親的班級。為什麼會這樣，我也不明白，我記得父親也很驚訝。在我之前，我哥哥也是就讀於北小學，但從來沒有被編到父親的班級。那時候，我對身為教師的孩子已經沒什麼感覺了，但是這只是因為我習慣了在走廊上看見父親，對於父親在某個教室上課這件事，卻不太能想像，我也不會去想。所以到了新學期的第一天，我還記得終於要聽父親講課的那一刻，我既緊張又期待。從走廊走進教室站在講台上的父親，和在家裡榻榻米上滾來滾去的父親完全不同，一開始我畢竟感到驕傲。就像看著舞台上的演員，感覺架式十足。

但是，父親的第一句話，高亢尖銳又走調，簡直不知道是從哪裡發出來的，讓我嚇了一跳。那是在家裡沒聽過的聲音，我想，畢竟是因為緊張的關係吧。而且更糟的是，父親的雙臂頻頻做出好像在游泳似的，或者好像在抓牆壁似的動作。一開始大家都愣住了，但一群頑皮的孩子笑起來，大家也跟著笑，最後不管父親說什麼都被笑。然而父親卻一點也不明白大家在笑他什麼。後來有好一陣子，大概有幾個月吧，我一直被班上同學取笑，說我是水蜘蛛的兒子。一聽之下，我也覺得很有道理。的確，父親上課一認真起來，雙手便像滑水一般猛揮，身體又瘦巴巴的，再加上戴了一付圓眼鏡，是很像水蜘蛛。我沒想到父親上課是這個模樣，對父親說過好幾次，叫他千萬別再做那個動作。父親雖然說知道了、知道了，上課的時候也看得出他盡力克制，但在課堂上講課一投入，無論如何還是會做出那個動作。甚至有同學上課時在筆記上計算有多少次，而且還有人拿這個次數來打賭。再加上父親身體看來瘦弱不堪，不知為何卻只有頭髮特別硬，都已經上了不少髮蠟了，後腦那一塊的頭髮卻仍然直挺挺地豎起來。父親穿著風一吹來就會隨之拍打的長褲，有時腰上還掛一條手巾，形成一種浮游般獨特的姿態。每當看見父親在走廊等處走過，就連身為兒子的我有時候也會忍不住笑出來。父親儼然成為銚子北小的名人。雖然父親好像是為了被人取笑而生，但他的個性卻和喜感十足的外表相反，非常認真。他從來不罵學生，所以大家一開始當然不會把他放在眼裡，但漸漸認識父親之後，就不再取笑、輕視他了。現在大家經常談論校園暴力，但對我來說，那實在是難以置信。我們小時候那個時代，所有學生為了削鉛筆，鉛筆盒裡都會有一把小刀，但是卻從來沒有聽說過有誰拿刀傷人。當時畢竟也是有對教育異常熱中的媽媽，也有情緒失控、病態的霸凌小孩，也有補習班，只是沒有現在這麼盛行而已。我想根本上還是相同的。那時候大家都很窮，尤其像銚子這種漁村更是如此。孩子生病請假在家，父母親還是工作到深夜的例子並不少見。像我們敬而遠之的霸凌小孩的父親，是個不務正業的賭徒，也有女同學家裡是開娼寮的。父親把所有學生的家庭背景一一記在心裡，放學後，無論這孩子的父母在什麼地方，只要有必要他都去。他曾經為了見當流氓的家長而闖進賭場；到獨自在家生病的孩子家照顧到很晚才回家的事情，更是司空見慣。現在的學校有這種教師嗎？我想絕對沒有。有的話，每年也不會有幾百個國小、國中、高中的學生自殺了。直到今天，我仍以一介小小鄉下教師的父親為榮。關於三月出事的那一天，學期已經快結束了，所以不管是我們學生還是家長，都對那次遠足頗有微詞。但是因為漁會等等的來說，大概是那天最方便吧。那次遠足是父親策畫的。父親因為興趣，對銚子的鄉土史也有研究，大概因而認為必須培養孩子們對漁業這個職業的興趣和憧憬吧。因為畢竟當時就有青年離鄉的現象了。可是，現在的我認為，當時父親其實也被教師同事排擠，雖然我是在事隔很久之後才發覺的。如果是現在，我也很能理解。雖然名為教師，其實也都是領薪水的上班族，有一個像父親一樣異常熱心的同事，想必不是一件愉快的事。因此，也有人在家長之間說父親的不是。那天是陰天，雖然陽光有時會從雲縫中透出來，但是冷冷的，感覺不是個好日子。參觀完漁市場和冷凍倉庫，漁會會長之類大人物無聊的致詞也聽完了，終於輪到我們最期待的，乘漁船遊港外一周了。我們吃完便當，在海岸邊喝著水壺的茶。父親也和我們坐在一起。班上同學常跑去向父親要茶喝。父親為此特地從東京買大水壺回來，遠足的時候一定會背去。裡面的茶是母親當天早上泡的，我的水壺裡也裝了同樣的茶。我們就這樣喝著茶的時候，聽到別班的老師叫父親，父親便發口令要我們整隊，帶我們到碼頭。然而一到碼頭，竟發生了意想不到的狀況。有一個好像是漁會的人，膚色黝黑、頭上綁著手巾、胖胖的，和另一個打著領帶、穿著西裝的人，這兩個人站在一起，再加上父親以及另一位老師，四個人之間不知為何開始爭執。學生們都毫不關心，但我因為父親也在裡面，所以悄悄到隊伍最前面，在旁邊聽。他們談的是，當初說好要提供十艘的漁船，卻出了差錯，只能提供五艘。父親和另一位隔壁班的老師問起事情為什麼會變成這樣，這是我事後才從母親那裡知道的，原來當天正好有水產廳的漁船安全檢查。父親當時說，可是這件事很久之前就談好了。這也是當然的吧。但是綁手巾的人卻有理說不清。總之，他似乎是沒有和所有人討論清楚，就隨便答應了。父親不肯讓步，說這樣我們很為難。我們當時正好是嬰兒潮，一個年級有十班之多。對方只能出五艘船，就算跑兩輪，每艘船也必須要載五十名以上的學生。照父親當初的預算，是十艘船兩輪，一艘各載二十五名。父親說，既然這樣，就只好改成四輪，請漁船跑四趟了。等活動結束可能天就黑了，但那也是沒辦法的事。但是綁手巾的，還有不知道為什麼，連打領帶的也對父親的這個意見一笑置之。表示出船四次是不可能的。回想起來，那個綁手巾的雖然答應了，但到了當天一看，就覺得是在陪小孩子玩。他顯然只想早早結束這個活動去喝酒。而時髦的打領帶的，則是以口條極其清晰的東京腔，笑著說：『你是不是把這裡當作遊樂園啊？』那一幕我至今依然記得。他的樣子非常帥氣，我當時就想，啊啊，這個人不是我們這裡的人。他的笑，恐怕是一併取笑肩上揹著大水壺、手上提著包袱巾包的便當、土裡土氣的父親吧。父親難得大動肝火。父親那麼生氣的樣子，我從前沒看過，後來也沒看過，就只有當時看到那一次。父親激動得大喊，就連在家裡我也沒聽過他這種聲音。他叫道：『這樣孩子的安全誰要負責！』但可悲的是，父親越是激動，模樣就越是滑稽。由於不習慣生氣，父親的大吼聽起來像尖叫，發音也不清楚，而且連那滑水的動作都出來了。

時髦的西裝東京人嘴上露出冷笑，彷彿在說真不像話、莫名其妙，冷眼看著父親。父親也對他怒吼：『枉顧孩子的生命安全，這算什麼安全檢查！』他狠狠瞪了父親一眼，又立刻恢復嘲笑的表情，還故意做出嗤笑的樣子，轉過身去。一副太蠢了、和你沒什麼好說的樣子。尤其他是個相當俊帥的美男子，那麼做更是效果十足。然後他對父親說：『放心啦，孩子個頭都這麼小。』然後轉身對在旁邊的我們班同學說：『對不對？』小孩子是很可悲的，因為不了解狀況，便有些人歡呼，還有人笑了，連綁手巾的也大聲發出低俗的笑聲，父親就被孤立了。在這種政治性的操弄方面，他不愧是中央官廳的人，比父親高明了不知多少。

現在回想起來，父親很有男子氣概，竟孤身力抗這些人的不講理。我一想到父親這時的懊惱，至今仍熱淚盈眶。隔壁班的老師因為這是父親策畫的活動，幾乎不幫父親。

父親放棄了，對我們學生說：『那就不要搭船了。』孩子們一起發出強烈不滿的噓聲，那尖銳高亢的殘酷聲響，如今仍清清楚楚地留在我耳裡。

那聲音是如何將父親逼上絕路，當時還是孩子的我不明白，其中甚至還有大罵父親的孩子，多麼過分！對孩子們來說，就是因為等一下能夠坐船出遊，才忍耐著聽無聊的大人物演講，忍耐著去參觀完全不感興趣的倉庫，所以也難怪他們會如此反彈。就連眼見這一切的我，當時也忍不住加入了噓聲的行列。事後，我一再回想起這件事。無論如何我都無法原諒自己當時的不懂事，也無法原諒自己犯下那無可挽回的錯誤。父親看了我一眼。父親那失望的眼神，彷彿看到難以置信的景象的眼神。我認為，就是我、就是自己親生兒子不滿的神情，逼父親做出那種貿然冒險的決定。我明明將一切看在眼裡，為什麼那時候會連我都發出那種聲音呢？是被四周所影響嗎？是不坐船會怎麼樣嗎？我不知道。我為什麼會做出那麼殘忍的事呢……那次意外，是綁手巾的人、時髦的東京人，以及我造成的。而那個穿西裝打領帶的時髦男子，就是赤渡雄造。」

2

「雖然是遙遠的孩堤時代、宛如夢境的記憶，但我記得我們所坐的漁船旁邊，的確有一艘大船經過。當時浪雖然高，但海象明明不差，為什麼唯獨我們所坐的船會翻船，直到今天我依然不明白。但是，我想，多半是因為我們當時為了看那艘大船，不顧父親的制止，全都靠到同一邊去的關係。

莫名其妙地，在宛如世界末日般的巨大聲響中，綠色的水就出現在我眼前，一回過神來，我已經飄在海上了。水面就在我的臉旁。連冷不冷都不知道，根本不明白發生什麼事。

我還算滿會游泳的，因為父親教過我。在漁村土生土長的父親對其他運動雖然完全不在行，唯獨對游泳非常擅長。

那裡距離岸邊大概不到兩百公尺，但當時在上下起伏的浪濤之間時隱時現的岸邊，看起來遙不可及，宛如世界的盡頭。

一回頭，漁船似乎是船底朝天，變成一個前所未見、骯髒醜陋的圓形怪物。巨大得無法形容，讓我害怕無比。

而至今我也還是不明白為什麼，但父親就在我眼前。他以蛙式游過來，問我『沒事嗎？』我試著儘可能以平常的聲音回答『嗯』。雖然是孩子，也想藉此稍微安慰一下父親。可是我發出的聲音，抖得連自己都嚇一跳。父親抱著我，把我帶到岸邊。

當時我身上沒有任何損傷，應該要對父親說『不用管我，去救其他同學』，可是我沒有說。因為我畢竟還是個孩子，當然不知道父親當時是懷著什麼樣的決心，帶著我游向岸邊的。而且，我也因為獲救而感到高興。

可是事後我才想到父親運氣是多麼的差。父親不應該救我，不應該救他自己的孩子的，偏偏卻第一個救了我。

父親是這次遠足的發起人，因此也是負責人，這次重大事故當然是父親的責任。若父親的兒子死了，那麼社會還會原諒父親。可是翻船之後，浮出水面一看，在眼前的竟然是自己的孩子……當下，能夠因為這孩子是自己的孩子，就先撇下不管嗎？

父親運氣真的很差。我想，我自己應該也不會有事的。因為我是班上運動神經最好的。

父親把我送到岸邊安全的地方，把水壺遞給我，說這個你拿著，然後立刻折回海上。我的水壺不知道到哪裡去了，找不到。父親就這樣來來回回，又救了將近十個學生。可是，最後卻這樣一去不返。

我想，父親在最先救了我的時候，就已經決心一死了。發生這麼大的事故，害死了二十八名學生的教師，竟然第一個去救自己的兒子，這樣當然沒有臉繼續活下去。鄉下對這種事情尤其敏感，絕對不會原諒的。

但是，難道還有別的辦法嗎？我真想一個個去問那裡的每一個人。如果是你，你會怎麼做？最先出現在眼前的，剛好就是自己的孩子，誰都會去救不是嗎？那種時候，哪裡還有心思去想那是不是自己的孩子！

父親的遺體不知為何，浮現在利根川相當上面的地方，就是三棵松樹那裡。或許是因為當時是漲潮，所以被沖上去了，也或許是父親知道是漲潮，往上游去找孩子，又或許他怎麼游都死不了，便逆流而上。

因為父親是游泳高手，我想要淹死可能費了很大一番工夫吧。」

「從此之後，真的沒有半件好事。不管是我，還是我們一家人，都沒有一件溫暖的回憶。母親病倒了，哥哥沒來由地打我。

學校舉行了活像大廟會的慰靈式，校長在那個典禮上，發表了和體育館落成時大同小異、一成不變的演講，只是裝裝樣子，拿白手帕按按眼睛。還有我家幾乎沒有人出席的葬禮……這些事情接二連三，每當想起來我都會反胃。

但是，最令我難以置信的是，學校最後竟然把責任推給父親一個人，讓事情就這麼不明不白地收場。我當時很難相信，原來人類為了自保，竟然可以卑鄙齷齪到那種地步。

父親激烈反對五艘船的事，完全被抹殺了。雖然發生在眾目睽睽之下，但絕大部分都是小孩子。父親的同事，當然，還有那個綁手巾的，為了自保，都嘴巴閉得緊緊的，從此絕口不提當時的經過。赤渡也不知道跑到哪裡去了，再也沒有現身。

所以事情變成是父親單獨策畫了那次遠足校外教學，四周的人都認為危險，但他卻堅持要讓船載著超載一倍的學生，遊港外一周。水產廳那些大人物，漁會的人，後來連一句話都沒有。從那一刻開始，他們對那件事一概絕口不提。對那個地方的人來說，這次意外是他們最想忘記的事。說起來，那件事就形同當地的恥辱，到現在也依然如此。

我雖然在北小學唸到四年級，但第二學期結束就轉學了。至於我對四年級的回憶，就只有因為身為壞蛋澤入教師的兒子，有事沒事就被欺負而已。成績也一直退步，從班上前幾名，變成從後面數起來比較快。

新級任老師和校長常常把『老師是為你們著想，才如何如何』掛在嘴上，每次聽到這種睜眼瞎話，我都會氣得發抖，在內心不停大喊：『只有我爸爸才能說這句話！』

事實上，父親不為沽名釣譽、不是故作姿態，真的是為了學生著想，才天天到學校的。那次意外也是父親這種認真的態度造成了事與願違的結果。可是父親自己終究從沒在我們學生面前說過那種話，連一次都沒有。

母親開始工作，我放學回家的路上，經常獨自站在父親浮起的利根川岸邊思考。

這究竟是什麼報應？我該從中學到什麼教訓——？到頭來，難道只會看家長會臉色，天天只求平安無事的那些上班族教師才是對的嗎？雖然還只是孩子，但我當時就想，這樣學校總有一天會走錯路。

而那一天，我一樣是在土堤上，驀地裡思考起過去從沒想過的事。那就是，落海之後浮出水面的父親看到我就在眼前時，究竟是感到不幸，還是感到幸運？

之前我都是從自己的角度來思考，所以我一直認為父親是不幸的。可是，我發覺未必見得。那一瞬間，我想起父親一面問我『沒事嗎？』一面朝我游過來時，臉上那安心的表情。

我感到全身發麻。就是那時候，我心裡明明白白地這麼想：

『等我長大，我要讓每一個害死爸爸的人，在水和那天一樣冷的日子裡，喝爸爸喝過的水！』

我在心裡發誓。

後來，母親在銚子終究找不到好工作，我和哥哥跟著母親，於昭和三十二年冬天，離開了總是有股魚腥味的漁村，到東京去了。」

「哥哥和我在父親生前成績都不差。可是我們兩個都不得不放棄升學，哥哥和我都是一國中畢業就去工作，高中上夜校。

哥哥後來還是繼續當優等生，在高中夜間部還當上學生會長。可是我就不行了。那件事之後，我完全變成了壞學生。

另一個因為那件事而無法振作的人就是母親，她完全變了一個人。母親也是對那天的事情耿耿於懷，無法忘記。

來到東京不久，母親不知從何處調查到赤渡雄造，開始說要咒死他，還要咒死漁會那個隨便答應父親的綁手巾的佐佐木。因為母親從我這裡得知了當天的經過。

我知道佐佐木一直都在銚子，但前年死於癌症。

我成年之後，和大我兩歲的哥哥還是完全合不來，所以我也不找固定的工作，一直打零工或是做些臨時工，也不回家。有時搭卡車的便車，有時當巡迴歌舞團的樂團經理到各地去，到處旅行，所以哥哥應該以為我是個不務正業的社會敗類。

在這當中，我從母親那裡聽說了赤渡雄造的消息。他從農林省退休，被北海道的民間企業聘去當閒差，所以已經移居北海道。不過這也已經是十幾年前的事了……一九六六、六七年，我想是昭和四十一、二年那時候吧。

到了那時候，仍和過去一樣痛恨佐佐木和赤渡的只有母親，哥哥似乎早就忘得一乾二淨了。而我，其實也差不多。小時候明明那麼堅定地發過誓，那份決心卻不知為何模糊了。

但是，那並不代表我忘了。我本身的怨念已滲透到全身。開始將計畫付諸實行之後，我才清楚地察覺到這一點。我有雙重人格。平常雖然看不出來，但我體內還有另一個人格，流著黑暗的血液。

畢竟殺人還分屍，只靠一般積怨是做不出來的，而且正常人也下不了手。更何況殺的還是一個平時經常接觸的人。

在我體內有一個流著黑暗之血的瘋子，那傢伙不把殺人當一回事。我本身非常討厭這樣，但這卻是事實。」

3

「我是隨便晃到札幌來的，因為我有朋友在札幌。不過來的時候，我心裡根本沒有不利於赤渡先生的意思。應該是說，我根本就忘了，而且也沒有想過去幹殺人這種大逆不道的事。我自己認為那是小時候像熱病一樣的激情，過了就沒事了。要是真的有心要殺他，也許一知道赤渡先生到札幌就會追過來了吧。我來到這裡，是又過了五、六年以後的事，我記得是昭和四十七年的二月三日，因為是雪祭的時候。當時我完全抱著觀光的心情。我很少看到雪，所以就像來賞雪、看雪祭一樣，我也跑到赤渡家門前去看了幾眼。我對赤渡先生當時就是這種程度的感覺而已。我們一家雖然悽慘落魄，但母親說赤渡卻步步高陞，過著好日子，所以我想看看他究竟住在什麼房子裡，我對他就只有這點興趣而已。所以，當我站在赤渡家門前的時候，雖然果真是幢氣派的房子，但我並沒有別的心思。只是漠然地想：噢，就是這裡啊。

我之所以決心要殺害赤渡先生，主要是因為後來發生了兩件事。要是沒有這兩件事，我想我仍然會是個普通人。其中一件事，是當時我在這裡遇見了一名女性。這對我來說是一件大事。這件事，我一定要告訴牛越先生。所以您或許會認為這與命案無關，但還是請您忍耐著聽我說。

就像我剛才告訴您的，我漫無目地的跑到札幌來，在朋友的公寓裡棲身，打算看了雪祭就回去。只是回去看到母親，連我也會變得怪怪的，所以我心想還是不要回東京好了。我的個性很適合流浪。不過這時，一次邂逅把我留在札幌。我之前好像曾經向牛越先生提過幾句，我遇到一名女子。我想我與她的相遇，是命中注定。不，當然是世俗一般的意思，不是指愛情姻緣那方面。沒有那麼美，怎麼說呢……是指壞的那一面。

我說我想看雪祭，朋友說有工作沒辦法去，我便問了地方，自己跑到大通公園的會場。那時候不像現在，人很少，所以我到處亂逛，可以好好把雪雕看個夠。那時候的規模也比較小。我在會場閒晃的時候，有一名穿著黑大衣、圍著皮草的女子從我眼前走過。那時候飄著小雪，在雪中，這名一身黑的女子很醒目。而且她個子高，很像混血兒，所以我對她一見鍾情，就跟在她後面。後來我是怎麼和她攀談的，我已經忘了，而且大概很無聊，也不值一提。一個小小的機會促成了我們的交談，而且走在一起。我們進了一家叫 C-House 的咖啡店，在二樓，可以俯視會場和電視塔。我問她是不是札幌人，她說是。我還記得，我當下忽然覺得這北方的城市充滿魅力。她比我大兩歲，所以當時應該是二十六歲。不過感覺比實際年齡成熟得多。而隔著餐桌看到的她，對我來說一切都很新鮮。她是我從未見過的美人，她的笑容，她那雪國姑娘特有的雪白肌膚，她忽然轉頭的動作，不經意摸摸頭髮的手指，這一切都讓二十四歲的我為她傾倒。

後來，我不止一次納悶那樣一個大美人，為什麼會單獨去看雪祭，但那時候我沒有多餘的心思去想那些。只要思考一下箇中原因，我應該就能想出一切的。可是那時候畢竟還年輕啊。

那時候，如果有什麼事情能讓她對我留下印象的話，就只有一件事了。她問我是什麼星座，還說自己是雙魚座。我說我對這些不是很清楚，她便問我是幾月幾日生的。我說是二月二十六日，她似乎難以置信，眼睛睜得好圓。『真的嗎？』她問。『真的啊，怎麼了？』我說。她便說：『我也是。』原來我和她正好是同月同日生。所以我立刻說什麼我們的相逢是命運的安排等等，諸如此類無聊的玩笑。不過現在想想，其實真的是命運的安排。

然後我們就來到路上，又稍微在會場走走，時間便到了傍晚，於是我約她去吃個飯，她卻說有約在先，要走了。我沒有問她的姓名，所以要她至少告訴我電話。她留下『如果真的有緣就會再見面』這句話，便消失在華燈初上的街頭。

「我忘不了她，便繼續賴在朋友的公寓，遲遲不肯離開札幌。然後在札幌街頭到處逛，尋覓她的芳蹤。有一天，我做好被取笑的準備，向朋友說起她，朋友便說那搞不好是薄野一家珠寶店的老闆娘。我說了她的幾個特徵，朋友說那一定是她，又說，她是個大美人，而且只穿黑色的衣服，所以小有名氣。我到朋友告訴我的店門前去，她真的就在裡面，而且，櫥窗一角不就正好貼著招募店員的廣告嗎。我正想在這座城市找工作，因此內心十分雀躍。我在她背向我的時候進去，只見店內也是以黑色統一，非常時髦。我朝著她背後說：『我看到妳們店門口貼的徵人啟事。』『不好意思，我們……』她一面說，一面轉過來，接著『啊』了一聲。『看吧，我們有緣吧？』我說。然後我極力爭取這個工作，但她困惑地說：『我本來是打算找女生的。』但是結果我硬是讓她答應了。

但是，我認為店裡請了我，絕對沒吃虧。我有駕照，又擅長接待貴客，而且客人大部分是女性，有男性店員應該是比較有利的。可是我雖然對店裡有好處，對她個人就很難說了……但是，我一顆心都在她身上。我雖然人在札幌，卻反而把赤渡忘得一乾二淨，連想都沒有想起來過。

我一心只想和這名女子結婚。而且如果美夢成真，我願意在這北都度過一生，埋骨於此。回想起當時的自己，雖然糊塗得可笑，卻也很可愛。那種事根本是辦不到的，但當時的我卻不明白。

即使到了今天，我對她還是一無所知。無論是家庭家人也好，出生經歷也好，什麼都不知道。只不過，感覺她似乎沒有親人住在附近。她真的是孤單一人，顯得很寂寞，而這與我實在太過相像了。我想我就是因為這樣，才會對她如此傾心的吧。但我是該想想，這麼年輕的一個女孩，怎麼能開一家那麼體面的店的。

即使如此，我還是本能地思考過，假如她和我結婚，她也許會失去這家店。但是我還天真地想，那我去工作就好了。真是笑死人了。以為過慣這種珠圍翠繞的日子的女人能夠忍受那種平凡的生活，這個想法本身就很可笑。這就叫做涉世未深。

我在那家店工作了兩年多快三年。我在店附近租了公寓，走過去只要十分鐘。她的公寓在北區，離店裡相當遠。一直到最後，我還是沒有進過她的房間，但她卻經常來我這裡。

她是否曾愛過我，結果仍然是一個謎。可是我不知說過多少次『我絕對不會放棄妳的』。但那終究是不可能的。

有一天，她說店裡付不出薪水了。那時候我已經在店裡工作很久，大致了解店裡的經營狀況，所以對她的話感到不解。因為自從我來了之後，店裡生意的成長至少比我的薪水還多。但是我說那樣也沒關係。可是，她卻說『我不是那個意思』。然後說她會幫我找其他工作，希望我換到那裡去。那天，我們起了爭執，吵架分手了。

我永遠忘不了昭和四十九年十一月底那個下雪的夜晚。我第一次到她的公寓去。

我早就知道她的公寓在哪裡，因為我去過下面好幾次，也知道她位於三樓的房間和門窗是哪一個。她的公寓是只露出玄關的那一種，從下面的馬路也可以看見門。

我來到公寓下方的時候，那裡正好停了一輛漆黑的進口車，一個矮胖的禿頭老人走進了公寓的大門。車子開走了，我本能地停下腳步，然後看到電梯門關上。往上看，果然，老人的身影出現在她房間門口，然後消失在裡面。

雖然那時候我已經隱約知道了，但畢竟還是難以承受。於是我站在雪中，嘴裡一次又一次反芻她的話。

我懷著懲罰自己的愚蠢的心情，一直站在那裡，一心等著門打開。等門開了，老人走了我就過去。我想這麼做，至少不會破壞她的生活。然後，她一定會給我溫暖。也許會讓我喝點熱的東西。我在心裡想像，那我將得到多大的安慰啊。如果能夠有這樣的結果，從明天起，我願意為她做任何事。

再等一下，再等一下，我心裡想著，發著抖繼續等下去。再等一下，那扇門就會打開，然後男人就會離去。只要再忍耐一下就好。

但是，雪越下越大，窗戶的燈光仍是暗的，一直沒有再次點亮的跡象。我望著那黑沉沉的玻璃，覺得要是在這裡輸了，就會永遠失去她，所以不敢離開。

一直到早上，門都沒有開。行人一多，我也沒有辦法繼續站下去，便回到公寓。身體完全失去感覺，我飽嘗敗北的滋味。我要和那個男人鬥，就只能像那樣站著，但是再站下去會沒命……於是我認輸了。

次日，聽到她幫我找的工作，我啞口無言。那居然就是我現在這份當赤渡先生的秘書兼司機的工作。這個打擊完全把我擊垮。這怎能叫我不吃驚呢。我想，原來我果真逃不過這樣的命運？我覺得自己彷彿受到什麼不可抗逆的線操縱，便老實接受了。

後來，我得知了一切的內情。她是札幌某財界大老的女人。也就是說，那家珠寶店當然是有金主的。這個男人依照她的意願，幫她開了那家店。他大概是從枕邊細語問出我的事，以斷絕金援要脅，把我趕走。

但是無緣無故開除事後會有麻煩，所以便告訴她說，會幫我另外找工作。也就是說，她的金主竟然就是極北振興的老闆。赤渡從中央退下來之後就是被安插在那裡。

我領悟到這真的是命運。上天不許我安安分分地過日子。上天要我報仇，而且把一切都安排好了。而祂派來向我傳達天意的，就是穿著黑色喪服的女子。」

4

「可是，如果能夠，我並不想成為殺人犯。雖然覺得受到命運操弄，但我想，只要我不下手就行了。所以，我一心想反抗這個命運，也不用假名，就直接以本名澤入保來寫履歷，經歷也照實填寫，拿到赤渡家去。那是昭和四十九年十一月的事。

十八年前的那次意外，東京方面我不知道，但銚子的報紙大幅報導過，要是赤渡先生還記得那次意外、記得當天死去的那個像水蜘蛛的鄉下老師，那麼他應該會找理由拒絕我，我就無法報仇，至少就很難報仇了。可是赤渡先生什麼都沒說，兩天後就聘用我了。

我也曾經一面開著赤渡先生的車，向坐在後面的赤渡先生有意無意地提起銚子市，但他完全不記得，可能是根本就忘了，不，應該是說，他似乎幾乎沒有想過，也從未煩惱過。

那時候，連我也覺得很不是滋味。我想，原來對東大出身的精英來說，鄉下老師真的是形同草芥？或者是出事的時候，赤渡先生已經走了——？

我從別的地方聽說赤渡先生在擔任高官的時代，以有效率地完成工作、早早回家為宗旨。據說是因為這樣就不會受到業者的誘惑。

於是我明白了。我想，那天赤渡先生就是為了早點回東京，才那麼反對父親的。的確，對赤渡先生而言，小孩子遠足乘船不關他的事。一切都是那個綁手巾的人的錯。但他在了解狀況之後，應該可以稍微等一等的。我認為至少要有這麼一點人情味。為了他的效率，為了他要早點回家，父親就為了這樣的理由死了。

可是，就算是那時候，我也沒有想到要殺害赤渡先生。我是在母親終於倒下，臥床不起，半夜睡不安穩，聽到她開始說夢話般說『去給我殺死佐佐木和赤渡』之後，才開始考慮的。

母親已經半瘋了。也難怪，因為我很清楚母親吃了多少苦。

我雖然對母親隱瞞自己在赤渡先生身邊的事，但她遲早都會知道的。即使如此，我還是下不了決心，所以就想到銚子去一趟。因為我想，也許到了小時候經常站著思考的土堤，站在父親浮起的三棵松樹那裡，就會整理出頭緒來。那時候，我也帶著父親的水壺去了。

我在無意中以水壺汲了利根川的水，帶著上車，然後抱著水壺思考。我小時候曾經發過誓，如果要殺赤渡，一定要先讓他喝過這些水。這究竟能不能辦到？我不斷朝這方面思索。

我每次回去看母親，都會到銚子去，以水壺汲水帶回來。這變成一個習慣，我帶回來的水，就存在外面倉庫的塑膠水桶裡，加上蓋子，放在陰冷的地方。

那時候我這麼做，並不是出於一個明確的計畫。我不是為了詭計而運水，那純粹是為了自己。因為我希望在札幌也能看到父親浮起的地方的水。我認為看著這些水，一定能讓我找出該走的路。

前年春天，母親終於住院，有好幾晚我不眠不休地照顧她。我們的經濟狀況不是很好，因此母親一開始住的是最便宜的五人房。在短短一公尺外就是另一位患者的病床，上面睡著別人。即使在這種地方，母親只要一難受起來，就滿口嚷著去給我殺了赤渡。母親相信自己所有的痛苦都是他造成的。

我不希望別人聽到母親說這麼駭人的話。我有必要說些什麼來安撫母親，讓母親真的能認同，然後安靜下來。

我當時因為連續熬夜，腦筋變得怪怪的，自己也不明白自己在說什麼。我握著母親的手，蹲在病床旁，為了不讓鄰床的人聽到，我湊在母親耳邊，說了好幾次：『好，我會去殺赤渡的，妳放心吧。』」

「很痛苦，沒有比照顧生病的親人更累人的事了。母親的瘋癲完全投射到我身上。我就是在那個時候，真的決心要殺人的。

但是想一想，父親是為了讓我活下去而死的。無論再怎麼想，這一點都是不會錯的。我的生命是用父親的生命換來的，因此我對父親的死有一份虧欠。

再加上母親是為了養育我而過度辛勞病倒的，所以我認為父親和母親，他們兩人值得我犧牲自己來報答。

那時候，札幌這裡的水已經積了不少，看著這些水，那個計畫便很快成形了。

當時我已經在這個家工作好幾年了，清楚知道每年一月十日一過，水戶就會送來兩口行李箱，好趕上一月十五日。

而赤渡先生也因為正月火車很空，而且天冷的時候喜歡到南部，所以經常在一月到關西和九州去旅行。我便試著找出利用這幾點的方法。

要讓他喝水，我只能在這裡下手。而這個房子就像您看到的，是獨門獨戶，離鄰居相當遠，也不必擔心聲響會被人聽到，這都是很好的條件。

我運了近十年的水，最後積了兩大塑膠水桶的水。

我不知道水銀的事，不過銚子有水產試驗場，有詳細的水質資料，這倒是以前就聽說了，所以我就思考有沒有什麼辦法可以讓水留在屍體上。結果就是那枝原子筆。那當然是我的筆，赤渡先生離開札幌的時候，身上並沒有筆。夫人和小姐一定認為那是赤渡先生在東京買的吧。

同型同色的兩個行李箱，是前年年底買的。那時候我本來是打算只用兩個的。我在上面做出刮痕，拿沙紙來加工、弄髒，設法讓行李箱變舊。放進千葉寄物櫃的第三個，是去年在銀座買的。因為計畫是去年才全部完成的。

但是，即使如此，我還是遲遲無法下手，因為夫人對我很好。可是去年，赤渡先生說這次是最後一次旅行，因此我決定豁出去，因為這是最後的機會了，要動手只有今年。

其餘的，就像刑警先生說的。指紋詭計方面，我是依辦案進度來決定要不要做的。萬一沒查出水是來自於銚子，我就準備把第三個行李箱放進東京的任一個寄物櫃，不必冒那個險了。

而留下指紋後，我也認為被發現的機率頂多只有一成。

掉換行李箱就和您說的一模一樣。因為這次的計畫在腦海中有了雛形，我便給了刈谷先生一打以前極北振興用來寫收件人用的紙。

不過當然，在看到東西寄到之前，我還是無法放心。因為可能偏偏今年就是沒有用那些紙來寫，貼的位置也可能與往年大不相同，會貼歪也說不定。如果是這樣的話，我準備當下放棄掉換行李箱，把屍體搬到銚子，在三棵松樹附近找個地方丟棄。

因為我本來就是準備那麼做。讓屍體在銚子被發現，而且喝了附近的水，就算驗出死亡推定時間，因為當時我在札幌，應該可以放心——一開始我大致是這樣計畫的。

但是刈谷裕子小姐是個一板一眼的人，每年都會用膠帶——而且還是用剪刀剪的——把收件人資料貼得好好的，打包的繩子好像是刈谷幫浦公務用的，每年也都是用同樣的繩子，所以我才決定要掉換行李箱。

只不過麻煩的是，要處置掉換來的兩個行李箱，也就是裝了真禮物的假行李箱。這個東西不能隨便放，因為警察馬上就會趕來，一定會對那一帶徹底搜索的。話是這麼說，我又沒有時間把東西帶來這裡，那麼做也很危險。所以就像您說的，我先埋在那塊空地。

和殺人跟其他事情比起來，其實我最擔心的是這時候。因為時間是在早上。要是被路人看到我帶著行李箱狂奔，有人出來作證，就很難抵賴了。但是事實上，當時竟然沒有行人，簡直令人不敢相信。而警方也沒有調查到兩戶之外的那片空地。

那個三棵松樹的假現場，是我小時候就決定好，如果要替父親報仇就要在那裡。小時候想的是把人在那裡淹死。那裡不會有人，以前人就更少了。

我會想出那個詭計，畢竟是因為不想被抓，因為無論如何，在母親即將離世之際，我希望能夠待在母親身邊。在那之前，我想保有自由。

可是當我殺了赤渡先生之後，不知為何卻不敢正視母親，所以就變得無所謂了。也因此我才會接受夫人的挽留，想著要等到看到雪……」

接下來是一段沉默。

「那麼你……」

牛越佐武郎在澤入漫長的告白之後首度開口，卻為自己聲音的沙啞感到驚訝。

「那麼你在殺害赤渡時，赤渡想起你或澤入幸吉先生了嗎？」

「沒有。就算告訴他，他也沒想起來。」

牛越心想，是嗎？想來也是。對赤渡雄造而言，那只不過是二十幾年前的一件小事，根本微不足道的小失誤。在他輝煌的經歷中，那件事小得連自己和東京的中村徹底調查也找不到。但是，就因為這件小事，令他無法善終。

「赤渡雄造這個人，還有赤渡家的人，對你來說是什麼樣的人？」

「赤渡先生……」

澤入停住了。看起來是既然都已將他殺害，便不願再說他的不是的樣子。

「是個好人。我想他一定是個好人，可是不足以讓我打消報仇的念頭。」

「原來如此。他也有意外冷酷的一面嗎？」

「因為畢竟是以一高、東大的菁英身分過了一輩子……」

「對你呢？」

「對我始終是對待傭人的態度。這一點實子小姐也一模一樣。小姐這方面的意識更清楚地顯現出來。對她來說，父親是她無比的驕傲。而父女兩人似乎都認為，人類有血統之分，或者是說，天生就是有階級的。」

「靜枝夫人呢？」

「其中我最喜歡的就是夫人。她雖然和實子小姐也很像，是個性分明的人，但其實很有人情味。」

「嗯，但是你還是決心要實行計畫……」

牛越心想，要讓澤入打消計畫，唯一的辦法就是赤渡家的人長期對他展現徹底的誠意吧。

「是啊，這一點是最讓我難過的。我一直把夫人和母親拿來相比。我反對人類有血統之分的想法。夫人和母親雖然相差很多，簡直是一個是貴族，一個是清潔婦，但我不認為這是天生的。要是沒有發生那次意外，我想母親也會和現在截然不同。至少，母親就不會是個沒有教養的女人。我和哥哥也可以上大學，搞不好也有機會被稱為菁英。」

牛越深有同感。他想，這個人本來的確很有可能成為菁英。

「你是在這個房間裡下手的？」

「是的。我把他的身體綁在這張桌子上，讓他無法掙扎，再把頭……放進水桶裡。」

「是在你在赤渡家吃過飯回來，到夫人打電話叫你的那二十分鐘之內，是嗎？」

「是的。因為那通電話很簡短。我已經知道該去哪裡接，所以我是按著赤渡先生的頭接電話的。」

「原來如此……你回來之後，就脫掉他的衣服，泡在另一桶水裡，再讓他穿起衣服，藏在這個倉庫裡。」

「一點也沒錯。我鋪了塑膠布，把他平放在上面。」

「那是晚上十點多的時候。但是你在第二天早上，多半是八點的時候，又去看了一次，把屍體翻過來。」

澤入驚訝得張大了眼睛。

「我讓他趴下，因為不想看他的臉……您怎麼會知道？」

「是從屍斑知道的，那叫做兩側性屍斑。如果是第二天晚上才翻過來，就有點太晚了。然後，是什麼時候分屍的？」

「那是……十日晚上。因為到目前為止，結婚紀念日的禮物最早送來就是十一日，我必須趕上這個時間。所以，從十一日早上起，裝了屍體的兩個行李箱就一直放在後車箱裡。」

「要是小姐叫你打開後車箱，你準備怎麼辦？」

「赤渡先生還有可能，但夫人和小姐從來沒有說過那種話。如果是去買東西，後座就夠放了，而且夫人和小姐也從來沒有在我旁邊和我一起打開後車箱過。大概只有在赤渡先生去打高爾夫球和拿結婚紀念日的禮物的時候，才會打開。而赤渡先生已經不打高爾夫球了。

而且就算真的這麼說了，我準備說後車箱裡面好像有東西卡住，打不開。」

「嗯，從雪裡挖出來帶回來的中國骨董和兩個行李箱，你怎麼處理？」

「埋在倉庫地板下。」

「這倒是正確的選擇。因為無論丟到哪裡都會被查出來。還有，一月八日，你到機場去接赤渡，在回薄野途中把他打昏，藏在後車箱裡，是這樣沒錯吧？」

「是的。我事先就選好一個沒有人的地方。我把車開到那裡，說車輪不對勁，用扳手打了他，然後綁住，用毛毯包起來，好讓他醒了也沒辦法出聲，再放進後車箱。那時候是晚上，也沒有人看到。」

「然後你就到薄野去接了小姐，回家，幫忙煮飯。」

「是的。」

「十四日你去領水戶寄來的東西的時候，實子也跟去了，你不覺得不方便嗎？」

「不會，那反而是我設計的。前一天她要我幫忙寄信，我卻故意裝作忘記，因為我想這樣她就會為了要親自寄信，一起上車了。」

「也就是說，你那時候已經知道東西寄到了？」

「不，是因為接到水戶那邊的聯絡，說已經寄出來了，所以我想應該快到了。要是估算錯誤，也只是我自己去掉換行李箱而已，但這樣我會遭到懷疑，所以有必要請夫人或小姐一起來。如果沒有寄信這件事，我會另外想別的理由。」

「原來如此……殺死他之後，你滿意了嗎？」

「沒有。」

「後悔嗎？」

「不後悔。要是在我這樣悠哉地看書的時候，赤渡先生因為中風或是其他緣故突然過世，那我才真的會後悔。」

「但是，你父親會高興嗎？」

「家父不會高興的。這件事我不知想過多少次了。但是，這件事是為了家母，還有為了自己而做的。我這麼做，是證明我對父親的愛。所以這樣就好了。」

聽他這麼說，牛越努力思索，希望能找出能說服他的、有力的反駁，但最後還是想不出來。他反而想到不相干的地方去。想起了自己那個不成材的獨生子。

他心想，那個懶散的兒子，再怎麼樣也不會為了我犯下這種罪吧。完全用不著擔這種心。就一個刑警的兒子來說，這是多麼值得高興的一件事。日常的正義以及和平，便是靠適度的懶惰，和自保的心機來維持的。

牛越站起來。一切都結束了。

「好，那差不多該走了吧。可以吧？澤入。」

「好的。」

澤入老實照做。

牛越抖了抖外套的口袋，發出金屬碰撞的聲音。

「我不想用這種殺風景的東西，所以……拜託你了，你等一下就去自首。」

澤入默默點頭。

刑事先站起來，穿好鞋打開門。

門一開，外面雪正靜悄悄地下著。牛越低呼一聲，然後朝背後說：

「下雪了，你看。」

今年的第一場雪來得很早。

澤入也穿了鞋，披上外套出來，說真的呢。

兩人並肩走到屋簷外，讓雪落在臉上。

「我記得有一次你好像說，要等什麼人等到下雪？」

話一出口牛越就後悔了。刑警不應該說這種會讓人留戀花花世界的話。

「我說過這種話嗎？」

澤入臉上露出不知是苦笑還是微笑的笑容。

澤入確實說過，要等黑衣女郎的回音，直到看到第一場雪。刑警還記得。現在，上天落下了第一場雪。女郎應該沒有來電吧。但這本來就是沒有希望的。他本人應該很清楚。

「沒有，大概是我聽錯了。」

刑警說。然後無言走了一會兒。

「不是那樣的。」

澤入突然說。

「咦？」

牛越問。

「我的意思，不是等珠寶店的她等到下雪。」

「那麼你是等什麼？」

「您以為我在等吧？其實不是的。」

「所以你只是等著要看雪……」

澤入又露出他常有的靦腆神情。

「嗯。不過如果不是的話，多半是在等您吧。」

澤入說了刑警意想不到的話。

牛越細細體會這句話，然後想起他很早就失去了父親。

接著他本來想問，「我和你那位水蜘蛛爸爸有相像的地方嗎？」卻又作罷。因為他認為自己萬萬無法相提並論。自己如果有那麼勤勉，現在早就坐上主任的辦公桌了。

但就在這時候，牛越佐武郎明白，自己今天來冒險是個正確的決定。

而當他看著第一場雪漸漸堆積在走在旁邊的澤入肩上，他忽然想起一件事，便說：

「這麼說，我總算趕上了？」

「咦？」

以訝異的表情轉向他的澤入，頭髮上也開始堆積片片雪花。

「雪啊。我趕上這第一場雪了。」

這確實是事實。下過了第一場雪，今晚澤入本應會離開札幌的。

然後牛越苦笑了一下，繼續說：

「不過是勉強滑壘成功就是了。」

牛越的頭髮上，也積了雪。

國家圖書館出版品預行編目資料

死者喝的水 / 島田莊司作；劉姿君譯. -- 初版.
-- 臺北市：皇冠, 2011.03
面；公分. --（皇冠叢書;第4096種)(島田莊司推理傑作選;29)
譯自：死者が飲む水
ISBN 978-957-33-2780-6 （平裝）

861.57 100002472

皇冠叢書第4096種
島田莊司傑作選 **29**

死者喝的水

死者が飲む水

作　者—島田莊司
譯　者—劉姿君
發行人—平雲
出版發行—皇冠文化出版有限公司
台北市敦化北路120巷50號
電話◎02-27168888
郵撥帳號◎15261516號
皇冠出版社(香港)有限公司
香港上環文咸東街50號寶恒商業中心
23樓2301-3室
電話◎2529-1778　傳真◎2527-0904
出版統籌—盧春旭
責任編輯—陳妤
版權負責—莊靜君
外文編輯—蔡君平
美術設計—黃惠蘋
行銷企劃—李嘉琪
印　務—江宥廷
校　對—鮑秀珍・陳秀雲・陳妤
著作完成日期—2008年
初版一刷日期—2011年3月

法律顧問—王惠光律師

讀者服務傳真專線◎02-27150507
電腦編號◎432029
ISBN◎978-957-33-2780-6
Printed in Taiwan
本書定價◎新台幣300元/港幣100元